Le forgeron d'Éden

Didier Cornaille

Le forgeron d'Éden

ROMAN

Albin Michel

1

– J'ai voulu lire Stephen King, je n'ai pas su. Alors, j'ai essayé Nietzsche. Je n'y ai rien compris. Un copain m'a refilé *Le Seigneur des anneaux.* J'ai tout lu d'un trait !

La porte était grande ouverte sur la rue que le soleil chauffait à blanc. Dans la grande salle de café, dont Juliette avait pris la précaution de n'ouvrir les volets qu'à demi, régnait encore une agréable fraîcheur gardant le goût délicat des petites heures du matin. À main droite en entrant, quatre hommes jouaient aux cartes en silence. Au fond, perché sur un tabouret, accoudé au bar, il ne quittait pas Juliette des yeux.

Il y avait de quoi. Plutôt mignonne, la jeunette qui, le torchon à la main, allait et venait de son évier aux étagères sur lesquelles elle rangeait ses verres au fur et à mesure qu'elle les essuyait.

– Ah bon ? fit-elle sans que, des trois hypothèses, son sourire radieux révélât celle qui prévalait.

Était-elle flattée de l'intérêt qu'il lui portait ? Était-il plus simplement dans sa nature de paraître toujours souriante ? Ou se moquait-elle de lui ?

S'en revenant de ses étagères vers son évier, son regard croisa celui d'un des joueurs de cartes, et son sourire se fit plus lumineux encore, plus espiègle aussi.

Léonce, manifestement, n'appréciait pas. Il avait son regard noir des mauvais jours.

– Tu n'avais qu'à lire la Bible, répliqua-t-elle. Tu as déjà lu la Bible ?

En faisant jouer la lumière de la porte dans un verre à bière, elle s'assurait qu'il soit bien propre.

– Tu rigoles !

La seule idée de lire la Bible le faisait se trémousser sur son tabouret.

– Tu l'as lue, toi, la Bible ?

– Euh... Non, je ne l'ai pas lue, mais je l'ai chez moi.

Était-ce une invitation déguisée ? Sa salve littéraire, tout approximative et hasardeuse qu'elle eût été, avait-elle par miracle atteint son but ? Il y crut tout de suite et ouvrait déjà la bouche pour pousser ce qu'il croyait être son avantage.

– Tu as eu tort, l'interrompit la voix puissante de Léonce. Tu aurais dû la lire.

Il avait réussi là où le petit godelureau, sur son tabouret de bar, n'avait pas su y faire. Juliette avait arrêté d'essuyer ses verres. Elle s'était accoudée au bar, un peu à sa gauche pour qu'il ne la gêne pas.

– Vous l'avez lue, vous ? demanda-t-elle.

C'était là bien sûr un langage codé, la borne d'interrogation sur laquelle allaient rebondir les mots du récit qu'elle attendait. Léonce avait parlé sans même lever le nez de son jeu. Grand et fort, le cheveu et la moustache, qu'il avait aussi drus l'un que l'autre, légèrement grisonnants, il avait la peau et les traits rudes de ceux que n'a jamais ennuyés la vie de bureau.

– Sûr que je l'ai lue, dit-il. Pas tout, bien sûr. C'est trop emmerdant. Mais, tiens, la Genèse. Ce n'est pas bien difficile à trouver, c'est le début de l'Ancien Testament. Deux pages, pas plus, et tu as tout compris.

Du haut de son tabouret, le gamin n'entendait pas qu'on lui disputât l'oreille de celle dont, l'instant d'avant, il escomptait déjà avoir fait la conquête. Il eut une dernière audace : il pivota sur son siège et fit face aux joueurs de cartes.

– Et vous, bien sûr, vous avez tout compris, osa-t-il fort imprudemment.

Léonce ne broncha pas.

– À toi, Firmin, dit-il calmement.

L'interpellé repoussa du pouce sa casquette sur le haut de son front. Comme toujours, il était un peu perdu par le jeu de ses deux collègues et suait sang et eau à tenter de les suivre. Son angoisse était l'éclat de rire tonitruant par lequel ils prenaient un malin plaisir à assassiner ses plus grosses bourdes. Il fit le geste de sortir une carte de son jeu, l'interrompit, jeta un regard soupçonneux à chacun de ses partenaires.

– Oh ! Tu te décides ? le tortura Léonce.

Firmin avala sa salive. Il se retourna vivement, comme si Juliette, dans son dos, eût pu lui révéler d'un seul clin d'œil l'erreur qu'il allait inévitablement commettre. Abandonné sur sa remarque acide, le petit godelureau ne savait manifestement plus quelle contenance prendre.

Tant pis, Firmin jeta sa carte avec l'espoir formidable que Léonce choisirait d'en finir avec ce petit morveux plutôt que de se foutre de lui.

– Eh bien, tu vois, quand tu veux...

Ouf ! Ce ne serait pas pour cette fois. Pendant que Valentin, le troisième larron, insistait sur la partialité de Léonce en prenant tout son temps pour jouer sans s'attirer la moindre remarque, celui-ci se tourna vers le bar et fit signe à Juliette de s'approcher.

– Viens donc, ma Juliette. Viens près de moi que je t'explique.

Sans se faire prier elle glissa une chaise entre les joueurs et s'installa.

– Dites-moi.

– C'est ton tour, marmonna Valentin en abattant une carte.

Léonce fronça les sourcils, qu'il avait aussi fournis et grisonnants que le reste, et se concentra sur son jeu.

– Dites-moi, insista Juliette.

– Attends, ma petite chatte. Tu vois bien que je suis pris.

Les verres étaient vides. Situation intenable, mais il y avait plus urgent. Il leur faudrait supporter leur soif jusqu'à ce que soit réglé le cas du jeune matou venu rôder autour de la chatte Juliette, avec un peu trop d'insistance à leur goût. Ce n'était qu'une question de minutes. Léonce ne le laisserait pas indéfiniment les gêner en se dandinant sur son tabouret comme il persistait à le faire. Le silence, matière pourtant ordinaire de leurs heures, se fit pesant. Le gamin dut le sentir et comprendre du même coup qu'il avait partie perdue.

– Combien je dois ? demanda-t-il d'un ton morose.

Juliette ne résista pas à la tentation de l'ultime humiliation :

– Laisse, dit-elle. C'est moi…

Il bredouilla un vague « merci », parut glisser le long de son tabouret, traversa la salle. « Euh… Eh bien, à bientôt… peut-être », tenta-t-il encore avant de sortir. On ne lui accorda même pas l'aumône d'un regard. Le bruit hargneux d'un scooter malmena le silence. On l'entendit décroître vers le bas du hameau.

– Mets-nous la même chose, Juliette. Tu seras gentille.

2

Quand elle eut servi les trois petits blancs secs et qu'elle eut soigneusement rangé la bouteille derrière son bar, Juliette vint reprendre sa place entre Léonce et Firmin.

– Alors ? demanda-t-elle.

Léonce s'étira. Il venait de jeter sa dernière carte. Valentin comptait déjà les points.

– Alors quoi ? se moqua-t-il en enveloppant la jeune femme d'un sourire enjôleur.

– Ben, je ne sais pas, moi… Vous nous dites la Genèse… Et puis après ?

– Eh oui, je dis la Genèse, fit mine de tempêter Léonce. Je dis que tu aurais mieux fait de la lire plutôt que de t'en servir pour allumer tes amoureux.

– Léonce…

– Tssit, tssit… Je sais ce que je dis ! Bof, il n'avait pas l'air terrible, celui-là. J'ai bien vu qu'il ne te plaisait pas. Sinon, je ne m'en serais pas mêlé.

– Merci, Léonce. Je vous reconnais bien là.

– N'empêche. Je te trouve bien volage, par les temps qui courent. Il ne faudrait peut-être pas que tu les oublies, tes vieux gars, dans ces coups de temps-là.

– Léonce ! Vous savez bien que je ne vous oublie pas, que je n'aime que vous.

– Ah bon ! Je préfère quand tu parles comme ça.

– Alors, dites, la Genèse...

– Eh bien, tu en lis les deux premières pages et tu as tout. Tu as tout compris.

– Quoi ?

Il trempa ses lèvres dans son verre, le reposa doucement sur la table et tourna vers elle un regard amusé.

– C'est simple. Le bon Dieu, tu sais ce qu'il a dit aux hommes, au soir du sixième jour ? Non, je vois bien : tu ne sais pas. Eh bien, il leur a dit : « Soyez féconds, multipliez, remplissez la terre. » Voilà ce qu'il leur a dit.

Un peu perplexe, elle avança le menton en se mordant la lèvre comme si elle cherchait désespérément ce qui avait bien pu lui échapper.

– Bon, reprit Léonce. Je vois bien qu'il faut que je t'explique. La faute... Ça te dit quelque chose, ça, la faute ?

– Oui ! La faute !

Cette fois, elle en dansait sur sa chaise, l'œil pétillant.

– La faute ! s'enthousiasmait-elle. Qu'est-ce qu'il nous a fait rigoler, le curé, au catéchisme, avec sa faute !

– Parce que tu trouves ça drôle, toi ?

– Ben, c'est qu'on n'en avait rien à faire, nous, de sa faute. On ne se sentait pas en faute. Alors, à chaque fois qu'il en parlait, c'était à qui imaginerait la faute la plus grasse, la plus crasse à lui avouer en confession. Les fous rires ! Il n'y comprenait rien, le pauvre homme, bien sûr. Mais nous, après, qu'est-ce qu'on pouvait rigoler en nous racontant entre nous tout ce qu'on avait pu inventer pour passer le temps !

– Et vous n'étiez pas bien loin du compte. Parce qu'elle n'a jamais existé, la faute. Du moins pas celle à laquelle vous pensiez, bande de mauvais esprits. Vouais, moi je veux bien, il y a cette affaire d'arbre du bien ou du mal dont ils auraient bouffé le fruit. Et alors ? Maudits pour l'éternité à ce seul prétexte ? Et puis quoi encore ? Le bien et le mal, pas besoin de croquer leur pomme de malheur pour les rencontrer à tous les coins de rue, pas vrai ? Quant à la faute de chair, ma petite, celle à laquelle je sais que tu ne dédaignes pas de succomber, non seulement elle n'a rien à voir là-dedans, mais il faudrait tout de même voir à être logique. Comment le bon Dieu peut-il d'un côté recommander aux hommes – et aux femmes – de se féconder et de se multiplier, et se foutre en pétard, trois jours après, sous prétexte qu'Adam et Ève ont tiré un coup ? Moi, je suis désolé, mais, pour multiplier l'espèce, tu connais d'autres moyens, toi, que de s'envoyer en l'air ? Le bon Dieu, il aurait dû être bien content qu'ils s'y mettent avec tant d'ardeur, tu ne crois pas ? Les curés, ils ont tout faux.

– Tout faux..., répéta-t-elle, sidérée.

– Vouais, tout faux. Et puis d'ailleurs, pourquoi ils s'obstinent à vouloir qu'on se sente en faute ? Quelle faute ? Celle de ne plus vouloir se voir tout nus ? La belle affaire ! Et puis qui c'est qui a dit que le fils ne peut pas être rendu coupable de la faute du père ? Le bon Dieu, une fois de plus. Ce n'est pas moi qui le dis, c'est la Bible. Peut-être bien qu'ils ont fauté, l'Adam et l'Ève, mais qu'est-ce qu'on y peut, nous ? C'est de notre faute, s'ils ont fauté ?

– Alors, pourquoi ils veulent toujours qu'on se sente coupables ?

– Tu demandes pourquoi ? Je m'en vais te le dire, moi, le pourquoi : le pouvoir !

D'un coup, la voix de Léonce avait enflé à un tel point qu'ils en sursautèrent tous.

– Oh ! Du calme, dit Valentin. Tu vas te faire du mal, Léonce.

– Le pouvoir ! bramait-il pourtant toujours aussi haut et fort. Est-ce que tu mesures, gamine, le pouvoir que ça leur a donné, cette histoire de faute ? Ils culpabilisaient d'une main, offraient le pardon de l'autre. Pas bête, leur truc. Tu le veux, le pardon ? Ah oui, mais, pour l'avoir, il faut être bien sage, bien obéissant, filer doux et bien payer ses impôts. Tu vois le coup ?

– Si vous dites qu'il n'y a pas eu de faute, pourquoi le bon Dieu, il les a chassés du jardin d'Éden ?

– Foutaise ! brailla Léonce en haussant les épaules. Depuis que ça existe, cette histoire-là, depuis plus de deux mille ans, on nous bourre le mou ; on se paie notre figure. Et puis, tiens, toi qui as fait le catéchisme, tu n'as pas remarqué, souvent, ce n'est pas du jardin d'Éden qu'on dit qu'il les a chassés. On dit que c'est du paradis. Il les a virés du paradis.

– La différence...

– Essentielle ! Cruciale, la différence ! Le paradis, c'est où ? Tu saurais me le dire où c'est, toi, le paradis ?

Juliette fit sa mine dubitative, menton pointé, lèvres pincées.

– Je ne sais pas, moi ; dans le ciel, peut-être...

– « Dans le ciel, peut-être » ! Tu as déjà vu autre chose que des nuages, dans le ciel, toi ? Et puis, « peut-être... ». Ça veut tout dire, peut-être. Alors que le jardin d'Éden, on sait où il est le jardin d'Éden. C'est du concret, du précis, le jardin d'Éden.

– Ah bon ? Et c'est où ?

– Ici !

– Où ?

– Ici !

– Vous rigolez ?

– Pas du tout. Tu n'as qu'à la lire, la Genèse, tu verras si je ne dis pas vrai. À la source de l'Euphrate qui coule à l'orient de l'Assyrie. C'est clair, non ?

Tel ne semblait pas l'avis de Juliette.

– Ce n'est pas dans le coin, tout ça.

– Bien sûr que ce n'est pas dans le coin. Sinon, ça se saurait. L'Euphrate ! Connais-tu au moins ? Non ? Mais qu'est-ce qu'on t'a appris, à l'école ? Bon, pour faire simple, l'Euphrate, c'est un fleuve qui prend sa source en Arménie. Et l'Assyrie, c'était un immense empire qui s'étendait sur presque tout ce qui est maintenant la Turquie, la Syrie, l'Irak et peut-être bien d'autres pays de la région. Ça va ? Tu suis ? Bon, tu vas me dire : en fait de jardin d'Éden, on fait mieux ! Et tu n'auras pas tort. Comme coupe-gorge, même en cherchant bien, par les temps qui courent, tu ne trouveras guère mieux. Ce qui ne veut pas dire que, dans les temps bibliques, ce n'était pas des pays tranquilles.

Firmin et Valentin, peu passionnés par le sujet, attendaient patiemment, le premier en accordant la vacuité de son regard à celle de la rue qu'il contemplait depuis le coin soulevé du rideau, le second en se curant consciencieusement les dents d'un bout d'allumette. Mais Juliette, elle, était captivée. Léonce n'aimait rien tant qu'un auditoire aussi attentif.

– Suis-moi bien, dit-il. Son jardin d'Éden, en dehors de son arbre empoisonné, tu veux me dire ce qu'il avait d'extraordinaire ? C'était quoi, son jardin d'Éden ? Un coup fourré, oui. Pourquoi tu crois qu'il l'a planté là, son arbre du bien et du mal, et qu'il leur a interdit d'y toucher ? Pardi, c'était le meilleur moyen pour qu'ils y croquent, à sa fichue pomme. C'est cousu de fil blanc, son truc. Et pourquoi ça ? Eh bien, pardi, c'est tout simple : c'est qu'il n'avait aucune envie qu'ils restent là à rêvasser et à se prélasser, il y avait la Terre entière à coloniser. Au boulot, les mecs ! Et voilà. Voilà pourquoi moi, je dis que le jardin d'Éden, au départ, il était peut-être là-bas, chez les Turcs, mais que l'Adam, l'Ève et tous les autres qu'ils ont faits, ils l'ont emmené à la semelle de leurs pompes sur la Terre entière. Et même qu'on le traîne encore, si on veut bien y réfléchir.

– Parce que vous trouvez, vous, que la Terre, comme la voilà rendue, c'est le jardin d'Éden ?

– Tiens, voilà encore un de ces maudits camions qui monte à la mine, dit Firmin.

On entendit distinctement le bruit rageur du double débrayage. Il attaquait la côte. Firmin écarta plus largement le rideau. Par-delà le toit de la maison de Margot, ils virent le lourd engin vert, à la benne couverte d'une bâche brune, passer sur la route de la mine, dans la grande côte.

– Bon Dieu, il en a encore sur le dos, cet outil-là. À force, ils finiront bien par nous la reboucher, notre mine.

Le charme était rompu. Juliette se leva. Elle avait l'air déçue. Pour la forme et peut-être un peu aussi parce qu'une histoire qui ne se finissait pas comme elle le voulait, ça la chagrinait pour le restant de la journée, elle tint à avoir le dernier mot :

– Hein, vous trouvez, vous, que la Terre telle que la voilà rendue, c'est le jardin d'Éden ?

Léonce se réfugiait déjà dans l'air songeur par lequel il savait si bien leur échapper à tous.

– Ça, dit-il tout de même, c'est une autre histoire. C'est à chacun de nous de voir. Un jour, peut-être, je t'expliquerai.

3

– Laisse tomber, Juliette, proféra Valentin de sa voix éternellement lasse. Le jardin d'Éden sur la Terre, ici, parmi nous ! Non mais, et puis quoi encore ? Non, Léonce, ce n'est pas sérieux, ça. Qu'est-ce que tu vas mettre des idées comme celles-là dans la tête de cette gamine ? À qui tu feras croire des balivernes pareilles ? Demande donc aux ouvriers et aux chômeurs si c'est le jardin d'Éden, ce qu'ils vivent. Il ne faut pas penser qu'à toi, mon vieux. Les autres, il faudrait voir à ne pas les oublier.

Léonce avait déjà la main sur le dossier de sa chaise pour se lever. La diatribe de Valentin le prit à froid. Il en eut d'abord l'air ennuyé, puis, au fur et à mesure que s'écoulaient les mots, un léger sourire narquois lui avait plissé le coin des yeux.

– Ah ! dit-il, voilà la contradiction ! Vas-y donc, mon Valentin. Quoi donc qui ne te plaît pas, dans tout ça ? Où c'est que j'ai dévié de ta dialectique préférée ?

Car Valentin était de ces anciens qui portaient leur indéfectible attachement au parti communiste comme une flamberge, toujours dressée, toujours prête à frapper et à défendre la ligne pure et dure des convictions apprises au fil de tant d'années de syndicalisme. Il avait beau être revenu au pays depuis plusieurs années, retraite gagnée, il n'en continuait pas moins à tout voir et à tout juger au travers du prisme contraignant de la lutte des classes.

– Je te l'ai dit, ce qui ne va pas, reprit-il en rentrant curieusement la tête dans les épaules.

Son visage semblait s'être tout à coup affaissé. C'était aux commissures, celles des paupières et celles des lèvres, que l'effet était le plus remarquable. Il exprimait déjà tout l'ennui et la désolation que lui inspirait la volée de bois vert que Léonce était bien capable de lui administrer en guise de réplique.

– Que tout ce galimatias de Genèse, d'Ancien et de Nouveau Testament, commença-t-il prudemment, ce ne soit que des roublardises de curé, là, je suis bien d'accord…

Il n'alla pas plus loin. Une tourmente venait de pulvériser le calme de la salle de café. Au passage, elle avait accroché quelques chaises. Le tintamarre qu'elles firent en pirouettant sous l'effet du choc et en se renversant leur parut tellement incongru et même inconvenant qu'ils bondirent tous en se récriant.

– Ben, Maxime ! Qu'est-ce qui vous arrive ? Oh, Maxime ! Ça ne va pas, Maxime ?

Pas bien grand, plutôt rondouillard, le cheveu rare, l'homme ainsi interpellé était, à l'ordinaire, l'image même de l'insignifiance. Rien ne le distinguait qui puisse éveiller l'intérêt. Il était pareil aux millions d'autres dont l'unique préoccupation est d'être le moins visible, le moins remarquable possible.

Par malchance, il se trouvait que cette transparence même, dès l'instant où il avait fait le choix de venir abriter ses vieux jours dans la maison qu'Yvette, son épouse, tenait de ses parents, l'avait distingué parmi les autochtones. L'inverse de ce qu'il attendait, mais il n'y avait rien là d'étonnant. Si la foule urbaine est le meilleur alibi de l'insignifiance, celle-ci devient de plus en plus remarquable au fur et à mesure qu'en se restreignant le groupe laisse à nouveau transparaître l'individu. Quand la maigreur de ses effectifs, comme c'était le cas à L'Huis-Chénières, permet qu'il suffise des doigts des deux mains pour en faire le compte, la même insignifiance finit par devenir singularité !

Ne voulant évidemment pas déranger, Maxime n'avait rien eu de plus pressé que de tenter de se glisser dans le moule, croyant ingénument qu'il était possible de synthétiser l'allure locale. Le résultat, fait d'une casquette sur le front, de vestes de toile bleue, de chemises à gros carreaux et de pantalons assez larges pour en contenir trois comme lui, avait nourri un temps quelques rigolades mémorables. Puis on s'y était fait au point que, maintenant, si l'idée saugrenue lui était venue d'en changer, on le lui aurait vraisemblablement reproché.

Qu'il soit par-dessus le marché myope comme une taupe n'aurait évidemment pas concouru à le faire bien différent des autres s'il ne s'était pas obstiné, envers et contre tous les avis, et surtout ceux de son épouse, à choisir pour monture de ses lunettes les plus épaisses qui puissent se trouver. Cela lui donnait un regard que certains comparaient à celui du gardon alors que d'autres penchaient plutôt pour la carpe, peut-être même pour la grenouille…

En revanche, ce que Maxime avait été incapable de maquiller, c'était son désintérêt total pour la chose rurale. Maxime était un citadin qui avait fait l'erreur, à bien des années de là, de s'enticher d'une paysanne dont le frais minois et les atours aguichants lui avaient fait négliger le fait qu'elle n'était citadine que de circonstance. Dernier avatar de la nombreuse famille pour la nourriture de laquelle son journalier de père s'était échiné toute sa vie, elle n'avait eu qu'une idée, dès qu'elle avait été en âge d'en exprimer : foutre le camp ! À peine le certificat d'études primaires en poche, elle était passée aux actes. Sa chance avait voulu que son laborieux chemin de gagne-petit croisât celui de Maxime.

Mais sitôt parée de l'honorabilité du mariage avec un authentique citadin, Yvette se mit au travail. Il s'agissait de faire fructifier ce premier gain. Maxime fut mis en demeure de réussir ! Ce laborieux, ce paisible consciencieux n'eut plus de repos. Des sous, il en gagna aussi, suffisamment pour offrir à son Yvette, à la disparition de ses parents, de racheter aux autres héritiers leur part de la maison de famille.

On y fit tant et tant de grands travaux qu'il ne restait plus grand-chose, en fin de compte, du logis initial. On y vint longtemps lorsque se réunissaient les occurrences d'un congé et du beau soleil, ce qui laissait tout de même le temps aux plâtres de sécher en paix. Quand arriva le moment de la retraite, on s'aperçut qu'on n'avait pas envisagé d'autre solution de repli. Yvette, que le confort de la maison et la parure de sa réussite rassuraient, n'y vit que des avantages. Maxime conçut quelques inquiétudes, mais se garda bien d'en faire état.

La réalité pourtant est têtue. Il ne fut pas installé de huit jours dans la belle maison de L'Huis-Chénières, en face de chez Léonce, et à droite du café de Juliette, qu'il s'ennuyait déjà comme un rat mort. Il eut quelques velléités de se rapprocher du petit escadron de gais lurons que Léonce rassemblait autour de lui comme une poule ses poussins, mais cela n'alla pas bien loin. Il y avait Yvette, qui sut mettre le holà à cette redoutable dérive. Quant audit escadron, il montra si peu d'enthousiasme à l'incorporer que Maxime n'eut guère d'autre choix que le repli stratégique sur son ennui médiocre.

Il s'y serait laissé consumer si le hasard n'y était pas allé de son petit coup de pouce. Un sien cousin passait par là. Ils ne l'avaient jamais reçu dans l'étroitesse de leur appartement parisien, mais ils tinrent à lui faire les honneurs de leur belle résidence de retraite. De toutes les splendeurs de leur maison qu'ils lui firent découvrir, ce personnage étonnant ne vit que ce que le viseur de son appareil photo voulut bien lui révéler. Des deux jours qu'il passa là, il ne le quitta pas.

Maxime, intrigué, osa montrer ce que sa discrétion naturelle lui permettait d'intérêt. Cela suffit à déclencher un mascaret d'explications sous lequel il craignit de se faire ensevelir. Il parvint tout de même à retenir assez du torrent d'explications reçues pour affronter le vendeur du grand magasin spécialisé auquel il osa s'adresser. Il lui en coûta tout de même fort cher. Cela faisait partie du jeu et ne manquait pas de satisfaire Yvette lorsqu'il annonçait le montant de la dépense à ceux qui s'extasiaient devant un si bel achat.

Maxime n'en avait pas moins son idée très précise de l'usage qu'il entendait faire de tout ce beau matériel. Pour la première fois de sa vie, peut-être, il tint bon, malgré les cris d'orfraie d'Yvette, lorsqu'il prétendit s'en équiper pour aller courir on ne sait quelle aventure au fond des chemins environnants. Un appareil d'un tel prix ! Avait-on idée d'aller le risquer dans les ronces et la boue. N'avait-il plus son sens commun ?

Allons, qu'il le remette dans sa boîte et qu'on n'en parle plus.

Eh bien non ! Maxime ne rangerait pas le bel appareil au fond de sa boîte. Maxime ne l'avait acheté que pour se fondre avec lui dans la nature et tenter d'user de ses prodigieuses capacités pour tirer le portrait à la sauvagine ! Équipé comme un moderne Tartarin, chapeauté d'un casque colonial aux couleurs vives, il passa résolument la courroie de son appareil autour de son cou et s'en fut. Yvette faillit s'en étrangler.

Ce ne fut pas un feu de paille. Maxime se prit de passion pour la photo animalière et s'il ne fit pas d'émule, si les résultats de ses traques et de ses planques, complaisamment exposés, ne bouleversèrent pas les foules, il y gagna tout de même une forme d'estime de ses concitoyens. Sans trop savoir ce qui le motivait et ce qu'il fabriquait, ils jugèrent qu'un homme qui s'intéresse ainsi aux animaux, même sauvages, ne peut pas être totalement mauvais.

– Oh ! Maxime. Qu'est-ce qui t'arrive ? C'est la Vévette ?

Sous ses épaisses lunettes de myope, ses yeux, un peu globuleux au naturel, semblaient lui sortir de la tête. Il était écarlate, ruisselant de sueur, sans son chapeau, les quelques cheveux qui lui restaient sur le pourtour du crâne lui faisant comme un bout d'auréole d'effroi. Debout au milieu du café, entre les chaises qu'il avait renversées en maîtrisant mal son entrée trop impétueuse, les jambes écartées, il pointait un doigt effaré vers la rue.

– Les... les... les..., bafouilla-t-il sans parvenir à maîtriser son émoi.

– Les… les… les quoi ? s'impatienta Léonce. Les Martiens ? V'là les Martiens qui débarquent ?

– Laisse, grogna Valentin. Il se remettra. Je disais donc, ton jardin d'Éden…

– Les bêtes ! éructa enfin Maxime.

Très raide sur sa chaise, Valentin était l'image même de l'outragé. Léonce eut pitié de lui.

– Ne te laisse pas impressionner, mon Valentin. Dis-nous. Qu'est-ce que tu lui reproches, à mon jardin d'Éden ?

– Tu vois, tu dis « mon » jardin d'Éden. Comme s'il t'appartenait, comme si le jardin d'Éden pouvait appartenir à quelqu'un…

– Elles sont mortes ! cria Maxime.

– Ne te laisse pas impressionner. Continue, mon Valentin. Je te répondrai après.

Il avait perdu le fil, ce pauvre Valentin, et ne voyait déjà plus ce qui pouvait être ajouté à son bref plaidoyer.

– Mortes, les bêtes ! continuait de brailler Maxime. Vous m'entendez : les bêtes, mortes, les bêtes !

Cette fois, Léonce en eut assez. Il se retourna vivement et marqua tout de même un temps d'arrêt en découvrant l'air plus excité et effaré que jamais de Maxime.

– Oh ! s'exclama-t-il. Tu n'as pas fini de nous les casser menu, menu ? Tu ne vois pas qu'on cause ?

Seul Firmin qui, de toute façon, ne comprenait rien à la controverse syndicalo-biblique de Léonce et de Valentin, s'intéressait aux propos de Maxime.

– Attends, risqua-t-il. Peut-être… Peut-être que c'est important.

C'en était trop pour Valentin. Si même Firmin, son comparse habituel, se mêlait de l'interrompre…

– Tu ne vas pas t'y mettre aussi ! s'emporta-t-il tout à coup. Il y a des moments, tout de même... À croire que vous le faites exprès. Tu entends dire que nous vivons dans le jardin d'Éden et tu n'as qu'une idée, détourner la conversation. Tu me déçois, Firmin. Tu pactises avec le patronat, les riches, ou quoi ? Le jardin d'Éden sur la terre ! Et la lutte des classes ? Qu'est-ce que tu en fais, de la lutte des classes ? Tu vois la confusion, le piège ? Qu'est-ce que vous venez nous embêter avec votre lutte des classes puisqu'on vous dit que vous vivez dans le jardin d'Éden ?

– Mais les bêtes, là-haut, sur la Castine, toutes mortes... toutes crevées... Et cette odeur...

Contrecoup de son émoi, Maxime s'était effondré. Il s'était laissé tomber sur une chaise et se lamentait doucement, dans le dos de Léonce.

– Je vous dis... l'épouvante... la désolation...

– On s'en fout, dit Léonce. Pour une fois qu'on parle sérieusement. Et moi je te dis, mon pauvre Valentin, que la première de vos revendications, celle que vous devriez afficher sur tous vos calicots, toutes vos banderoles, c'est le retour immédiat au jardin d'Éden. Il est en chacun de nous, le jardin d'Éden, là où on veut bien le trouver.

– Tiens, fit Firmin en écartant le rideau. Il n'est toujours pas redescendu de la mine, l'autre, avec son camion vert. Il en met du temps.

Léonce laissa tomber un poing désabusé sur la table en posant sur Firmin un regard apitoyé.

– Mon pauvre Firmin, qu'est-ce que ça peut nous foutre qu'il mette cinq minutes de plus ou de moins, ton camion vert, à aller déverser ses cochonneries dans la mine ? On s'en tamponne ! Tu le sais, ça, qu'on s'en tamponne ?

– C'est pourtant vrai, ce que tu dis, Léonce.

– Ah ben, tu vois ! Vas-y, ma petite Juliette, dis-nous...

– Faut faire quelque chose. Je ne sais pas, moi. Faut prévenir. Faut agir... Toutes crevées, que je vous dis...

– Maxime, silence ! On te sonnera quand ce sera ton tour. Pour l'heure, c'est à Juliette. Vas-y mon cœur.

Debout derrière son bar où elle avait repris l'essuyage méticuleux de ses verres, Juliette versait sur eux comme à plaisir l'éclat lumineux de son sourire.

– C'est pourtant vrai, répéta-t-elle. Il y en a, ils sont toujours grincheux, toujours malheureux, toujours à rouspéter, même si, en réalité, tout va bien pour eux. Et puis il y en a d'autres, quoi qu'il leur arrive, même dans la pire des panades, ils gardent le sourire. Ils savent toujours voir le moindre petit bout de ciel bleu qui leur reste. Ceux-là, ils ne perdent jamais l'espoir. Peut-être qu'ils l'ont trouvé, eux, ton jardin d'Éden.

Léonce était rose de plaisir.

– Mon petit chat ! roucoulait-il. Il n'y en a qu'une pour me comprendre ici, c'est Juliette ! Tu es la meilleure, ma Juliette. Tiens !

Et il lui envoya une bise bien claquante, du bout des doigts sur ses lèvres.

– Les bêtes... toutes crevées..., continuait à hoqueter Maxime de plus en plus effondré.

Il s'était accoudé à une table, s'était pris la tête entre les mains et se tassait sur lui-même au point qu'il semblait que son nez s'appliquait à ne pas manquer le rond à bière en carton qui traînait là, comme s'il l'avait pris pour cible.

– Même Dalton..., ajouta-t-il.

Il y eut derrière le bar un grand bruit de verre cassé.

– Dalton ! hurla Juliette. Quoi, Dalton ? Qu'est-ce qui lui est arrivé à Dalton ? Ne me dites pas...

Maxime eut de la tête un geste las de dénégation.

– Non, il n'est pas mort, lui. Il est redescendu avec moi. Vous voyez, vous ne voulez pas m'écouter. Ce que je disais, c'est qu'il n'a même pas voulu s'approcher. Tellement ça sent mauvais. Une odeur…

4

Dalton, à première vue, était un chien tout à fait ordinaire. À la rigueur pouvait-on lui trouver l'allure décontractée et l'œil affranchi de ceux, parmi ces animaux, qui ont compris, qui savent qu'il ne faut pas trop attacher d'importance aux obsessions d'autorité des hommes et que la vie, même d'un chien, peut être quelque chose de très plaisant pourvu qu'on sache s'y prendre.

Il était encore jeune chien inexpérimenté lorsqu'il était arrivé là, campé sur le siège arrière de la 2 CV de Juliette. Pourquoi là plutôt qu'ailleurs ? Il n'en savait rien, pas plus d'ailleurs que sa maîtresse. Cette totale disponibilité de l'un comme de l'autre fut pour beaucoup probablement dans la facilité avec laquelle ils se coulèrent, l'un et l'autre, dans le moule local.

– Ouf ! Enfin les vacances ! avait annoncé Juliette, à deux soirs de là, en rentrant, épuisée, comme toujours, de son boulot.

Une place peinarde, pourtant, plutôt bien payée, sans trop de risques de restructurations ni de chômage, mais où elle s'ennuyait irrémédiablement. Rien à faire, son naturel de moineau ne se faisait pas aux horaires, aux petits chefs, à la routine. Elle n'y pouvait rien. Elle était comme ça. Et c'était pour ça que, contre toute logique, elle s'accrochait au minuscule mais charmant pavillon qu'elle s'était trouvé au fin fond de la banlieue. Il lui infligeait des temps de transport impossibles, mais tant pis. D'ailleurs, ce n'était pas de sa faute, c'était son travail, qui était perché si loin au cœur d'une ville épouvantable.

Pléonasme ! La ville, quelque ville que ce soit, ne pouvait être qu'épouvantable pour le passereau Juliette.

– Zut, dit-elle à Dalton qui, bien qu'encore un peu jeune pour tout comprendre, ne l'en écoutait pas moins avec la plus grande attention. On ne pourra pas dire : j'ai fait un effort. J'ai tenu autant que j'ai pu. Mais là, trop c'est trop... Demain, on prend la deuche et on part.

Ça, Dalton pouvait comprendre. Il eut le bon goût de manifester son enthousiasme avec juste ce qu'il fallait d'exubérance.

– Où ? demanda-t-elle pour lui. Je ne sais pas. On verra bien. Au petit bonheur la chance. On a quatre semaines devant nous. Ça devrait faire. On ne revient que si vraiment on n'a rien trouvé.

Bien qu'il y eût là quelques nuances peu perceptibles pour un jeune chien, Dalton, lorsque Juliette le fit monter en voiture, le lendemain matin, crut tout de même judicieux d'adresser un regard d'adieu à la petite maison de sa jeunesse. Son instinct avait vu juste, mais il n'eut jamais à le regretter.

Il est vrai qu'à la sortie sud de Versangy, la petite route de L'Huis-Chénières diverge discrètement de la nationale. Musardant entre prés et bois, elle a néanmoins quelque chose de particulièrement sympathique que Juliette, dans l'élan de la deudeuche bien lancée, aurait pu ne pas remarquer. Le hasard existe-t-il ? Il y eut, juste au bon endroit, un tracteur attelé d'une remorque derrière lequel il fallut se résoudre à lever le pied en attendant qu'une voiture arrivant en sens inverse soit passée.

– Tiens, dit Juliette. Tu as vu cette belle petite route ?

Et elle bifurqua, au grand soulagement de sa destinée et de celle du chien Dalton !

Rosalie savait par cœur les rares heures auxquelles elle pouvait espérer voir un client. Entre-temps, elle s'installait au coin du rideau, au cas peu vraisemblable où il se passerait quelque chose dans la rue et elle occupait ses heures à quelques menus travaux de tricotage, de couture ou à la lecture d'un bon roman-photos.

Au seul bruit que fit la 2 CV en déboulant du bas du hameau, Rosalie sut que des étrangers s'étaient fourvoyés jusque-là. Elle souleva le coin du rideau. Tiens, juste une étrangère... Qu'est-ce qu'elle nous veut, celle-là ? Et puis, c'est qu'elle vient par ici. Qu'est-ce que je vais lui dire, moi, à une étrangère ? Elle plongea le nez dans sa lecture et pria le ciel que cette fille un peu trop jeune, un peu trop belle, un peu trop court vêtue à son goût passe son chemin.

– Il y a quelqu'un ?

Pas de chance.

– Vouais... C'est pour quoi ?

– Pour rien. Pour voir. Pour dire bonjour.

En voilà une façon de se présenter ! Rosalie fronçait les sourcils, mais, au fond, ça ne lui avait pas déplu, cette façon de ne rien demander.

– Je vous sers quelque chose à boire ?

Elle avait dit ça par habitude, mais se l'était tout de suite reproché. Pourquoi ? Elle ne le savait pas très bien.

Il lui semblait simplement évident que cette fille souriante n'était pas à confondre avec ses clients habituels.

– Bof, confirma Juliette, je n'ai pas très soif. En revanche… vous n'auriez pas un peu d'eau pour mon chien ?

Un peu d'eau pour le chien ! Est-ce que Rosalie allait se déplacer pour un peu d'eau pour le chien ? Elle s'étonna elle-même en s'entendant répondre :

– Allez donc au bar. Il y a des grands cendriers. Prenez de l'eau au robinet.

Juliette s'exécuta comme s'il n'y avait là rien que de très normal, mais, au lieu d'emporter l'eau jusqu'à sa voiture, elle déposa le cendrier au coin de la porte.

– Vous permettez ? dit-elle.

Sans attendre la réponse, elle alla ouvrir la porte à Dalton et vint le présenter à Rosalie.

– Il est très sage, vous savez. Vous n'avez rien à craindre, il ne fera pas de bêtises.

Rosalie avait-elle l'air de craindre quelque chose ? Elle s'étonnait simplement de ne pas s'entendre râler. Elle n'aimait pas, en temps ordinaire, qu'un chien entrât dans son café. Mais était-on en temps ordinaire ? Elle regarda Dalton apaiser sa soif dans le grand cendrier, au coin de la porte, remarqua qu'il buvait proprement, sans en mettre partout, et oublia la petite contrariété qu'avait été l'intrusion de l'animal.

– Vous pourrez nous loger, ce soir ?

Alors ça, si elle s'y attendait… Ça faisait peut-être vingt ans, sinon plus, que ça ne lui était pas arrivé.

– Vous… vous voulez passer la nuit ici ?

– Euh… oui. Vous faites bien hôtel ? Peut-être que c'est complet ?

Pour le coup, la vieille femme éclata de rire.

– Complet ! reprit-elle. Oui que j'ai fait hôtel, dans le temps. C'est encore marqué sur la façade, mais depuis le temps que plus personne n'a logé ici... Depuis que la mine est fermée, quoi. Vous n'avez qu'à voir. Ça ne risque pas d'être complet. Avant, sûr qu'il y avait du monde. Des ingénieurs, des chefs de chantier, des clients... Depuis... Enfin ! Et vous allez vouloir manger en plus ?

– Ben, oui, un peu, s'il y a...

– Vous mangerez avec moi si ça vous dit. Sinon, avec votre auto, vous pouvez aller jusqu'au bourg.

– Non, dit Juliette. C'est avec vous que j'ai envie de dîner, ce soir. Peut-être qu'on a des choses à se dire...

Elles avaient tant de choses à se dire que Juliette oublia la date de la fin de ses vacances. Dalton s'en était bien aperçu, lui, mais il s'était bien gardé d'en faire la remarque. Est-ce là le genre d'affaires dont s'occupent les chiens ?

Il avait d'ailleurs bien d'autres préoccupations en tête. Il ne lui avait guère fallu plus de deux jours pour découvrir la totalité du hameau, faire la connaissance de tous ses congénères et leur expliquer, preuves à l'appui, qu'il était là pour rester – lui le savait déjà – et qu'il était prêt à s'entendre avec tout le monde pourvu que chacun y mette du sien. Hormis le chien de berger de Dédé qui le prévint de ne pas avoir à se mêler de ses vaches, ce que Dalton n'ambitionnait nullement, il n'eut à faire qu'à quelques roquets et deux ou trois chiens de compagnie devant qui il lui suffit de rouler un peu des mécaniques pour que tout le monde tombe d'accord. Dalton était un pacifiste convaincu qui savait qu'il n'est pas de meilleur moyen, pour gagner la paix, que de montrer sa force !

Le café de Rosalie étant devenu son quartier général, il put dès lors donner libre cours à son penchant naturel de vadrouilleur. Il y mit d'autant plus d'ardeur que les événements de sa vie de chien, jusque-là, avaient plutôt eu tendance à le frustrer en la matière. Il n'y eut bientôt plus de sentier, de haie ou de buisson qu'il ne connût. Son plus grand plaisir, pourtant, resta toujours d'emboîter le pas à l'un ou l'autre des autochtones lorsqu'ils allaient aux champignons, aux mûres ou simplement prendre l'air. Conformément à l'accord passé avec le chien du Dédé, il ne se mêla jamais des vaches, ce qui, d'ailleurs, lui semblait d'un intérêt très limité, pas plus qu'il ne manifesta la moindre sympathie pour les chasseurs dont l'accoutrement et l'armement lui parurent d'emblée fort suspects.

Ainsi Juliette eut tout le temps et le loisir de prendre ses propres marques. Jamais cela ne fut dit. Jamais qui que ce soit n'eut l'idée saugrenue de poser la question. Il alla de soi pourtant dès le premier jour que Rosalie et elle s'étaient mutuellement adoptées.

Veuve depuis longtemps, Rosalie laissait tout doucement s'endormir son commerce dont nul ne doutait, dans le pays, qu'il s'éteindrait avec elle. Le peu qu'elle y faisait encore pesait pourtant de plus en plus sur son grand âge. Qu'une jeunesse vienne lui donner un coup de main sans rien demander d'autre que le gîte, le couvert et surtout beaucoup d'amitié n'était évidemment pas pour lui déplaire.

Quant à Juliette, elle n'avait même pas mené sa réflexion jusque-là. Elle était restée et s'en trouvait bien, voilà tout.

Demeuraient tout de même les clients à qui on n'avait pas demandé leur avis, mais qui ne se gênaient pas pour le donner.

– Sûr qu'on t'aime bien, Rosalie, clamait Léonce, se faisant comme toujours le porte-parole de tous, mais, qu'est-ce que tu veux, à choisir, on préfère tout de même être servis par un minois comme celui-là.

Juliette les gourmandait, Rosalie émettait un vague bruit de crécelle qui était ce qui lui faisait fonction de rire et tout le monde était content.

On vécut ainsi plusieurs années au rythme lent du déclin de la vie dans le hameau. On partait, on mourait, et inexorablement se rétrécissait le cercle des clients du café de Rosalie. Jusqu'au matin où celle-ci eut la malencontreuse idée d'oublier de se réveiller.

Tout le pays à la suite du corbillard ne fit pas un cortège bien long. Il n'en manqua pourtant pas un, pas même Dalton que personne n'eut l'idée d'écarter. Mais lorsque Juliette annonça qu'elle n'avait plus qu'à plier bagage et à retourner d'où elle venait, ce fut la même unanimité. Pas question ! Même Dalton s'y opposa.

Oui, mais comment faire ? Elle n'avait jamais été chez elle, dans l'ancien café-hôtel-restaurant de Rosalie. Maintenant que celle-ci n'était plus là, la seule raison du si long séjour qu'elle y avait fait, l'amitié, tombait d'elle-même.

On se débrouilla. On fit le siège des héritiers. On leur extorqua un bail et Juliette se retrouva pour de bon cette fois à la tête du seul et unique commerce de L'Huis-Chénières. Le temps de réaliser et que s'estompe l'impression de solitude qui, aux premiers jours, lui serrait la gorge quand elle errait dans la grande maison vide de Rosalie, et la jeune femme eut tôt fait de se prendre au jeu.

Il allait pourtant falloir gérer. Un bail, c'est bien beau, mais il est bien rare que ce ne soit pas assorti d'un loyer. Pour modeste que celui-là fût, il n'en fallait pas moins le payer et quelques autres charges avec. Donc, il fallait du chiffre d'affaires. Racoler des clients, il ne fallait évidemment pas trop y compter. La population locale était ce qu'elle était et même certainement supérieure à ce qu'elle serait… Quant à en faire venir d'ailleurs, il ne fallait pas rêver. Qui viendrait au bout de cette petite route qui se terminait là en cul-de-sac pour le seul plaisir de se faire servir un coup à boire par Juliette ?

C'est ainsi que l'ancien hôtel-restaurant ravalé au rang de simple bistrot devint peu à peu fournisseur de gaz, de tabac, de pellicules photographiques, de timbres, de souvenirs, de cartes postales, de journaux, d'épicerie. On fit dépôt de pain et même gîte d'étape, ce qui redonna un semblant de vie saisonnière aux chambres de l'ancien hôtel.

Juliette et Dalton avaient trouvé leur place. Incontournable, besogneuse et souriante, l'une n'était pas gênée d'être devenue le véritable centre vivant du hameau, alors que l'autre ne voyait aucun inconvénient à ce qu'il ne soit pas un chemin, pas un quartier et surtout pas une porte du pays qui ne lui soient connus et ouverts !

5

Dalton apparut opportunément sur le pas de la porte grande ouverte du café alors qu'on parlait de lui. L'œil indifférent, presque apathique, l'oreille basse et la langue pendante, comme s'il en était à la dernière extrémité de soif et de chaleur, il traversa la salle sans accorder le moindre regard à ses occupants et alla laper à grand bruit l'eau de la bassine que Juliette tenait à sa disposition sous le bar.

– D'où tu sors, traîne-savates ? lui demanda-t-elle pour la forme.

Il lui concéda un bref regard amoureux et se remit à boire.

– Tu auras beau dire et beau faire, s'obstinait Valentin, tu ne me sortiras pas de la tête que ton affaire de jardin d'Éden, ce n'est rien qu'une manœuvre dilatoire du patronat et du grand capital pour mieux tenir le prolétariat en asservissement.

– Waou ! glapit Léonce. Où c'est que tu l'as apprise, celle-là ? Dans *L'Humanité dimanche* ? Comment que tu as dit ? « Une manœuvre dilatoire » ! Ben, vieux !

– N'empêche, vous aurez beau dire, ça m'étonne. Le camion, il n'est toujours pas repassé, soliloquait Firmin depuis le coin de son rideau.

– Mais je vous dis... Vous ne voulez pas m'écouter, pleurnichait Maxime dans le vide. C'est épouvantable, ce qui se passe là-haut, à la Castine. Allez-y voir, si vous ne me croyez pas. Il faut faire quelque chose.

– Hein, Léonce, ça ne t'étonne pas, toi, qu'il ne soit toujours pas redescendu, l'autre, avec son camion ?

– Mais qu'est-ce que ça peut nous foutre, qu'il soit redescendu ou pas ? Vous n'allez pas bientôt nous lâcher avec vos questions ? Il y en a un, il chronomètre un camion comme si c'était un échappé du Tour de France ; il y en a un autre, il nous fait un caca nerveux parce qu'il a vu trois bêtes crevées ; et voilà le troisième qui nous sert sa dialectique apprise à Moscou... Ben nous voilà beaux, ma pauvre Juliette !

– Trois ? s'indignait Maxime. Des dix et des cent de bêtes crevées, que je te dis. Et puis cette odeur... La mort ! La mort qui sortirait comme une haleine putride de la grande faille, la plus large, celle qui traverse la Castine de bout en bout.

Les trois vieux gars s'étaient tout à coup figés. Dans le regard qu'ils échangèrent, il y avait à la fois de l'étonnement et de l'inquiétude.

– La grande faille, tu dis ? s'enquit Léonce.

– Eh bien oui, quoi. Celle qui est la plus longue, la plus large, la plus profonde.

– Parce que tu vas traîner là-haut, toi ?

– Bien sûr, depuis longtemps. C'est bourré de sauvagine, là-dedans. Et comme personne n'y va, comme je suis le seul, elles sont moins méfiantes. Pour la photo... Mais là... Un désastre, une calamité...

La gouaille de Léonce était éteinte. Il considérait Maxime d'un air grave et cherchait à comprendre.

– Tu sais que c'est dangereux, là-haut ? Sûr qu'elle y est tranquille, ta sauvagine. Faut être fou pour s'aventurer là-dedans tout seul. Même les chasseurs, ils n'y vont plus. Le nombre de chiens qu'ils y ont perdus... Un jour, tu t'y flanqueras, dans une de ces fichues failles. Avant qu'on te retrouve, ta sauvagine, elle aura eu le temps de te bouffer. Encore heureux si elle laisse les os.

Maxime se serait rengorgé, il aurait volontiers joué les fanfarons s'il n'y avait pas eu toutes ces bêtes mortes, cette odeur qui l'obsédaient.

– Laisse, dit-il. Je fais attention. Et puis, à force, je commence à connaître. Mais si je m'attendais à un pareil spectacle...

– Attends voir, l'interrompit Léonce. La grande faille, tu me dis. C'est celle qui communique avec le travers-banc, celui dans lequel ils balancent leurs cochonneries depuis des semaines. Et cette odeur, c'est quoi ?

– Ce que j'en sais, moi ! C'est comme de la merde, de l'œuf ou du poisson pourri, du soufre et je ne sais quoi encore, tout mélangé. Insupportable, je te dis.

Léonce hésitait. Il consulta du regard les deux autres. Bien sûr, ils pensaient comme lui. Il se tourna brièvement vers Juliette qui, depuis son bar, l'œil tout de même plus grave que d'habitude, suivait leur conversation sans trop comprendre.

– Tu... Tu crois que c'est ça, cette odeur, qui les a tuées, tes bêtes ?

Il y eut de l'effroi dans les yeux de Maxime. C'est que c'était grave, cette affaire-là. Il se vit tout à coup dans la peau d'un accusé. Qu'est-ce qu'il y pouvait, lui ?

– Est-ce que j'ai dit ça ? se défendit-il. Tout ce que je vois, tout ce que je sais, c'est que Dalton, pas fou, il a refusé de s'approcher. Bien deux cents mètres avant la faille, il a commencé à traîner la patte. J'avais beau l'appeler, il avançait de moins en moins vite. À la fin, il a même fait demi-tour. Je n'ai pas trop fait attention, il n'en fait qu'à sa tête, ce bestiau-là. Et puis, il y avait déjà cette odeur qui se faisait de plus en plus forte. J'ai d'abord trouvé un écureuil mort. Puis ça a été les garennes. Pauvre ami, il y en avait partout, tous allongés sur le flanc. Des renards, un blaireau, même deux chevreuils…

– Pas d'oiseaux ?

– Si, quelques merles, mais pas beaucoup.

– Et ça vient de la grande faille ? Tu es sûr ?

– Vas-y voir. Tu ne me la poseras plus, ta question.

Ils se turent. Allongé de tout son long sur la fraîcheur du carreau, Dalton leva la tête. Ça l'étonnait, ce silence. Pour un peu, il aurait été pris de la même sourde inquiétude qu'eux. Il y avait pourtant dans sa nature de chien une dose de fatalisme qui lui fit reposer doucement la tête sur le carreau, fermer les yeux, et reprendre son somme à l'endroit précis où il l'avait brièvement laissé.

– Et votre camion ? demanda tout à coup Juliette. Il est redescendu ?

Firmin, qui ne quittait plus des yeux la route de la mine, se contenta d'un geste de dénégation de la tête. C'était donc vrai. On l'avait oublié, celui-là. Encore heureux qu'elle soit là, la Juliette. Parce que, tout de même, c'étaient bien eux, ces gros camions verts aux bâches brunes, qui allaient déverser leurs chargements là-haut.

Tout avait commencé à la fin de l'hiver. Un beau matin, ils avaient vu arriver toute une flopée de camions, de bulldozers et de niveleuses. Sous leurs regards ébahis, ils s'étaient mis en devoir de retaper l'ancienne route de la mine. Il faut dire qu'elle en avait besoin, depuis le temps…

Plus de vingt ans qu'elle était fermée, cette mine-là. Pendant près d'un siècle, le hameau n'avait vécu que par et pour cette exploitation de spath fluor, plus couramment appelé fluorine et localement castine. Des générations d'ex-paysans avaient extrait ce beau minerai aux reflets mauves et verts. On leur avait expliqué qu'il augmentait dans des proportions considérables l'incandescence des feux des hauts-fourneaux du Creusot et d'ailleurs où l'on coulait le fer et l'acier d'une industrie sidérurgique florissante et toute-puissante.

C'était le temps où le café-hôtel-restaurant de Rosalie ne désemplissait pas ; le temps où le monde grouillait au hameau. On vivait plutôt bien, même si les salaires n'étaient pas mirobolants. Pendant que l'homme était à la mine, la femme entretenait les quelques bêtes et le bout de jardin subsistant du temps lointain où on était juste paysan. Ça faisait qu'on ne manquait jamais de rien, d'autant plus qu'on se contentait de peu ! On portait chapeau bas aux ingénieurs et au maître de forge, quand il lui arrivait de passer par là. Ça ne gênait pas et c'était moins contraignant qu'au temps où il fallait montrer la même servilité au seigneur.

Celui-là, on ne se souvenait plus trop comment il avait disparu et on ne s'en souciait guère. On racontait bien parfois qu'il avait fini ruiné, juste après avoir vendu les terres où on allait trouver tout ce beau minerai, pour une bouchée de pain à un laboureur du pays du nom de Bézu. Fortune faite, celui-ci s'était empressé de disparaître aussi, mais pour des raisons inverses. Devenus des gens de la haute, les descendants du laboureur ne pouvaient évidemment plus se commettre dans un si petit pays.

On se souvenait encore du temps où le château abritait le faste de la vie qu'y menaient les Bézu. Dominant le hameau, invisible, de l'autre côté de la route, derrière les arbres plus que centenaires de son parc, il avait longtemps été le centre de la vie locale, le point de mire des moindres entreprises dans lesquelles on ne s'engageait jamais sans s'être posé la question de savoir ce que pourrait bien en penser et en dire le château.

Puis le vent avait progressivement tourné. Les fêtes au château s'étaient faites de plus en plus rares jusqu'à ne plus être qu'un souvenir. On avait réduit le personnel et les périodes où il restait vide, tous volets clos, s'étaient allongées. Ce n'était pas que la fortune des Bézu eût subi quelque revers. Bien au contraire florissante, elle exigeait simplement que soient trouvés d'autres cadres, d'autres ambiances, plus conformes à leur temps, à l'existence de ces gens que plus rien ne rattachait à leurs origines. Le château finit donc par être définitivement fermé.

Quant à la mine, une fois entre les mains d'une puissante société multinationale, il fallut se faire à l'idée que son temps à elle aussi était passé. La sidérurgie, à ce qu'on dit, n'avait plus besoin de fluorine.

Dans une première étape, on prétendit moderniser l'exploitation en renonçant à suivre les profondes failles qui, entre de solides parois de granit, recelaient le précieux minerai. Il était vrai qu'à force d'être creusées, celles-ci s'enfonçaient de plus en plus loin sous terre. Depuis le sommet de la colline où elles avaient été ouvertes, remonter les wagonnets pour faire redescendre leurs charges dans la vallée devenait de plus en plus illogique. On creusa donc des tunnels, les travers-bancs, à peu près à mi-pente, qui rejoignirent directement le gisement.

Le summum du progrès dont on se réjouit fort au hameau. Aurait-on ainsi équipé la mine si ses jours avaient été comptés ? Les ingénieurs n'étaient tout de même pas fous. Allons, l'avenir n'était pas si noir qu'on avait bien voulu le croire… On reprit espoir et ardeur… Jusqu'au jour où la fermeture pure et simple fut annoncée sans autre commentaire.

Il y avait de cela plus de vingt ans… Le plus extraordinaire, dans cette affaire, était qu'il y ait encore quelques habitants au hameau. Pour le reste, si le château avait été rouvert, à quelques années de là, par un étrange descendant des Bézu qui se disait comte et s'exprimait avec un épouvantable accent américain, la mine, dont les équipements avaient presque tous été démontés, était maintenant le domaine de la friche, de la broussaille et de la sauvagine dont Maxime appréciait tant d'aller tirer le portrait.

Quant à la route qu'empruntaient jadis les charrois de fluorine, rendue elle aussi à la nature, elle n'était plus praticable, à l'exception de quelques tronçons utilisés par les agriculteurs comme chemins de desserte.

– Ce serait-il que vous allez rouvrir la mine ? s'enquit Léonce auprès des ouvriers qui avaient entrepris l'opération.

À sa plus grande stupeur, ils furent incapables de lui répondre.

– Vieux, raconta-t-il au café, ils baragouinent une langue… je n'y ai rien compris. D'où ils sortent ? Va savoir…

On n'en sut rien de plus. Les travaux de la route furent rondement menés. On travailla quelque temps encore à établir de hauts grillages surmontés de barbelés électrifiés autour de l'entrée du travers-banc. Puis tout ce beau monde et son matériel disparurent sans qu'une seule fois l'un ou l'autre de ces étranges ouvriers eût franchi la porte du café de Juliette.

C'était là une grave atteinte au plus élémentaire des savoir-vivre, qui fit que le jugement fut unanime. Ces gens-là ne méritaient pas qu'on s'occupât d'eux. Mieux valait les ignorer... Oui, mais qu'est-ce qu'ils fabriquaient là-haut ? On alla voir, on tâcha de deviner, au travers du grillage. On ne vit rien et on redescendit au hameau avec tout de même au fond de soi un étrange sentiment fait pour moitié d'inquiétude et pour moitié d'espoir. Si jamais ça repartait ?

Ils furent vite fixés. Un beau matin, il y avait de ça sept ou huit semaines, ils avaient tous sursauté au bruit qu'avait fait retentir dans la vallée l'énergique double débrayage d'un camion. Ils s'étaient tous précipités, juste à temps pour voir leur premier camion vert à la benne couverte d'une bâche brune s'engageant dans la pente de la route de la mine. Il n'était pas besoin d'être grand spécialiste pour deviner que cet engin-là était lourdement chargé. Ils l'avaient vu monter lentement, en première, moteur hurlant, derrière les maisons, puis disparaître dans la courbe sous le château. Il était réapparu vingt minutes plus tard, bien plus silencieux, manifestement à vide.

Il n'avait pas sitôt disparu sur la route du bourg qu'un autre était arrivé, puis un autre, un autre encore... Vingt, trente par jour, le rythme était pris.

– Mais ils vont nous la reboucher, notre mine. Qu'est-ce qu'ils peuvent bien balancer là-dedans ?

On avait bien sûr tenté de savoir, mais jamais un camion ne s'arrêtait. D'ailleurs leurs plaques d'immatriculation, dont personne ne sut jamais trouver l'origine, indiquaient à suffisance qu'il aurait été assez vain d'espérer établir le dialogue avec leurs chauffeurs.

Lorsqu'un camion se présentait devant les lourdes grilles qui empêchaient l'accès à la mine, celles-ci s'ouvraient automatiquement et se refermaient très vite derrière lui. On le voyait alors s'engager dans le travers-banc qui s'illuminait tout à coup, mais sans qu'on puisse en voir le bout. On entendait le camion manœuvrer. L'avertisseur de marche arrière résonnait quelques instants sous la voûte de granit. Il fallait tendre l'oreille pour entendre le chargement glisser de la benne dans le vide, puis le camion réapparaissait, refranchissait la grille aussi vite refermée, et le travers-banc s'éteignait alors qu'il s'engageait dans la descente.

Vexés, ulcérés qu'on disposât ainsi de leur mine sans rien leur en dire, les habitants du hameau décidèrent que tout ce va-et-vient ne les concernait pas. Ces camions-là, ils avaient fini par les oublier. Ils n'y attachaient plus la moindre importance et, ce grand moment de crainte, d'espoir et de curiosité passé, ils avaient repris leur existence paisible exactement comme si rien ne s'était passé.

Il suffisait pourtant qu'un seul de ces lourds engins ne respectât pas le rythme régulier de leurs allées et venues pour qu'ils redoutent le pire.

– Ça fait combien de temps maintenant ? s'inquiéta Léonce.

– Bof, je ne sais pas moi. Une heure, peut-être plus.

– Une heure ! Tu rigoles ? Ça fait bien deux heures, je te dis, moi.

– Une heure, deux heures... Qu'est-ce que ça peut faire ? Ce n'est pas normal, voilà tout.

– Tu crois que c'est ce qu'ils balancent qui pue comme ça, sur la Castine ?

– Quoi d'autre ?

– C'est quoi, d'après toi ?

– Ce que j'en sais.

– Tu crois qu'il y a un danger ?

– Demande à la sauvagine à Maxime... Si c'est bien ça...

Ils s'étaient tous regroupés autour du bar et parlaient à voix feutrée, comme s'ils avaient craint qu'on puisse les entendre.

– Il ne redescendra donc pas, cet outil-là !

– Peut-être... Peut-être qu'il est arrivé quelque chose ?

– Et qu'est-ce que tu veux qu'on y fasse ? Si on nous demandait ce qui se passe chez nous, sur notre village, on ne serait même pas capables de répondre. Si ce n'est pas un malheur !

Le temps s'écoulait lentement, comme si l'inquiétude l'avait épaissi, en avait fait un liquide visqueux dans lequel s'engluaient leurs peurs. Ils ne pensaient même plus à leurs verres vides.

– À cette heure, qu'est-ce qu'on peut faire ? Il sera bien temps demain, avait risqué Valentin.

– Temps de quoi ? De m'en mêler ? Sûrement pas, avait ronchonné Léonce. Ils n'ont qu'à se débrouiller.

– Oui mais cette odeur, les bêtes mortes...

– Si ça doit être notre heure...

Et ils restaient là, agglutinés devant le bar, incapables de prendre une décision, rivés à l'inquiétude diffuse qui les minait.

– Peut-être... Peut-être qu'on ferait mieux d'aller se coucher, risqua Maxime qui pensait à Yvette et redoutait l'accueil qu'elle allait lui réserver.

– Peut-être, confirma Valentin. À quoi ça sert ?

Aucun pourtant ne bougeait et leur groupe, de plus en plus serré, était comme un bloc d'appréhension que quelques frissons sporadiques agitaient médiocrement.

– Allez, on verra ça demain. Moi, j'y vais.

Elle naquit du néant à l'instant même où Léonce, pour donner l'exemple, faisait le geste de s'écarter d'eux. Une plainte à glacer le sang, un long hululement modulant à l'infini les spasmes déments de sons semblant faits pour la peur. De longs frissons d'angoisse les poussaient tous de droite à gauche comme si, tout à coup, la démence s'était saisie d'eux. En vain, ils se bouchaient les oreilles. C'était si puissant qu'il leur paraissait que ça leur entrait dans le corps par la peau, comme déchirée par autant d'aiguilles ou de lames. Les têtes voltaient en tous sens, à la recherche de l'origine de ce bruit infernal. Juliette s'était recroquevillée contre ses placards, au fond de son bar. Elle se tenait la tête à deux mains et fixait sur le sol un regard épouvanté. Dalton, réveillé en sursaut, se tenait assis au milieu de la salle, le museau dressé au ciel, hurlant sa longue complainte sauvage.

Il leur parut que ça ne finirait jamais, mais quand tout à coup le silence se refit aussi brutalement qu'il avait volé en éclats, ils surent que ce serait pire encore.

6

– C'était quoi ? Dites-moi, c'était quoi, cette horreur ?

Juliette s'était redressée. Blême, tout en cherchant à comprendre, elle tentait de se ressaisir, de maîtriser le tremblement de tout son être qui l'agitait encore.

– Léonce, appela-t-elle. Dites-moi, Léonce, c'était quoi ?

– Est-ce que je sais ? grogna-t-il.

Ils étaient tous un peu groggy, comme s'ils ne parvenaient pas à se remettre d'un coup trop violent dont ils ignoraient d'où il leur était venu.

– On aurait dit... Je ne sais pas... Peut-être... Peut-être comme une sirène... Une sirène comme jamais je n'en ai entendu.

– Mais ça venait d'où ?

– D'où ? Va savoir ! Une sirène pareille, ici, à L'Huis-Chénières...

– La mine, peut-être ? hasarda Valentin.

Léonce haussa les épaules.

– Plus de vingt ans qu'il n'y a plus de sirène à la mine. Tu le sais bien. Pour quel boulot ?

– Peut-être en cas d'accident ? suggéra Firmin qui avait repris d'office sa veille au coin du rideau.

L'hypothèse retint leur attention. Et si c'était bien ça ? Et si c'était un appel ? Et ce camion qui n'était toujours pas redescendu...

– Peut-être qu'il faut aller voir...

– Voir quoi ? À cette heure-ci ? Et puis l'obscurité... Avec leurs grillages et leurs barbelés, tu ne pourras même pas approcher.

Sans se concerter, ils avaient déjà éliminé toutes les autres hypothèses. La suggestion de la mine occupait déjà tout l'espace de leurs peurs. Le temps de cette belle soirée d'été, elle avait balayé tout le reste à coups de mystères et d'angoisses. Ce camion qui n'était pas réapparu, ces bêtes mortes à la Castine, l'odeur s'élevant de la grande faille, et maintenant le hurlement déchirant de cette sirène, tout convergeait vers ces travaux, ces mouvements qui avaient réveillé le vieux chantier sans qu'on prît la peine de leur fournir la moindre explication.

Sauf s'il s'était moins agi d'une négligence que d'une précaution.

– Marche, ça ne doit pas être trop clair, ce qu'ils trafiquent, là-haut, dans la mine, grommela Léonce.

Sans raison, sans savoir ce qu'ils attendaient et même s'ils attendaient quelque chose, ils restaient là serrés, épaule contre épaule, comme si de former un tel groupe étroit devait les protéger du danger. Maxime ne parlait plus de partir. Et s'ils venaient eux aussi à crever comme les bêtes de la Castine ? Et si cette sirène, c'était le début de la fin, juste le prélude à quelque apocalypse qu'ils étaient même incapables d'imaginer ?

Le temps avait passé et déjà dilué un peu les angoisses lorsque Firmin osa parler pour rire :

– Vieux, si c'est ça, ton jardin d'Éden...

Léonce le fusilla du regard. Pauvre Firmin toujours à contretemps ! Il avait cru bien faire, histoire de détendre l'atmosphère, mais non, il était encore trop tôt. Il n'y avait que pour les esprits simples comme le sien que la tension était retombée. Valentin, Léonce et Maxime attendaient toujours quelque chose. Ils auraient été incapables de dire quoi, mais ils restaient tendus comme des arcs, attentifs et inquiets. Firmin, désabusé, posa le regard sur Dalton qui s'était réinstallé sur le carreau où les mouvements sporadiques de ses pattes, de ses babines et de ses oreilles trahissaient le rêve dans lequel il était plongé. Firmin se sentit plus proche de Dalton que de ses amis. Comme le chien, il avait une grande propension à profiter de l'instant présent, sans se plaindre du passé, ni redouter l'avenir.

Il releva les yeux et rencontra le regard de Juliette. Elle l'avait deviné et ça lui fit plaisir. Il n'était donc pas seul. Il lui adressa un large sourire et elle lui répondit. Il était heureux.

– Le comte, dit Valentin comme à regret.

On le regarda avec étonnement.

– Quoi, le comte ?

– S'il y en a un qui peut nous dire…

Léonce émit un rire grinçant.

– Nous dire quoi ? Est-ce qu'il sait seulement que ce sont ses ancêtres qui, les premiers, ont creusé là ? Qu'est-ce qu'il en sait, de la mine, cet Amerlo-là ? Et puis, à qui elle appartient, maintenant, cette mine ? Tu le sais, toi, à qui elle appartient ? Certainement plus aux Bézu, toujours. Ce qui ne rapporte pas de sous, ça ne les intéresse plus, les Bézu.

– Alors ? On ne peut pas savoir ?

– Non, on ne peut pas savoir. Qu'est-ce qu'on est, nous, pour savoir ? Essaie, si tu veux. Vas-y le voir, au château, le comte. Tu verras ce qu'il te répondra. On prend des paris ? Pas au courant, le comte… Ne sait pas, le comte. Et qu'est-ce que tu auras de plus ?

Puisque Léonce le disait… Ils retombèrent dans leur apathie. À force, ils ne savaient plus très bien ce qu'ils faisaient là ni pourquoi ils y restaient. Il leur semblait simplement essentiel de ne pas se séparer, de rester ensemble, soudés, prêts à tout. Il n'en était plus un pour regarder l'horloge et s'inquiéter du temps qui passait.

Avec la nuit, la fraîcheur était venue. Elle avait d'abord été la bienvenue, tant la journée avait été chaude. Puis une sensation de froid humide s'était glissée dans la pièce. Dalton, à moitié endormi, avait migré du carreau vers le paillasson sur lequel il s'était laissé tomber comme une masse. Juliette frissonna.

– Firmin, sois gentil, va me fermer la porte.

Il ne demandait qu'à lui faire plaisir. Il y alla, ramena soigneusement le battant de droite et rabattait déjà sur lui celui de gauche lorsque soudain il interrompit son geste.

– Écoutez !

Ils tendirent l'oreille.

– On vient.

C'était vrai. La nuit portait loin le bruit cadencé d'un pas rapide. Ça venait par le chemin. On entendait crisser le gravillon. Les mains étaient sorties des poches, les positions avaient été rectifiées. Tête haute, l'oreille tournée dans la direction de la porte, ils attendaient, raides et figés. Firmin se replia prudemment vers le bar.

Les pas approchaient. Tout à coup, ils se firent presque silencieux. Ils avaient atteint le bitume. On eut encore le temps de voir une grande ombre, projetée par le réverbère d'en face, celui qui se trouvait devant la porte de Léonce, se découper dans la lumière jaune de la rue et s'allonger dans leur direction au rythme saccadé d'une marche rapide. Puis une silhouette apparut au bas des marches. Elle les escalada rapidement et fit irruption dans la salle.

C'était un jeune homme, presque un gamin. D'un geste vif, il ôta son chapeau de toile. Il resta quelques instants sur le pas de la porte à cligner les yeux. Il avait une tête d'enfant. Sous une tignasse blonde que le chapeau avait ébouriffée, ses traits étaient d'une finesse et d'une régularité qui avaient quelque chose de féminin. Le regard bleu, très limpide, ne faisait qu'accentuer l'impression. Vêtu d'un simple tee-shirt et d'un short, chaussé de grosses bottines de marche, il portait un énorme sac à dos dont il dégagea d'un geste la bretelle gauche. Il le laissa glisser sur le sol.

– Vite, dit-il.

Il vint vers eux. Ils n'avaient pas bougé d'un pouce et le considéraient tous d'un œil effaré comme si un randonneur pouvait être une totale incongruité.

– Vite, répéta-t-il. On appelle au secours, là-haut. Il faut y aller.

Dans le regard qu'ils échangèrent, il sembla que chacun voulait s'assurer qu'il avait bien entendu la même chose que son voisin.

– Au secours ? dit Léonce du ton le plus bourru qu'il put trouver. Qui appelle au secours ? Et d'abord, qui tu es, toi, pour nous dire ce qu'il faut faire ?

Le gamin s'attendait à tout sauf à ce ton méfiant. Il en resta quelques instants interloqué, les dévisageant les uns après les autres.

– Je ne sais pas, moi, qui appelle au secours. Tout ce que je sais, c'est ce que j'ai entendu. Il y a d'immenses grillages. Je n'ai pas pu entrer. Ça vient d'un trou, comme une grotte.

– Et c'est à cette heure-ci que tu arrives ?

L'incongruité de la question le laissa une nouvelle fois sans voix. Puis il eut un geste de la main comme pour évacuer le problème.

– J'ai été retardé, voilà tout. J'aurais préféré arriver plus tôt. Et puis, là-haut, j'ai perdu un temps fou à essayer d'entrer. Il y a des grilles énormes. J'ai tout essayé pour les ouvrir. Tout ce que j'ai réussi, c'est à déclencher une sirène, un bruit épouvantable.

C'était donc ça !

– Ah ben, tu vois ! Une sirène à la mine. Comme si…

– Ils auraient pu nous dire, nous prévenir.

– Et puis ça sert à quoi, leur sirène ? Puisqu'il n'y a personne…

– À nous foutre les jetons, tiens. Ils y sont bien arrivés !

– Vite ! Il faut faire quelque chose. On ne peut pas le laisser comme ça, cet homme-là. Vous auriez entendu comme il appelait…

Ah ! On l'avait presque oublié, celui-là. Faire quelque chose ! Bien sûr, mais quoi ?

– Qui te dit qu'il appelait au secours ?

– Vous ne l'avez pas entendu, vous !

– Qu'est-ce qu'il disait ?

– Est-ce que je sais, moi, ce qu'il disait ? Il appelait au secours, c'est tout.

– Tu ne sais pas ce qu'il disait, et tu sais qu'il appelait au secours.

– Bien sûr ! Ça s'entend, non ? Je ne sais pas si c'est parce que ça résonnait, mais j'ai bien l'impression que ce n'était pas en français. Je n'ai pas saisi la langue. Mais tout ce que je peux dire, c'est qu'il appelait au secours, plutôt deux fois qu'une. Vite, il faut y aller. Il faut faire quelque chose.

– Et quoi ? Qu'est-ce que tu veux qu'on fasse ? On n'a pas la clef. On ne sait pas comment ça marche, leur truc.

La vérité était qu'ils n'avaient aucune envie d'y aller. On avait trop disposé d'eux, dans cette affaire-là. Ils n'arrivaient pas à se sentir concernés autrement que par la sourde menace qu'ils sentaient planer sur eux. Et puis, la nuit, avec ce barrage de grillages et de barbelés qu'ils ne pourraient pas franchir...

– Tu ne nous as toujours pas dit qui tu es, grogna encore Léonce.

Il eut un geste d'exaspération.

– Je suis un randonneur, voilà tout. C'est le hasard qui a voulu que je passe par là, que ça tombe sur moi.

– Et ton nom ?

Un instant, il fixa sur Léonce un regard noir d'une telle intensité que Juliette, qui, de derrière son bar, ne le quittait pas des yeux, en eut un frisson. Elle n'osait pas encore se l'avouer, mais il lui plaisait bien, ce petit randonneur-là qui allait passer la nuit chez elle...

– Je m'appelle Sébastien. Voilà, maintenant vous savez. Bon, qu'est-ce qu'on fait ?

Au fond, Léonce était bien embêté. Une expédition nocturne à la Castine ne le tentait pas plus que les autres, mais il savait bien qu'il ne pourrait pas se contenter de s'en désintéresser.

– Ce qu'on fait..., répéta-t-il. Tu en as de bonnes, toi. C'est qu'il n'y a pas grand-chose à faire. Sinon attendre le premier camion qui montera, demain matin.

– Vous n'y pensez pas ! C'est tout de suite, c'est maintenant qu'il faut tenter quelque chose. On ne peut pas rester là, les bras croisés.

C'était qu'il commençait à les fatiguer, le petit gars.

– Moi, je serais plutôt de l'avis de Sébastien. Il faut faire quelque chose. Au moins y monter, à cette fichue mine, voir sur place. Il y a peut-être un moyen. Il y a sûrement un moyen.

Si Juliette s'en mêlait ! Stupéfait, Léonce se tourna d'un bloc vers elle. Leurs regards s'affrontèrent. Accoudée au bar, elle était tout sourire et se fichait ouvertement de lui. Lentement, il se tourna vers le petit randonneur, puis revint vers Juliette. Elle ne le regardait déjà plus. C'était Sébastien qui avait droit à toute son attention, et quelle attention ! Léonce comprit.

– C'est bon, dit-il. Puisque Juliette le veut !

7

– On devrait prévenir le Dédé.

Une idée, ça. Le Firmin, ça lui arrivait d'en avoir, parfois, mais il ne fallait surtout pas qu'il le sache.

– Tu as vu l'heure ? Le Dédé, il est sous la couette, avec la Reine. Pour l'en sortir…

– On peut toujours essayer. Il nous monterait dans sa remorque. Ça irait tout de même mieux.

– Eh bien, essaie donc.

– Peut-être qu'il est réveillé, avec la sirène, espéra tout haut Firmin en composant sur le cadran du téléphone que lui avait avancé Juliette le numéro d'André et de Reine Blandin, agriculteurs.

Il fallut tout de même attendre.

– Dédé, c'est Firmin. Faut que tu viennes, vieux. C'est grave. On a besoin de toi. Attelle donc la remorque et viens nous rejoindre chez Juliette. On t'attend.

Il y eut un silence si long que Firmin s'inquiéta.

– Oh, Dédé, tu es là ?

– Tu te paies ma tête ou quoi ? Tu as vu l'heure ? Sortir le tracteur ? Et puis quoi encore ?

– Si, vieux, je t'assure. Faut qu'on y aille. Il paraît qu'il y en a un qui appelle au secours dans le travers-banc.

Nouveau silence. Dédé avait beaucoup de mal à émerger des brumes du sommeil.

– Au secours, dans le travers-banc ? Alors, cette sirène, c'était ça ? Je ne savais plus si c'était pour de bon ou si j'avais rêvé.

– C'était ça. Dépêche-toi, vieux gars, faut qu'on monte.

André Blandin grogna encore un peu pour la forme, puis se décida.

– Bon, j'arrive. Mais je dois atteler la remorque. Ça va prendre du temps.

– On t'attend... Il vient !

Firmin s'en était bien sorti. Il n'en était pas peu fier

– Il a fallu le décider, mais il vient, insista-t-il en repassant le téléphone à Juliette par-dessus le bar.

– Tiens, Juliette, mets-nous donc un coup à boire. Ça fera passer le temps.

– Pas pour moi.

Sébastien, une fesse sur un tabouret, le regard sombre, pianotait nerveusement sur le bar.

– Comme s'il s'agissait de passer le temps..., grogna-t-il.

– Ce n'est rien. Avec le tracteur et la remorque, vous y serez plus vite que si vous y étiez partis à pied.

Elle voulait le rassurer, le calmer. Il lui adressa un large sourire. Elle le lui rendit et y mit bien plus de douce expression que raisonnable. « Tiens donc ! » remarqua Sébastien. Rien de cela, bien sûr, n'avait échappé à Léonce.

– Il vient, ce coup à boire ? fit-il mine de s'impatienter.

Il fallut bien que Juliette se détourne. Le pianotage sur le bar s'était fait beaucoup plus discret. Sébastien ne la quittait plus des yeux.

Quand on entendit enfin monter dans la nuit le bruit du tracteur, ils vidèrent leurs verres d'une lampée et les reposèrent tous sèchement sur le bar presque à l'unisson.

– Allez, on y va !

C'était à leur tour d'être pressés et à celui de Sébastien de fermer la marche en échangeant un dernier et long regard avec Juliette.

La nuit était sans lune. On n'y voyait pas à trois pas. Debout dans la remorque, se tenant solidement des deux mains aux ridelles, ils se taisaient. Indifférent aux chaos du chemin, Dédé roulait vite. De l'arrière, à travers la cabine vitrée, ils devinaient la large flaque lumineuse que le tracteur poussait devant lui, mais eux restaient dans l'épaisseur de l'ombre. Dérisoire bataillon de sans-grade montant à l'assaut de réalités qui les dépassaient de si loin que les puissants par qui tout cela survenait n'avaient même pas jugé utile de les tenir au courant.

Tout à coup, le même hurlement sinistre jaillit à nouveau des ténèbres. Dédé freina si brutalement qu'ils boulèrent tous les uns sur les autres, dans leur remorque.

– Quoi encore ?

Ils étaient figés, tétanisés par le déchirement lugubre de ces décibels jetés dans l'espace avec une telle puissance que, malgré eux, ils ne pouvaient que rentrer la tête dans les épaules et tenter, mais en vain, de s'assourdir de leurs mains plaquées sur les oreilles. Seuls dans cette obscurité épaisse, ils attendaient d'être écrasés, pulvérisés d'un instant à l'autre sans même pouvoir deviner qui allait les agresser ni d'où viendrait le premier coup.

– Quoi encore ? répéta Léonce en hurlant de toute la force de ses poumons.

Il était le seul chez qui brûlait encore une lueur de révolte. Il ne serait pas dit que Léonce le forgeron avait renoncé sans se battre ! Contre quoi, contre qui ? Renonçant à tenter de se protéger du bruit, il levait au ciel d'encre des poings formidables qu'il rêvait d'asséner sur la source de ce bruit insupportable.

– C'est là-haut. Je le sais bien. Il faut y aller. Il faut repartir, tenta Sébastien. Dites à votre ami. Pourquoi s'arrêter ?

Un reste de raison dans le flot de leur affolement. Léonce se tourna vers la cabine du tracteur. Dédé n'y était plus.

– Dédé ! hurla-t-il.

Son cri parut d'autant plus énorme qu'à l'instant même où il appelait, le glapissement suraigu de la sirène parut s'évaporer dans la nuit. À nouveau le silence, rien que la profondeur du silence et l'angoisse de sa fragilité.

– Dédé, où tu es ? Vite, vieux gars. Faut foncer.

On bougea sous le tracteur.

– C'est toi, Dédé ?

Une ombre se découpa lentement dans la lumière des phares restés allumés.

– Vouais, grogna un Dédé piteux. On y va.

Ils repartirent. On roulait moins vite. Les regards sondaient, de part et d'autre de la masse sombre du tracteur, les lisières de son éclairage où dansaient les ombres devenues menaçantes des buissons et des rochers bordant la petite route.

Enfin, au détour d'un dernier virage, ils débouchèrent sur la vaste plate-forme sur laquelle, jadis, on stockait le minerai. Au fond de celle-ci s'ouvrait le travers-banc. Sidérés, bouche bée, ils crurent un instant à une illusion, un mirage né de leur trouble.

Il leur fallut pourtant admettre l'évidence : le site était illuminé. Tout au long du grillage électrifié, de puissants phares en éclairaient alternativement l'intérieur et l'extérieur, dessinant une vaste avenue de lumière de part et d'autre du tunnel dont rien ne les séparait. La grille était grande ouverte.

– Ce n'est pas possible..., murmura Sébastien.

Dédé, prudent, arrêta son tracteur juste avant de franchir l'enceinte.

– Qu'est-ce qu'on fait ? demanda-t-il sans se retourner.

– On y va, bien sûr, cria Sébastien en sautant de la remorque.

Ils le suivirent sans enthousiasme. Il était déjà à l'entrée du travers-banc. Au sommet de la voûte taillée dans la roche, de longs tubes fluorescents dessinaient un étrange chemin incandescent dont les lueurs crues effaçaient jusqu'à la moindre zone d'ombre.

Ils s'engagèrent.

– C'est long ? demanda Sébastien.

– Encore assez, grogna Léonce. Après la courbe, là-bas, on n'est plus bien loin du trou.

On y voyait comme en plein jour, mais ils ne parvenaient pas à se rassurer.

– Dédé, tu as pris ta lampe ?

Il dressa au-dessus de sa tête une puissante torche dont la seule vision eut pour effet de leur rendre un peu de courage. Ils dépassèrent la courbe et virent le fond du tunnel sur lequel se brisaient les dernières lueurs de l'éclairage.

– Faudra faire attention, au bout. Ça fait un fameux trou, prévint Léonce.

Avant même de l'atteindre, ils avaient deviné son ombre béante dans laquelle s'abîmait la piste qu'ils suivaient et que marquaient des traces de roues de camions.

– Personne, constata Valentin. S'il est tombé dans ce trou-là, ton gars, sûr qu'il n'y a plus grand-chose à faire.

Dédé avait allumé sa torche. Le fond du tunnel, avant d'atteindre le trou, s'élargissait en une sorte de petite place sur laquelle les camions devaient manœuvrer. Du long pinceau lumineux de sa lampe, il fouillait les angles, les replis de la roche où auraient pu subsister quelques résidus d'obscurité. En vain.

– Tiens, regarde donc.

Il n'était pas nécessaire de faire un dessin. En atteignant le bord du gouffre, ils avaient tout de suite compris. Les traces des camions convergeaient toutes vers ce qui avait été une sorte de quai bâti en porte-à-faux au-dessus du vide. Ils devaient reculer là-dessus pour balancer plus sûrement leurs chargements au fond du trou.

Seules quelques ferrailles tordues et rouillées retenaient encore la construction, dont il ne fallait pas être devin pour comprendre qu'elle avait cédé sous le poids du dernier camion.

– Pas étonnant qu'on ne l'ait pas vu redescendre, dit Firmin.

– Pour descendre, il est descendu, grinça Léonce. Dédé, passe-moi ta torche.

Il se mit à plat ventre à l'extrême bord du précipice et, tenant la lampe à bout de bras, il tenta d'en éclairer le fond.

– Venez voir.

Ils s'allongèrent tous à côté de lui. Loin, très loin en dessous d'eux, il lui fallait balancer doucement le faisceau lumineux de droite à gauche pour pouvoir encore, au bout de sa trajectoire, accrocher quelques reflets de ce qui pouvait être la cabine d'un camion. Le reste semblait avoir déjà été englouti par une sorte de magma sombre dont ils ne pouvaient évidemment pas discerner la nature.

– Ça pue, dit Firmin.

– C'est pourtant vrai.

– Comme là-haut, dit Maxime.

– Allez, on ne reste pas là. On ne peut plus rien faire.

Ils se reculèrent prudemment en rampant avant de se relever. Ils se sentaient mal à l'aise, oppressés. Ils se redressèrent lentement, comme s'il leur en coûtait un effort démesuré. Et Maxime tout à coup pivota sur lui-même et s'affaissa doucement.

– Vite, on sort, décida Léonce. Aidez-moi.

Ils le saisirent, qui par un bras, qui par une jambe, et se hâtèrent vers l'air libre.

– Ça va, Maxime ? Tu reviens ?

Ils l'avaient allongé sur un peu d'herbe, à l'entrée du travers-banc et Léonce lui avait tapoté les joues jusqu'à ce qu'il reprenne ses esprits. Il s'était levé lentement, s'était ébroué une ou deux fois et avait porté sur eux un regard ébahi.

– Mais qu'est-ce qui m'est arrivé ?

– Tu as tourné de l'œil, vieux gars. Voilà tout.

– Ben, et pourquoi donc ?

Léonce haussa les épaules.

– Sûr que ça ne doit pas être trop ragoûtant, ce qu'ils balancent là-dedans. Ce n'est pas là qu'on viendra faire une cure de santé.

– Mais là-haut, sur la Castine, ça puait encore pire qu'ici.

– Là-haut, tu étais à l'air libre. Et puis, tu n'y es pas resté longtemps. Tu as vu ce que ça a fait à toutes tes bestioles ? Peut-être que c'est arrivé brutalement, tout d'un coup. Elles n'auront pas eu le temps de s'éloigner. Au fond du trou, on était enfermé. Pas de renouvellement d'air.

– Pourtant, ici, ça ne sent pas, s'étonna Sébastien.

– Oh, ça, c'est simple ! s'empressa d'expliquer Léonce avec la pointe de fierté de celui qui sait. Déjà, du temps de la mine, on l'utilisait, ce truc-là. C'est que la faille de la Castine, ouverte en plein ciel, là-haut, ça fait appel d'air. Ça entre par ici et ça remonte, comme par une cheminée, jusqu'au sommet. Crois-moi que les ingénieurs, à l'époque, ils avaient eu tôt fait de la comprendre, cette affaire-là. Tu penses, ça leur économisait une ventilation. Il n'y a pas de petit bénéfice, je te dis ! Allez, ça va mieux, Maxime ? Tu tiendras le coup ? Faut y aller maintenant.

– Et l'homme qui appelait au secours ? tenta une dernière fois Sébastien.

– Quel homme ? Tu en as vu trace, toi ? Si ça tombe, il est au fond du trou, avec son camion. Et là, nous, on ne peut plus rien pour lui. Maintenant, c'est à ceux qui l'ont mis là de s'en occuper.

Quand ils atteignirent le village, le ciel blanchissait à l'est. Juliette n'avait pas fermé son café pour autant. Elle les attendait.

– Alors ? demanda-t-elle.

– Alors, rien !

Ils lui donnèrent trois explications sans enthousiasme. L'envie leur venait enfin d'aller se coucher. Elle n'insista pas. Elle avait retrouvé le regard de Sébastien et eut tout à coup très envie qu'ils partent. Il fallut tout de même leur servir un dernier verre, parce que ça se faisait, et attendre qu'ils aient fini. Elle remit la vaisselle au lendemain, alla verrouiller la porte sur les talons du dernier et se tourna enfin vers lui. Il se tenait debout au bout du bar, son sac de randonneur à côté de lui.

– Viens, dit-elle. Je vais te montrer.

Au passage, elle lui prit la main.

8

Clara posa son cabas sur la table et, à gestes emportés, se mit en devoir d'en répartir le contenu entre le réfrigérateur et les placards de la cuisine. Sa façon alerte de se mouvoir d'un coin à l'autre de la pièce n'aurait rien eu que de banal si elle n'avait pas été si peu en conformité avec ce que l'on se croyait en droit d'attendre d'une personne d'une telle corpulence.

Clara était noire, d'un beau noir sans la moindre nuance de métissage. Elle en rehaussait encore la tonalité en s'affublant ordinairement d'amples robes faites de tissus aux couleurs chatoyantes ornés de grands dessins de fleurs ou même parfois de personnages parmi les plus illustres. Elle portait, ce jour-là, sa robe Lincoln et n'en était pas peu fière, bien qu'elle se désolât que ces rustres du hameau soient incapables d'apprécier.

Clara était née, à plus d'un demi-siècle de là, dans un petit village de ce qui devait devenir la république du Gabon et n'était encore, à l'époque, qu'une dépendance de l'empire colonial français d'Afrique. Elle n'aurait d'ailleurs jamais dû la quitter si son chemin n'avait pas croisé celui de Fulbert William Bézu, comte de la Castine. Encore n'était-il, à l'époque, que William Bézu, plus couramment appelé Bill. Mister

Bill, tel il avait été le premier jour pour Clara, et tel il serait toujours.

C'était en un temps où Clara était bien plus fine, svelte et craquante qu'elle n'était aujourd'hui. Pour quelques sous par jour, elle faisait le ménage, épluchait les légumes et se défendait plus ou moins mollement des appétits des officiers et des fonctionnaires, clients ordinaires du grand hôtel de Libreville où l'avait chassée la misère de son village natal. C'était là qu'une fois de plus, Bill Bézu, de passage, s'était trouvé fort embarrassé de lui-même après que l'eut abandonné l'un ou l'autre de ses serviteurs successifs. Il avait demandé comme un inappréciable service à la jeune soubrette de venir au secours de son incapacité à boucler ses valises. Elle avait accepté.

Depuis, elle n'avait plus quitté Mister Bill, courant le monde à sa suite, faisant office de cuisinière, parfois majordome, valet de pied, secrétaire, voire chauffeur et même à l'occasion maîtresse, selon les situations dans lesquelles les mettait la fantaisie de son employeur. Or celle-ci était très vaste !

Clara, que rien ne prédisposait à cette vie d'errance, ne s'en trouva pas mal. Cela convint particulièrement à Bill Bézu qui, lorsqu'il la rencontra, commençait à se lasser de devoir remplacer régulièrement un personnel que fatiguait très vite l'existence quelque peu décousue qu'il menait. Clara sut à merveille accorder les aléas de sa propre vie à ceux de son employeur. Au-delà du contrat existant officiellement entre eux, une sorte d'entente tacite les unissait. Quoi qu'il arrive, quoi qu'ils fassent, c'était toujours entre eux à titre de revanche.

C'était là des relations d'employeur à employée d'un genre peu courant. Elles fonctionnaient pourtant assez bien pour que, lorsque Mister Bill avait révélé à Clara que, sauf à rompre une collaboration aussi ancienne et harmonieuse, il lui faudrait se faire à l'idée de finir ses jours au château de L'Huis-Chénières, avant de s'y résoudre, elle n'avait eu qu'un très bref instant d'hésitation.

Lorsque William Bézu vint au monde sur les bords de l'Ohio, à Pittsburgh, Pennsylvanie, au sein d'une riche famille d'hommes d'affaires, rien ne semblait le prédisposer à se retirer, l'âge venant, dans un château français qui, pour modeste que fût sa taille, n'en portait pas moins avec beaucoup d'élégance ses quelque trois siècles d'existence. Sa fortune étant acquise dès sa naissance, parvenu à l'âge des études, il ne vit pas pourquoi il lui faudrait forcer un talent – qu'il avait d'ailleurs modeste – pour décrocher des diplômes dont il estimait n'avoir que faire.

Lorsqu'il fut pour de bon à la tête de ce qui lui ôtait tout souci d'existence, il annonça qu'il avait enfin fait le choix d'une profession. Comme on désespérait, dans son entourage familial, de ses capacités à faire quelque chose de ses dix doigts, on porta une attention toute particulière à ce qu'il allait révéler. Parmi ces gens qui ne connaissaient guère d'autre religion que celle de l'argent, la surprise fut grande et pour tout dire assez désagréable lorsqu'il déclara qu'il entamait une carrière d'écrivain-journaliste-globe-trotter. On imagine la stupéfaction et l'effroi !

Il avait pourtant quelques avantages à faire valoir. Fort adroitement, il confia la gestion de sa fortune pour moitié à des agents d'affaires, pour l'autre moitié à sa propre famille. Les uns jalousant les autres, ils n'avaient plus d'autre ressource que de s'engager dans la compétition. Dans l'espoir qu'il reviendrait d'un si funeste choix et finirait par confier le tout au plus rapace, ce fut à qui valoriserait le mieux le pactole. Il se garda bien de céder aux instances contradictoires des uns et des autres et, débarrassé du souci trivial de ses fins de mois, il partit courir le monde. Il le courut d'ailleurs durant toute sa vie ou presque, ne refaisant de brèves réapparitions à Pittsburgh que pour s'assurer des fruits de cette gestion bicéphale.

Il envoyait sporadiquement ses textes à quelques parutions trop heureuses de pouvoir publier des reportages sur les contrées les plus lointaines sans avoir à engager de dispendieux frais de déplacement. Quelques éditeurs, pour les mêmes raisons d'exotisme à bon compte, accueillirent favorablement les ouvrages qu'il leur proposa. À la nuance près, mais de taille, des préoccupations financières qui ne l'embarrassaient pas, il était donc pour de bon écrivain-journaliste-globe-trotter.

Ce fut au cours d'un de ces voyages que Clara eut l'occasion pour la première fois de lui boucler ses valises. Opération dans laquelle elle eut, par la suite, à force de la répéter, l'occasion d'acquérir une dextérité tout à fait remarquable.

Tant il est vrai qu'on finit par se lasser de tout, même des meilleures choses, vint le temps où Mister Bill sentit que cette vie d'errance commençait à lui peser. Mais où poser son sac ? À Pittsburgh ? Certainement pas ! L'odeur des affaires y était bien trop forte et nauséabonde à son goût. Alors où ? Il chercha longtemps tout en continuant, par habitude, à courir le monde.

Ce fut en fin de compte le directeur d'un grand hôtel parisien qui le mit sur la voie.

– Votre nom, lui dit-il, est fort probablement d'origine française. J'ai eu, parmi mes clients, des Bézu qui étaient des gens tout à fait honorables.

Ce qu'il fallait évidemment traduire par possédant une fortune assez confortable pour mériter ce qualificatif. Ce détail éveilla la curiosité de William Bézu. Le souvenir lui revint de son père lui racontant qu'un sien aïeul, dissident d'une famille française fortunée, après s'être quelque peu brouillé avec ses ascendants, avait exigé sa part du gâteau et l'avait expatriée au pays du dollar roi.

Les causes de cette chamaillerie familiale lui étant inconnues, s'en souciant peu et estimant qu'il pouvait, depuis, y avoir prescription, William Bézu, qui se trouvait bien à Paris, eut la curiosité de retrouver ces lointains cousins. Oui, mais comment s'y prendre ?

– *Who's Who !* lui dit simplement le même maître d'hôtel à qui il confia son désir.

C'était l'évidence. Il eut tôt fait de se retrouver quelques lointaines parentés dans les pages de cette vénérable institution. Il les contacta. Le maître d'hôtel, toujours aussi prévenant, fut chargé de les rassurer quant à ce qu'il appelait son honorabilité, et William Bézu put être reçu dans sa famille française exactement comme s'il ne l'avait quittée que de la veille.

Son accent et la rondeur tout américaine de ses façons surprirent un peu, mais on s'y fit. L'intérêt qu'il manifesta pour l'histoire familiale flatta. On n'en attendait pas tant de la part d'un de ces parvenus d'Américains qui s'imaginent tous que le monde est né avec eux. Du moins était-ce la récurrente certitude qu'entretenait le clan des Bézu jusqu'à ce que leur cousin d'Amérique leur révèle qu'elle pouvait supporter des exceptions.

On s'empressa donc d'extraire des tiroirs les plus profonds des vénérables meubles de famille les documents, les lettres aux plis cassants d'âge, à l'écriture élégante juste un peu passée, les arbres généalogiques patiemment élaborés sur de grandes feuilles quadrillées, les photos sépia et les diplômes les plus glorieux. On débarrassa la table de la salle à manger. On y étala toutes ces vénérables reliques et on put s'offrir avec délectation à soi-même, en même temps qu'à Bill Bézu émerveillé, l'évocation émue de l'ancêtre commun par qui tout était arrivé.

9

Faute d'être fortuné, Fulbert Bézu ne devait pas être pour autant un personnage passant inaperçu. Petit-fils et fils de laboureurs, laboureur lui-même au hameau de L'Huis-Chénières, commune de Versangy, peu sensible aux changements qui commençaient à bouleverser le monde, l'homme n'avait pour toute religion que celle du travail. Un bourreau de travail, Fulbert Bézu. Pour lui et pour sa nombreuse famille, il n'y avait rien qui puisse exister au-delà de cette évidence : de l'aube au crépuscule, six jours sur sept, le travail et rien d'autre.

D'ailleurs, ce septième jour abandonné au repos du Seigneur était son plus grand tracas. Peut-être le mince intérêt qu'il pouvait tout de même porter aux idées nouvelles qui commençaient à faire frémir des campagnes aussi reculées que la sienne tenait-il justement à ce qu'il pourrait gagner si, d'aventure, il parvenait à récupérer ce maudit septième jour.

L'Empire, le second, se souciait bien plus d'affaires et de gros sous que de maintenir de ruineuses traditions. Il n'était qu'à voir le peu de cas qu'il faisait des rentiers. Ni plus ni moins que ceux-ci, qu'il contraignait à choisir entre la ruine ou le travail, les curés finiraient bien par devoir subordonner l'autorité qu'ils entendaient exercer sur le peuple aux nécessités du temps. Que le revenu d'un jour de bel et bon travail soit perdu pour si peu ne serait bientôt plus tolérable. Dès lors, on ne risquerait plus leur courroux et donc celui des femmes, leurs plus fidèles affidées, à prétendre atteler la charrue le dimanche.

Tel était l'espoir de Fulbert Bézu à la décharge duquel on peut mentionner le fait qu'il avait trop vu et subi de misère, dans son jeune temps, pour hasarder d'en faire subir de nouvelles à sa famille. Cette tyrannie du travail partait donc d'un bon sentiment, même si ce dernier lui servait plus couramment d'alibi et de bonne conscience pour ne rien concéder à la grâce qu'imploraient parfois certains des siens.

Le travail, rien que le travail, il n'y avait pas de salut hors cette idée fixe bien qu'elle ne fût, en fin de compte, que le moyen d'une autre obsession : celle du gain, aussi minime soit-il, qu'il fallait gratter encore et toujours sur le dos de l'adversité, qu'il fallait thésauriser et défendre sans cesse contre la tentation de la dépense inutile, jusqu'à ce que soit atteint le but ultime : la possession !

Posséder ! Être le maître ! À quoi aurait servi de tant travailler si n'avait pas existé, au bout de ce chemin d'acharnement, l'espoir de détenir ? Or, jusque-là, ce que possédait Fulbert Bézu se comptait sans trop de difficulté. Sa modeste borde et le chaume qui la couvrait, quelques meubles de bois brut, deux vaches, un cochon, un âne et la charrue sans laquelle il n'aurait même plus eu de métier ; voilà pour l'essentiel.

À force de travail acharné, le bas de laine, sous la pile de draps, dans la rustique armoire, au fond de la pièce unique du logement, finit tout de même par s'arrondir bel et bien. À tel point que, lorsqu'il apprit que le châtelain local cherchait à vendre quelques coteaux dominant le hameau, Fulbert Bézu s'en fut extraire le magot de sa cache. Longtemps il le soupesa, le caressa, le cajola.

Qu'une telle idée puisse germer dans sa tête de laboureur l'emplissait tout à la fois d'aise et d'effroi. N'était-ce pas dans le même temps merveille et grand risque qu'un laboureur se trouve en position de pouvoir prétendre au rachat des terres du seigneur ? Oh, ce n'étaient pas là les meilleurs labours qu'on puisse espérer. Hormis la broussaille, ces coteaux-là n'avaient jamais porté grand-chose. La terre y était maigre et peu épaisse. Le caillou affleurait partout, mais les coteaux étaient vastes. La surface, selon Fulbert Bézu, compenserait largement la frugalité des récoltes escomptées, à la seule et prévisible condition qu'on ne ménageât pas sa peine pour essarter, gratter, amender, désherber...

Fulbert Bézu osa se rendre au château. Il y fut reçu aux cuisines. On fit la revue complète de l'état de santé des uns et des autres. On parla du temps, celui qu'il faisait, qu'il avait fait ou qu'il ferait. On dit grand bien de la politique menée par l'empereur. On se lamenta juste ce qu'il fallait sur la dureté des temps, dont on fit porter la responsabilité à tous ceux qui ne pensaient pas comme eux. Puis, enfin, jugeant qu'il en était temps, Fulbert Bézu, le pauvre laboureur, osa aborder la question des terres que le châtelain entendait vendre. Comme il se devait, la négociation fut âpre, besogneuse, relevée d'instants cruciaux où les positions irréductibles se heurtaient jusqu'au point ultime au-delà duquel la rupture, que personne ne voulait, serait irrémédiable.

Il fallut plusieurs heures pour qu'on parvienne enfin à l'instant où on se topa dans la main. Toper dans la main du châtelain ! Fulbert Bézu, s'en revenant chez lui, ne s'en remettait toujours pas. Il avait topé dans la main du châtelain ! C'étaient des générations, des siècles de servitude, de chapeau bas, d'humiliations, effacés d'un seul coup par ce geste bref, par le claquement des deux paumes se joignant et par le grand éclat de rire de deux hommes convaincus chacun pour soi d'avoir roulé l'autre !

Il fallut encore qu'accompagné de ses fils, il allât arpenter ce vaste domaine à grandes enjambées pour que s'ancre pour de bon dans sa tête de laboureur qu'il y était bien chez lui. Il concrétisa la chose en affectant à chacun sa part de l'énorme travail qui restait à faire pour que ces landes deviennent les champs et les prés de ses rêves.

La chose n'était pas officialisée en bonne et due forme chez le notaire de deux semaines que le châtelain reçut une visite qui le laissa perplexe. Ignorants de la transaction, deux géologues vinrent lui tenir un langage étonnant. On avait identifié, lui dirent-ils, sur ce qu'ils croyaient être encore ses terres, d'importants filons d'une roche tout à fait particulière qui avait la propriété d'accroître d'un bon millier de degrés, pourvu qu'on sache la traiter, l'incandescence des foyers des hauts-fourneaux. Les forges du Creusot en avaient le plus grand besoin. Ces messieurs venaient discuter avec le propriétaire des conditions d'une exploitation dont ils ne cachaient pas qu'elle pourrait être, pour lui, d'un rapport tout à fait considérable.

En les mettant au fait de la réalité et en leur indiquant où ils pourraient rencontrer le sieur Bézu, tout nouveau propriétaire des terres en question, le châtelain avait la désagréable sensation de rester en plan sur le bord du chemin de la fortune...

Il voyait juste. Fulbert Bézu, bien que simple laboureur, n'eut aucun mal à voir l'énorme bénéfice qu'il pouvait tirer de ce formidable coup de chance. Libérant l'aîné de ses fils de ses tâches agricoles, il lui délégua la charge d'organiser la mise en exploitation de ces richesses du sous-sol qu'il ne soupçonnait même pas. Il ne comprenait pas bien l'usage que ces messieurs de la ville voulaient en faire, mais il n'avait eu aucune peine à compter l'énorme manne financière qu'il pouvait en espérer.

William Bézu fut enchanté par ce récit des origines de sa fortune. Il y avait là tous les ingrédients de ces réussites bâties sur un coup de poker dont l'Amérique raffole. Bien qu'il n'ait jamais eu, pour sa part, la tentation de telles aventures, il se reconnaissait une fibre commune avec ce Fulbert Bézu, et cela gommait de plus en plus la distance ayant pu exister entre un Bézu de France et un Bézu d'outre-Atlantique.

Il se sentait chez lui, William, dans cette histoire d'un temps où la vieille Europe recelait encore des empereurs, et où les châtelains n'en finissaient pas, depuis leurs châteaux antédiluviens, de regretter leurs fortunes envolées. Il en voulait encore. Pour son plus grand bonheur et pour celui de ses hôtes, ravis d'un tel intérêt, avec les commentaires et les digressions, on y occupa plusieurs soirées.

L'extraction de la fluorine relégua vite au second plan les activités agricoles de la famille Bézu. À la mort de

Fulbert, la fortune amassée était déjà assez rondelette pour qu'on ait pu proposer au châtelain, comme un service à lui rendre, de renflouer quelque peu ses caisses en lui rachetant ce qui lui restait de terres et surtout le château.

Il devint, pour plusieurs générations, le théâtre incontournable d'une existence très active et très mondaine. Seul l'aîné des Bézu y résidait, ses frères et sœurs tentant l'aventure, en général avec passablement de réussite, de faire fructifier la part leur revenant de l'héritage. Le château n'en restait pas moins le lieu familial par excellence où l'on aimait à se retrouver et à célébrer comme il se devait l'énorme coup de chance qui, de simples laboureurs, les avait faits nantis parmi les nantis.

C'était là pourtant un culte des origines qui ne pouvait qu'aller en se dissolvant au fil du temps. Si les petits-enfants de Fulbert Bézu y étaient encore très attachés, la lassitude commença d'apparaître parmi ses arrière-petits-enfants. Les temps d'ailleurs changeaient et les goûts aussi. Les fêtes du château s'espacèrent peu à peu dans le temps jusqu'à extinction totale.

Lorsque, dans les années cinquante ou soixante, l'utilisation du spath fluor en sidérurgie fut rendue caduque par l'évolution des technologies, il y avait beau temps que les différentes branches de la famille Bézu avaient reconverti leur fortune dans d'autres activités à la rentabilité moins décadente. La mine, devenue simple département d'un groupe industriel anonyme, était condamnée. On tenta d'en prolonger l'exploitation en réduisant les coûts de façon drastique. Ce fut à cette époque qu'on creusa les travers-bancs pour tenter d'accéder plus directement aux gisements, mais ce n'était là qu'un pis-aller. Dans l'indifférence totale de la famille Bézu, un quelconque conseil d'administration, dont personne, à L'Huis-Chénières, ne sut jamais rien, décida sa fermeture pure et simple.

Dès lors, la friche qui avait déjà colonisé le parc du château pouvait gagner le coteau de ce qui serait la Castine pour le reste des temps. Encore débroussaillait-on de temps à autre autour de la vieille demeure à laquelle on concédait aussi, lorsque l'urgence s'en faisait sentir, les travaux d'entretien sans lesquels la ruine s'en serait vite saisie.

Éparpillée aux quatre vents, mais toujours propriétaire indivise du domaine, la famille Bézu ne parvenait pas à s'entendre sur ce qu'il convenait d'en faire. Pour certains, ce n'était plus là qu'une charge bien trop lourde et ayant perdu tout sens, dont il fallait se défaire au plus vite. D'autres regrettaient ce qu'il leur coûtait, mais ne parvenaient pas à se résoudre à la disparition finale du symbole. D'autres enfin estimaient avec énergie qu'il y avait là une valeur patrimoniale parfaitement inaliénable.

Par pur sentimentalisme, William avait tendance à se réclamer de ce dernier point de vue. Il lui parut pourtant équitable, avant de se faire une opinion définitive, de juger par lui-même. Il loua une voiture, en garnit le coffre de quelques provisions pour le cas où le ravitaillement, sur place, se révélerait impossible, y embarqua Clara et ils prirent le chemin de L'Huis-Chénières.

Ils y parvinrent par une belle soirée d'automne, celles qu'embrasent, dans la transparence d'une lumière que n'altèrent plus ces vapeurs que soulèvent les journées trop chaudes de l'été, le flamboiement des ors, des ocres, des roux et des jaunes dont se parent les grands feuillus avant de sombrer dans leur sommeil hivernal. Par chance, Dédé Blandin, disposant d'un peu de temps après sa moisson, avait honoré le contrat qui le liait à l'agence chargée de la gestion et de l'entretien du domaine, en passant son broyeur sur ce qui avait été jadis les pelouses et les parterres. Quelques pluies de septembre sur la terre encore chaude avaient permis que reverdisse, au-dessus du chaume, l'illusion d'une belle prairie au milieu de laquelle se dressait la vieille demeure.

Ce n'était pas un de ces grands châteaux dont les guides vous recommandent la visite, sur la route des vacances. Sa taille comme ses prétentions à se distinguer du commun l'apparentaient plus au manoir, dont il avait d'ailleurs assuré la fonction durant longtemps. Cela ne l'empêchait pas d'exposer des lignes assez équilibrées et harmonieuses pour flatter l'œil.

Bien qu'il fût fermé et que sa solitude se lût dans le désordre des rosiers et des glycines, il éblouit William Bézu. Jusqu'à ce que la nuit l'en chassât, pendant que Clara, indifférente, l'attendait dans la voiture, il ne se lassa pas d'aller et venir devant la grande façade qu'encadraient deux tours rectangulaires et au milieu de laquelle un superbe perron en fer à cheval donnait accès à une terrasse sur laquelle s'ouvraient toute une série de larges et hautes portes-fenêtres.

– Superbe, magnifique, dit-il simplement en se résignant enfin à rebrousser chemin. Demain nous reviendrons et nous visiterons.

Ce fut au terme de cette longue déambulation dans une série de pièces froides et sombres que Clara apprit sans réelle surprise qu'elle avait le choix entre le retour à une case zéro qui ne devait plus guère exister, et l'installation pour le temps qui lui restait à vivre dans cette grande bâtisse d'un autre âge.

Elle n'hésita que très brièvement. Après tout ce qu'elle avait vécu à la suite de William Bézu, pourquoi pas cette nouvelle aventure ? Si le panache de l'installation dans une authentique résidence aristocratique lui restait assez inaccessible, elle en avait tout de même vu assez pour concevoir qu'on puisse y vivre confortablement. En tout état de cause, ce ne pouvait être qu'un gain en comparaison du régime que lui avait fait subir son employeur depuis le temps lointain où elle avait eu la malencontreuse idée d'accepter de l'aider à fermer ses valises !

Elle n'eut que deux exigences auxquelles, dans son euphorie, Mister Bill se plia sans discuter. La première fut que le château fût remis en état avant qu'ils y emménagent. Cela sous-entendait notamment l'installation d'un chauffage central et l'équipement complet et moderne de la cuisine. La seconde, bien que moins contraignante, surprit plus William Bézu. Elle entendit qu'on traversât lentement le hameau, à l'aller et au retour, afin, dit-elle, qu'elle s'en fît une idée. Il n'en voyait absolument pas la nécessité, mais accéda sans difficulté à cet étonnant souhait.

10

Le hameau de L'Huis-Chénières tel que Clara le vit, depuis la fenêtre de la voiture de location que conduisait Mister Bill, n'avait plus rien de commun avec ce qu'il avait été du temps de la mine. On pouvait même s'étonner à juste titre que la broussaille ne l'ait pas colonisé, comme elle l'avait fait du parc du château et de la Castine.

– Chez nous, je connais des villes fantômes, disait Mister Bill. Des villes abandonnées par leurs habitants le jour où a été fermée la mine pour l'exploitation de laquelle elles avaient été créées. Il n'y a que les Français pour s'obstiner à vivre dans des pays où il n'y a plus rien à faire.

Le bon sens de Clara lui aurait bien répliqué que, à la différence de ces villes fantômes, L'Huis-Chénières n'avait pas attendu la mine pour exister. Pourquoi, dès lors, la fin de l'une devait-elle nécessairement sonner celle de l'autre ? Elle préféra garder sa réflexion pour elle. Qu'aurait pu comprendre Mister Bill à cet attachement des paysans à leur terre, auprès duquel il n'est pas un appât du gain, un espoir d'enrichissement qui tienne ? Il y avait là au moins une bonne raison pour qu'elle se trouve des atomes crochus avec les habitants.

Elle n'en avait fugitivement entrevu que deux, durant leur bref passage dans le hameau. Il ne lui avait pas échappé que l'un et l'autre avaient eu la même façon d'interrompre brutalement le geste qu'ils étaient en train d'accomplir, pour fixer en fronçant les sourcils cette voiture étrangère qui traversait lentement leur village. Ces gens-là possédaient encore le sens ancien de l'appartenance à un terroir. Elle avait connu cela.

Elle l'avait perdu trop tôt, avant même que Mister Bill la débauche de son hôtel de Libreville, et avait gardé ce manque au plus profond d'elle, comme une vieille souffrance à laquelle on préfère ne plus penser. Peut-être, malgré leurs différences, retrouverait-elle auprès d'eux ce sentiment de confort solide que donne la conscience de l'appartenance à un lieu et à une communauté.

Il était dans la nature de Clara de toujours privilégier le bon côté des choses. L'inverse lui eût rendu l'existence auprès de Mister Bill assez insupportable ! Cette fragile éventualité de pouvoir retrouver, à L'Huis-Chénières, un mode d'existence qui lui manquait depuis qu'elle en avait été brutalement arrachée, bien des années plus tôt, par la misère de son village, la fit passer de l'expectative à l'impatience. L'installation au château, dont l'annonce l'avait d'abord laissée quelque peu dubitative, devint vite un objectif, un but, une absolue priorité.

Pour la première fois depuis qu'elle suivait Mister Bill dans ses incessants déplacements, elle se prit d'exaspération pour la vie d'oiseau sur la branche qu'ils lui faisaient mener. Il lui fallait sans délai établir son règne sur la grande cuisine qu'elle avait entrevue et plus encore en faire le centre vivant de ses rapports avec le voisinage.

Bien que beaucoup moins pressé, William Bézu aurait bien accédé aux souhaits de sa fidèle domestique s'il n'y avait pas eu, avant de passer du rêve à l'acte, quelques incontournables réalités à affronter. La moindre n'étant pas la complexe nécessité de mettre tous les héritiers Bézu d'accord.

Jusque-là, personne n'avait réussi à obtenir des innombrables membres de l'indivision qu'ils s'accordent sur ce qu'ils entendaient faire de la vieille demeure familiale. Les propositions d'achat n'avaient pourtant pas manqué. Fondations, colonies de vacances, hôtels de grand standing, campings... Tout y était passé et tout avait achoppé sur la mésentente obstinée des indivis, au point que le dossier était devenu la bête noire des notaires et des agents immobiliers.

William Bézu avait pour lui d'être... un Bézu ! À ce préjugé favorable, il eut l'adresse d'ajouter un intérêt actif pour les affaires familiales. Il réussit à apparaître comme l'homme providentiel qui allait redonner un semblant de lustre à la légende originelle du laboureur fabuleusement enrichi. Comme, de surcroît, il eut l'extrême courtoisie de faire celui qui ne voyait pas le montant pourtant faramineux du prix demandé, le miracle finit par se produire. Le notaire n'en revenait pas : lorsqu'il l'appela, sa voix tremblotait un peu pendant qu'une dernière fois il refaisait le décompte de tous les accords qu'il avait reçus.

– Je les ai tous, monsieur Bézu, confirma-t-il. Je vous félicite. Vous voilà propriétaire de la maison familiale.

C'était là le genre d'émotion à laquelle n'était guère sensible le nouveau châtelain.

– Fort bien, dit-il. Préparez l'acte, qu'on le signe au plus vite. Mais, dites-moi, connaissez-vous un bon plombier ?

– Sans problème, monsieur le comte. Je me charge de vous trouver le meilleur rapport qualité-prix de la région.

Il fallut quelques instants pour que la réalité de ce qu'il venait d'entendre s'imposât à l'esprit de William Bézu.

– Attendez, dit-il. Voulez-vous me faire le plaisir de me répéter ce que vous venez de dire ?

– Bien sûr, monsieur le comte. Je vais mettre tous les plombiers de ma connaissance en concurrence...

Mister Bill l'interrompit sèchement :

– Comme s'il s'agissait des mérites comparés des plombiers locaux ! Avant... Qu'avez-vous dit avant ? Pourquoi vous prend-il brusquement l'idée de m'appeler monsieur le comte ?

– Oh ! Monsieur le comte me pardonnera... J'oubliais. Dès l'instant où vous voilà propriétaire du château... Un titre de noblesse en bonne et due forme y est attaché. Vous ne le saviez pas ? D'où vient-il ? Je n'en sais trop rien. Je pense simplement que votre aïeul en a fait l'acquisition de l'ancien châtelain en même temps qu'il reprenait les murs et les terres. Les actes sont d'ailleurs assez nombreux où il prend soin de faire accoler le titre de comte de la Castine à son nom patronymique de Bézu.

Fulbert Bézu, comte de la Castine ! Mister Bill en restait sans voix. C'était là, bien sûr, une de ces vieilles façons d'être à la fois désuètes, charmantes et paradoxales des Français. Ils clament haut et fort leur fierté d'être les enfants du pays qui a inventé les droits de l'homme, et restent pourtant viscéralement attachés à des valeurs d'autres temps. Et comme il ne lui déplaisait pas de sentir que la France commençait à déteindre sur lui, il décréta que, dorénavant, il serait pour tout le monde Fulbert William Bézu, comte de la Castine.

– C'est comme Mister Bill voudra, dit Clara sans sourciller, lorsqu'il lui en fit l'annonce.

Il s'attendait à un tollé général, à l'indignation des uns et à l'éclat de rire des autres. Il se voyait déjà consacré auteur du plus grand canular qu'on ait jamais vécu fort loin alentour. Il en fut pour ses frais. Il resta simplement américain, bien que Bézu, pour tous ceux que cela arrangeait. Mais pour beaucoup, à commencer par les gens du hameau, en assumant à nouveau ce titre de noblesse, il ne faisait que rétablir l'ordre des choses. Pour ceux-là, il y aurait eu quelque chose d'imparfait, d'inachevé dans l'occupation du château par un banal « monsieur. »

À sa plus grande surprise, il fut donc tout de suite « monsieur le comte » et s'en accommoda fort bien. La fonction s'imposant à l'homme, ce fut tout naturellement ou presque qu'il en adopta les façons d'être et de s'exprimer. Seule Clara eut le mauvais esprit d'en sourire, sinon d'en rire parfois, ce qui le scandalisait. Il n'alla pourtant jamais jusqu'à lui en faire le reproche !

11

– Mister Bill ! appela Clara lorsqu'elle eut fini de ranger le contenu de son cabas.

– Hello ! fit le comte qui se tenait dans la pièce voisine, la grande salle à manger du château où, enfoncé dans les coussins d'un monumental fauteuil Henri IV à dossier droit, il se régalait à la lecture d'un roman policier.

– Mister Bill, nous avons à parler, annonça Clara en se plantant dans l'encadrement de la porte qui séparait les deux pièces.

Il soupira, mit un signet entre les pages de son livre qu'il ferma, et se redressa dans le dossier de son siège.

– Je t'écoute, ma belle.

– Ils sont tous malades comme des chiens, annonça-t-elle.

Il tourna vers elle un regard incrédule.

– Malades ? Qui ? Qui est malade ?

L'air outré, elle mit vivement les poings sur ses larges hanches.

– Vous le savez très bien, Mister Bill, cria-t-elle. Malades comme des bêtes. Peut-être... Dieu nous en préserve... Peut-être comme celles qui en ont crevé, là-haut, sur la Castine.

Le comte eut l'air contrarié.

– Mesure tes propos, Clara, veux-tu ? Comment peux-tu dire qu'ils sont malades comme ces bêtes ?

– Vous le savez mieux que moi, tempêta-t-elle. Moi, je ne le sais que par ce que m'en ont dit la petite Juliette et mon amie Margot. Prenez garde que tout cela ne vous attire de graves ennuis. Vous jouez avec le feu, Mister Bill.

– Que me racontes-tu là ? Qu'ai-je à voir dans cette affaire ? Je n'en sais même rien. Allons, ne te mets pas martel en tête. Ils iront mieux demain, voilà tout.

Par chance, la prédiction du comte, qui n'était en fait qu'un souhait, se révéla à peu près exacte. L'alerte, pourtant, avait été chaude. Cette pauvre Juliette en savait quelque chose. La nuit qu'elle se promettait très douce, faute d'être longue, vu l'heure à laquelle elle s'était enfin retrouvée en tête à tête avec Sébastien, avait vite tourné à la déroute. En fait de câlins, elle avait dû soigner comme elle l'avait pu les terribles maux de tête et de ventre, les nausées et les frissons qui s'étaient saisis du jeune homme.

Ce n'était que tard dans la matinée, après s'être étonnée du calme surprenant régnant sur le hameau, qu'elle avait appris par Yvette, qu'elle ne pouvait pas s'empêcher, comme les autres, d'appeler Vévette, que Maxime présentait les mêmes symptômes, aggravés d'une peur panique de mourir. C'était Reine qui était ensuite apparue, plus affectée peut-être que son Dédé de mari par le mal qui le frappait et dont elle s'était assurée, en venant, qu'il était équitablement partagé par Léonce, Firmin et Valentin.

Seul de ceux ayant affronté de près l'étrange affaire de la Castine, Dalton se portait à merveille. Son instinct, probablement, l'avait averti à temps de ne pas trop se mêler de cette embrouille d'hommes dont bien trop d'animaux avaient déjà subi les funestes conséquences.

Juliette, agenouillée au milieu de sa salle, caressant son chien, eut tout à coup très peur. Et s'ils venaient à mourir ? Et si ce mal épouvantable venait à gagner le hameau ? Ne fallait-il pas fuir, aller se réfugier Dieu seul savait où ? Un lieu où l'on puisse se réfugier existait-il encore ?

Les propos enflammés de Léonce, la veille, résonnaient douloureusement dans sa tête. Le jardin d'Éden n'était nulle part ailleurs que là, autour d'eux, en eux, proclamait-il. Qu'en restait-il, de ce pauvre jardin d'Éden ? Qu'en avaient fait les hommes ? Car elle ne doutait pas un seul instant que tout cela ait d'autre origine que ces camions verts qui allaient déverser on ne savait quelles cochonneries dans la vieille mine.

Au fait, à propos des camions... C'était donc vrai, depuis le matin aucun n'était passé. Le silence. On était tellement habitués, dès les premières heures du jour, à entendre le grondement énergique du double débrayage qu'ils opéraient tous, au bas de la pente, pour l'attaquer en première. Elle comprit que son propre malaise tenait pour beaucoup à ce silence. C'était, pensa-t-elle, comme un aveu. Avoir ainsi interrompu leurs passages incessants depuis plusieurs mois, c'était reconnaître qu'il s'était passé quelque chose de grave là-haut, à la mine, et qu'ils y avaient leur part de responsabilité.

Et maintenant ? Qu'allait-il se passer ? Allaient-ils entreprendre quelque chose, ces mystérieux camionneurs à qui personne, jusque-là, n'avait pu demander qui ils étaient, d'où ils venaient, ce qu'ils faisaient là ? Et qu'adviendrait-il d'eux, les habitants de L'Huis-Chénières, mêlés bien malgré eux à cette sombre affaire ?

Elle était encore accroupie près de Dalton, qui frissonnait d'aise sous ses caresses, quand Clara et Margot entrèrent. Inséparables, ces deux-là. Depuis le jour où elles s'étaient affrontées à la sacristie de l'église du bourg, l'une défendant jalousement le rôle de cerbère du curé qu'elle s'était arrogé, et l'autre bien décidée à lui faire savoir qu'il venait d'ajouter à son troupeau une nouvelle et très croyante brebis, elles ne pouvaient plus concevoir qu'un jour se passe sans qu'elles se voient.

Le jour et la nuit, l'eau et le feu, et pourtant copines comme cochons ! Margot était aussi sèche et grande que Clara était pot à tabac. Derrière ses fines lunettes à monture métallique, le regard de Margot était aussi chafouin que celui de Clara était doux et avenant. Le cheveu noir veiné du gris de l'âge tiré en un chignon étroit, le geste nerveux, Margot semblait toujours redouter le contact des autres et ne se gênait pas pour le leur faire savoir. Native de L'Huis-Chénières, elle en avait disparu dès la sortie de l'école et n'y avait opéré un retour remarqué qu'au jour de sa retraite. Ce qu'elle avait fait à la ville, comment et à quoi elle avait occupé toutes ces années, nul ne le savait. On ne s'en préoccupait d'ailleurs que très modérément, les seules spéculations portant sur son célibat. Avait-il été interrompu par un mariage hypothétique, ou était-elle de l'espèce des irréductibles vieilles filles ? Bien peu nombreux étaient ceux qui défendaient la première hypothèse.

Après le décès de ses parents, aux obsèques desquels elle ne s'était pas montrée, la maison était restée fermée durant des années sans qu'on y fasse les moindres travaux d'entretien. Quand elle était réapparue, elle s'était contentée de poser son maigre bagage. Elle avait ouvert les volets et s'était réinstallée sans rien changer.

On sut rapidement que sa raison d'être ne tenait nullement au confort plus ou moins douillet d'un nid pour ses vieux jours. Elle n'était là que pour œuvrer à la rédemption de ses concitoyens. Rien d'autre ne motivait ses jours que l'observation pointilleuse de leurs faits et gestes et la dénonciation outrée de ce qu'elle considérait être leur amoralité flagrante. Le voisinage du café, s'il lui donnait bien sûr passablement de grain à moudre, ne pouvait, à terme, que porter ombrage à ses rapports avec ses usagers !

Elle en conçut quelque aigreur, mais ne parvint pas à ternir l'humeur enjouée de ce voisinage qui eut tôt fait de trouver là matière à alimenter les parties de rire qu'on s'offrait à ses dépens. Elle n'en eut cure et redoubla d'efforts pour dénoncer les turpitudes du lieu.

Lorsqu'elle la vit paraître, à la remorque de Clara, comme d'habitude, Juliette craignit le pire. S'il lui fallait, par-dessus le marché, subir les prédictions apocalyptiques et les anathèmes de la vieille bigote, après tout ce qu'elle avait dû endurer depuis la veille au soir, sûr, elle ne tiendrait pas le coup.

Margot, pourtant, ne pipa mot. Juliette, simplement, lui trouva l'air encore plus pincé que d'habitude. Margot, très raide, exagérément digne, passa sans s'arrêter et se dirigea vers la salle de ce qui avait été le restaurant.

Juliette l'avait reconverti en y installant quelques rayons d'épicerie. Clara alla droit au bar.

– Alors, ma belle, quoi de neuf ? demanda-t-elle avec sa bonhomie habituelle. Tiens, mets-moi donc mon petit rhum habituel. Ça me fera du bien. Il fait tellement chaud.

C'était pourtant vrai. La journée allait encore être caniculaire, mais elle se serait annoncée sibérienne ou pluvieuse que cela n'y aurait rien changé. Clara, chaque matin, quand elle venait aux nouvelles, sous prétexte de trois emplettes à faire à l'épicerie, se rinçait la gorge d'un petit verre de rhum.

Juliette hésita. Devait-elle lui parler de tout ce qui s'était passé, depuis que Maxime avait fait irruption dans la salle avec sa nouvelle morbide ? Après tout, pourquoi pas ? Il était même étonnant que Clara parût ne pas être au courant. Avec tous ces hommes malades, le pays entier devait déjà l'être. Que Margot, à qui, d'ordinaire, rien n'échappait, soit la seule à ne s'être aperçue de rien lui sembla tout à fait extraordinaire, et pour tout dire fort improbable.

Et puis zut ! Elle en avait assez, Juliette. Elle avait besoin de s'épancher. Il fallait que saute la bonde de son angoisse.

– Vous n'êtes pas au courant ? s'étonna-t-elle pour la forme.

L'air surpris de Clara lui parut si naturel. Elle n'y tint plus et raconta. Il n'en fallut pas plus, bien sûr, pour que Margot les rejoigne. Elle écouta sans un mot, l'air distant, comme si tout cela ne la concernait pas.

– Eh bien, ça alors ! Tu parles d'une affaire, conclut Clara après que Juliette leur eut fait le compte des hommes malades, sans oublier son petit randonneur.

– D'ailleurs, il va falloir que j'y aille, dit-elle. Il est dans un tel état. Il ne faut pas que je l'abandonne trop longtemps.

– Pfuit ! siffla Margot. Ça devait arriver. Vous ne récoltez que ce que vous avez semé.

Clara vida son verre, alla vite chercher les trois bricoles dont elle avait besoin à l'épicerie. Elles payèrent.

– Bon courage, eut encore la gentillesse de dire Clara avant de s'éloigner. Vous verrez, ça va s'arranger.

Margot, qui marchait déjà vers la porte, haussa les épaules.

Juliette se précipita. Sébastien dormait. Il avait effectivement retrouvé quelques couleurs, ce qui la rassura. Elle resta un long moment assise sur une chaise, au coin de son lit, espérant qu'il s'éveillerait. En vain. Il récupère, voulut-elle croire. Peut-être que, pour les autres, c'est la même chose.

Elle n'eut guère le temps d'aller aux nouvelles, même si elle n'avait que cela en tête. Ce fut à peine si elle eut deux ou trois fois l'occasion de monter s'assurer de l'état de Sébastien, comme elle venait de le faire. Le défilé était incessant.

Ce n'était pas que la population locale avait pu beaucoup augmenter en si peu de temps, mais les clientes, moins soucieuses d'épicerie que de nouvelles, se relayaient au comptoir où elles savaient trouver une oreille attentive et compatissante. Elles y déroulaient le récit circonstancié des formes diverses prises par les maux des hommes. Elles repartaient s'enquérir de l'état de l'un ou l'autre des protagonistes de l'expédition et revenaient entretenir la chronique de l'état comparé des différents malades.

Juliette tint le bureau des lamentations durant toute la matinée. Lorsque vint l'heure du déjeuner, l'appel impérieux des casseroles et des fourneaux lui accorda un répit. En s'installant seule devant son assiette, comme elle le faisait tous les jours, elle trouva reposant de pouvoir tenter un premier bilan sans trop courir le risque d'être interrompue.

Au fond, il était moins catastrophique qu'elle n'aurait pu le craindre le matin même. Certes, tous ces messieurs étaient encore sur le flanc. Pourtant, si on retranchait de leurs maux la propension assez uniformément partagée à profiter de l'occasion pour se faire dorloter, si on tenait compte des effets conjugués de l'importance que leur donnait la situation et de la peur réelle que ce mal subit avait provoquée, on ne pouvait que constater une nette amélioration de leur état. Juliette commençait même à espérer les voir bientôt réapparaître.

Restait tout de même à trouver les raisons de cette hécatombe. Sébastien dormait toujours et Juliette, qui escomptait tant, cette nuit encore, du plaisir qu'elle aurait à partager son temps avec lui, en était réduite, devant son assiette, à remâcher l'amertume de sa solitude. Elle aurait aimé entendre le récit de leurs exploits. Elle aurait aimé ne pas avoir à se contenter des vagues explications qu'ils lui avaient données, alors que l'aube pointait, avant d'aller se coucher. Il était vrai qu'elle avait alors d'autres préoccupations.

« Je vais y aller voir moi-même », décida-t-elle en se levant et en rassemblant son couvert.

Elle remit la vaisselle à plus tard, griffonna sur l'ardoise commise à cette fonction un petit avis à sa clientèle l'informant qu'un léger retard pourrait intervenir à l'ouverture de l'établissement, ordinairement prévue à 15 heures, et la suspendit à la porte qu'elle verrouilla. Elle fit un saut jusqu'au chevet de Sébastien. Il n'était toujours pas réveillé.

– C'est bon, se dit-elle. Je peux y aller.

Ainsi rassurée, elle alla sortir sa vieille 2 CV.

Les hommes dans leurs lits, les femmes toutes occupées de leurs inquiétudes et de leur rôle d'infirmières ; tout concourait, avec le soleil au zénith, à donner au hameau une allure plus somnolente encore que de coutume. Il ne fallait pourtant pas se fier aux apparences. Plus d'un rideau dut s'écarter en entendant résonner dans la rue le bruit caractéristique et devenu rare de la petite voiture. Juliette en sourit.

« Sûr qu'il faudra que je m'explique », pensa-t-elle.

Elle n'en avait cure. Elle avait proposé à Dalton de l'accompagner, mais le chien avait décliné l'invitation. Il avait préféré la fraîcheur du carreau de la cuisine.

– Même lui ! s'exclama-t-elle.

C'était tellement peu dans les habitudes de l'animal, plus souvent en vadrouille à travers tout le pays que somnolant à la maison, comme il le faisait depuis la veille.

– S'il pouvait parler…

La voiture cahotait mollement sur le mauvais revêtement de la petite route en peinant dans la côte.

– Si un camion se pointe…, s'inquiéta Juliette.

Elle aurait été bien embarrassée pour le croiser. Mais il n'y avait plus de camion. Pas un seul n'était passé depuis la veille en fin d'après-midi. Le silence s'éternisait, lourd d'interrogations.

« Et lui, le Bézu, qu'est-ce qu'il en pense, de tout ça ? » se demanda-t-elle lorsque son chemin longea brièvement le mur d'enceinte du château.

Était-il au courant ? Avait-il encore quelque chose à voir avec cette mine en friche ? Personne ne le savait, au hameau, pas plus qu'on ne savait d'ailleurs à qui elle appartenait. Il fallait bien pourtant que quelqu'un ait pris la décision d'en réaménager les abords ; que quelqu'un ait donné l'ordre à tous ces chauffeurs de camion de venir déverser le contenu de leurs bennes au fond du travers-banc.

Comment expliquer que personne encore ne se soit inquiété de ce qu'était devenu ce camion jamais redescendu ? La décision d'interrompre subitement l'incessante noria de ces lourds engins qui leur cassaient les oreilles depuis des mois, il fallait bien que quelqu'un l'ait prise. Qui ? Où ? Ils avaient tout de même le droit de savoir, mais qui leur dirait ?

Elle arrivait à la mine. À la sortie du dernier virage, elle déboucha sur la grande plate-forme. Elle débraya, passa le point mort et laissa sa voiture courir sur son erre jusqu'à la grille. Elle était parfaitement close et, au-delà, le trou béant du travers-banc était plongé dans l'obscurité. Alentour, le calme était absolu. Pas un signe n'indiquait qu'il eût pu se passer quoi que ce fût, là, la nuit précédente.

Juliette coupa le moteur. Elle fit le geste de sortir, mais ne l'acheva pas. Elle frissonna. C'était trop de mystère.

12

Debout au milieu de sa cuisine, Léonce ne savait pas trop quoi faire de sa grande carcasse. C'était le bruit qu'avait fait la 2 CV de Juliette en sortant du garage de l'hôtel qui l'avait tiré du mauvais sommeil dans lequel il pataugeait.

Où donc allait-elle traîner avec sa voiture, celle-là ? La question avait longuement tourné dans l'esprit encore embrumé de Léonce avant que lui revienne une conscience à peu près claire de la situation. Il s'était tourné vers le réveil et avait sursauté. Bientôt deux heures ! Et pas de doute : ce n'était pas du matin !

Mais que lui était-il donc arrivé ? Il s'assit au bord de son lit, se passa la main sur le front. Ça tournait bien encore un peu, mais c'était supportable. Prenant appui des deux mains sur le bord du matelas, il fit l'effort de se lever. Ce fut laborieux. Avant de risquer le moindre pas, il resta planté là un bon moment, tête basse, bras ballants, cherchant où avait bien pu passer son énergie habituelle.

Il finit par en retrouver assez pour s'habiller et descendre jusqu'à la cuisine. D'où venait cette espèce d'écœurement, cette vague sensation de nausée dont il ne parvenait pas à se défaire ? Si seulement il n'avait pas eu mal à la tête à ce point. Manger arrangerait peut-être les choses. Avait-il faim ? Parviendrait-il seulement à ingurgiter quelque chose ? La tentation d'aller se recoucher traînait encore en lui, le mettant mal à l'aise. Toute sa vie, il avait tenu pour inconvenant de ne pas être debout dès cinq heures du matin. Même les pires gueules de bois ne l'avaient pas réduit à cet état de loque. Et pourtant, en la matière, il prétendait s'y connaître !

Il fit l'effort d'ouvrir la porte du réfrigérateur. Un reste de sauté de veau accompagné de quelques légumes pas trop défraîchis y traînait. De toute façon, il savait déjà qu'il serait parfaitement insensible au goût. Il mit le tout dans une casserole, le réchauffa un peu, s'en servit une assiette à peu près présentable et s'installa à sa table.

De s'y trouver seul ne le dérangeait plus depuis longtemps. Après la mort de sa femme, cela avait été dur. Cinq ans déjà. Elle avait été emportée en quelques mois par une saloperie de cancer qui ne lui avait même pas laissé le temps de s'habituer à l'idée de la solitude. Il s'y était brutalement heurté le soir même de l'enterrement, après que tout le monde fut reparti. Par habitude, à l'heure de la soupe, il s'était assis à la table. C'est alors seulement qu'il avait réalisé qu'elle était vide et qu'elle le resterait tant qu'il ne ferait pas les gestes nécessaires pour la garnir de tout ce qu'il y avait toujours trouvé, sans trop se demander comment cela y arrivait, en près de quarante ans de mariage.

Personne, au pays, n'avait idée de la terrible dérive dans laquelle il avait vécu ces premiers jours de veuvage. Le moindre de ses tourments n'avait pas été le terrible regret qui l'assaillait de ne pas avoir eu les mots, durant toutes ces années de vie commune, pour manifester à sa femme la reconnaissance qu'il lui devait. Il fallait qu'il soit contraint à ces gestes de tous les jours pour en mesurer l'importance. Qu'il lui faille, par-dessus le marché, les apprendre ne lui apparut, en fin de compte, que comme une pénitence méritée.

Léonce n'était pas pour autant du genre à se laisser abattre par quelque adversité que ce soit. Il comprit vite qu'il lui fallait décider de ce qu'il ferait désormais de sa vie de solitaire. Il avait bien des enfants, mais cela faisait beau temps qu'ils s'étaient envolés vers la ville. Ils y menaient leur vie et c'était aussi bien comme ça. Loin de lui l'idée de les encombrer avec des jérémiades qu'il aurait d'ailleurs été bien incapable d'émettre.

Au début, conscients du malaise de leur père, ils se relayèrent auprès de lui chaque fin de semaine. C'était évidemment au prix du sacrifice qu'ils faisaient de leurs habitudes. Léonce en était conscient. Il s'appliqua à leur démontrer qu'il avait parfaitement remonté la pente. Il ne les flanqua pas dehors, parce que ce n'était pas dans son naturel, mais il se fit si convaincant qu'ils repartirent avec la certitude que leur père était un ingrat.

Il ne s'en formalisa pas. Ce n'étaient là que des petites agaceries de la vie qui s'oublieraient vite. L'important était ailleurs. Il s'était bel et bien repris et discutait chaque soir avec lui-même d'une décision dont l'idée lui était venue dès le début ou presque. Elle était d'importance et, sachant qu'il n'en reviendrait pas, il prit le temps de peser le pour et le contre avec le plus grand soin.

Le premier à s'y casser le nez fut ce pauvre André Blandin. Il n'en crut pas ses yeux. Parce qu'il existait donc une serrure à cette porte que seule un minimum de discrétion les avait empêchés de pousser quand la femme de Léonce était morte ? Qui se souvenait avoir vu la forge de Léonce fermée ? C'était le centre, le cœur battant du village, que cet antre noir de fumée et rouge du flamboiement du foyer. C'était sa musique, le métronome de sa vie que faisait résonner le marteau sur l'enclume. C'étaient sa joie de vivre et ses colères dont roulaient sans cesse les conversations dans l'odeur âcre de la corne brûlée ou sulfureuse du métal incandescent plongé dans l'eau de la trempe.

Dédé Blandin, incrédule, avait secoué la poignée à deux ou trois reprises. Pas de doute : elle était verrouillée. Posant sa main en cornet contre la vitre, il avait espéré voir Léonce arriver pour réparer en riant ce qui ne pouvait être qu'une erreur. Elle était noire de suie, mais gardant encore assez de transparence pour qu'il puisse s'assurer qu'aucune lumière ne scintillait au plafond. Bien plus grave encore : la forge ne rougeoyait pas. La forge éteinte ? Ce n'était pas possible.

Un peu inquiet, il hésita. Allait-il frapper chez Léonce ou irait-il aux nouvelles en face, chez Rosalie ? Autant l'atelier du forgeron était la maison du bon Dieu, toujours ouverte, autant on n'allait pas déranger le même forgeron quand il était chez lui. C'était une chose admise, une règle absolue à laquelle personne n'aurait voulu déroger.

On laissait sur l'établi la rasette ou le versoir à recharger, la pièce à modifier. Au besoin, d'un morceau de craie traînant toujours par là, on gribouillait un bref message sur la surface plane et bien lisse de l'enclume et on prévoyait de repasser à l'occasion. Il n'était pas rare que, sans autre explication, le travail soit fait quand on revenait. On se connaissait tellement bien qu'il suffisait souvent au forgeron d'un seul coup d'œil pour savoir à qui appartenait l'outil laissé à ses soins et ce qu'on attendait de lui.

Dédé choisit d'aller aux nouvelles chez Rosalie. Il y avait d'ailleurs là une petite jeune débarquée depuis peu on ne savait d'où, mais assez plaisante à regarder pour qu'on fasse le détour ! Dédé serait bien rentré, mais il savait que sa Reine veillait. Un pas de trop et c'était la soupe à la grimace assurée pour toute la soirée. D'ailleurs, sans quitter l'entrebâillement de la porte, il pouvait contempler tout à loisir.

– Dis, Juliette, demanda-t-il, tu n'aurais pas vu Léonce ? Voilà que la forge est fermée.

Elle eut un sourire mi-amusé, mi-perplexe et se contenta d'indiquer d'un geste du menton une table que dissimulait la porte entrouverte.

– Qu'est-ce que tu lui veux, au Léonce ? Entre donc que je t'explique.

C'était bien la voix du forgeron. Peut-être était-ce la première fois qu'il revenait chez Rosalie depuis son deuil. Dédé en fut soulagé. Il revivait, le Léonce ! Même si la porte de son atelier verrouillée au seul motif d'un coup à boire lui semblait encore d'une étonnante inconvenance.

– Je ne peux pas. Je suis pressé, bredouilla-t-il en avançant de deux pas dans la salle. Je te le laisse devant la forge. Tu verras. Ce n'est pas terrible.

– Laisse donc la Reine où elle est. Quand tu lui raconteras pourquoi tu es venu au café, tu verras qu'elle ne te dira rien. Au contraire. Une nouvelle comme ça, c'est à la manquer qu'on mérite de se faire engueuler.

– Quelle nouvelle ?

– Entre donc et viens t'asseoir, que je te dise.

Dédé eut une dernière hésitation. Ce fut plus fort que lui. Comme un gamin redoutant d'être pris en flagrant délit, il jeta un coup d'œil derrière lui. Non, Reine n'était pas dans la rue à le surveiller. Il entra et vint s'attabler devant Léonce.

– Alors, cette nouvelle ?

– Juliette, mets donc à boire à cet homme-là. Il va en avoir besoin. C'est quoi, la bricole que tu voudrais que je te rafistole ?

– Quelques dents de herse à redresser. Pas grand-chose.

– Eh bien, mon petit gars, ou bien tu les redresses toi-même, ou bien tu fais comme c'est maintenant la mode. Tu vas en acheter des neuves chez le marchand de matériel agricole.

– Qu'est-ce que tu me racontes là ? grogna-t-il. Remplacer des dents de herse simplement parce qu'elles sont tordues ? Où c'est que tu as vu ça, toi ? Je ne suis pas Rothschild, moi. Et puis, à ce compte-là, qu'est-ce qui te restera à faire, si je remplace tout l'abîmé par du neuf ?

– Rien ! triompha Léonce. Plus rien à faire. La retraite, mon Dédé. Il faudra que vous vous y fassiez. Léonce a fait valoir ses droits à la retraite. Avec ce qu'ils vont me donner, je sais bien que je n'irai pas bien loin, mais qu'est-ce que ça peut faire ? Avec mon jardin, j'aurai encore assez pour vivre et même pour vous payer un coup à boire de temps à autre. J'ai fermé la forge hier soir. Plus jamais je ne l'ouvrirai. C'est dit, il n'y a pas à y revenir.

Légèrement penché au-dessus de la table, Dédé fixait sur Léonce des yeux en forme de billes de loto. La forge fermée. Pouvait-on concevoir pareille absurdité ?

– Tu dis ça, tu dis ça…, bredouilla-t-il. Tu ne tiendras pas. Je ne te donne pas quinze jours, même pas, huit jours, pas plus, et puis tu n'y tiendras plus. Tu y reviendras, à ta forge. Qu'est-ce que tu feras, sans ta forge ?

– On parie ?

Léonce ne remit plus les pieds à la forge. Telle qu'il l'avait laissée, elle resta. Quelques herbes folles colonisèrent le pas de la porte. Lorsqu'un rayon de soleil complice permettait qu'on puisse jeter un coup d'œil à travers les vitres noircies de fumée, il fallait un certain temps au regard étonné pour reconnaître l'enclume, la forge, l'établi et les outils restés à l'endroit même où il les avait posés pour la dernière fois, tous unis sous le même linceul de poussière grise.

13

Il ne serait pas juste d'écrire que Léonce resta indifférent à l'événement considérable que fut la fermeture définitive de sa forge. Sa forte nature, sa gouaille naturelle et le soin qu'il y mit purent donner l'illusion qu'il vivait cela sans le moindre état d'âme et qu'il y trouvait même matière à se réjouir. Ce n'était que façade. Ce ne fut évidemment pas sans une grande émotion qu'il accomplit le dernier geste.

Il tourna deux fois la clef dans la serrure, l'enfourna dans sa poche et, très droit, la moustache conquérante et le sourire ravageur, il se dirigea vers chez Rosalie. Sa seule concession fut de poser sur la vieille femme un regard peut-être un peu plus brillant que d'habitude, vaguement attendri.

– Tu as de la veine, toi, lui dit-il.

Quoi qu'il advienne, Rosalie n'était pas du genre à partager un tel avis.

– Tu trouves ? grogna-t-elle. De la veine ! Parle pour toi. Quand tu auras mon âge et mes rhumatismes…

Léonce baissa un instant les yeux. Il ne fallait pas qu'on y vît sa lassitude. Pour une fois qu'il aurait aimé qu'on s'enquît de l'état de son âme…

– Toi… toi… je ne dis pas, voulut-il se rattraper, mais

ton bistrot. Tu n'auras pas à le fermer. Ce n'est pas une chance, ça ?

La vieille comprit enfin. Cette terrible nostalgie que chacun d'eux traînait au fond de soi... Ils la dissimulaient tous, à leurs propres yeux comme à ceux des autres, derrière l'épais paravent du parti pris d'en rire. Elle dévisagea longuement Léonce en silence, puis baissa les yeux et se glissa derrière le bar.

– Mon pauvre Léonce, dit-elle. Est-ce qu'on s'y fera un jour ? Notre temps est passé, voilà tout. Ta forge... Ah ! C'était quelque chose que ta forge. Tu aurais dû faire comme ces messieurs de la mine. Eux partis, elle n'était plus rien, ta forge. Tu le savais bien. Tu aurais dû mettre la clef sous la porte à ce moment-là, comme ils l'ont fait là-haut, à la Castine, tout abandonner, nous avec, et partir chercher fortune Dieu seul sait où... Voilà ce que tu aurais dû faire.

– Arrête, Rosalie. Tu n'en penses pas un mot.

– Bien sûr que je n'en pense pas un mot. Tu le sais bien. Mais quoi te dire ? Ta forge ! Sûr que c'était quelque chose que ta forge, en ce temps-là.

La légende voulait que Fulbert Bézu, l'ancêtre, celui qui, du jour au lendemain ou presque, était passé de l'état de laboureur à celui de riche exploitant de mines et carrières, fût venu trouver le maréchal-ferrant du hameau et lui eût commandé une telle quantité de pelles et de pioches que l'autre avait levé les bras au ciel. Il n'avait pas voulu y croire, s'était fichu de lui et l'avait même mis dehors.

Fulbert était allé se fournir ailleurs. Où ? L'histoire ne le dit pas, mais ce qu'elle retint, ce fut la colère épique de l'épouse de l'artisan. La brave femme se doutait déjà qu'elle n'avait pas épousé une flèche. Cette fois, la confirmation était tellement éclatante qu'elle s'en fut le proclamer à travers tout le pays en même temps qu'elle annonçait haut et fort que, de ce jour, c'était elle qui prenait l'affaire en main.

Elle alla trouver Fulbert Bézu, négocia et obtint sans trop de difficulté le marché de toutes les ferrailles à faire ou à réparer pour la mine. Ce fut le point de départ d'un honnête développement qui, parallèlement à celui de la mine, fit de la modeste forge de village un atelier de ferronnerie fort actif et d'un confortable revenu. La maîtresse femme n'entendit plus que son époux s'occupât d'autre chose que d'exécuter les commandes qu'elle lui rapportait. Comme il s'entendait tout de même assez bien à la pratique du soufflet et de l'enclume, ce fut là, en définitive, une alliance de compétences qui s'avéra tout à fait fructueuse.

À cette nuance près que le brave homme se serait vite laissé dépasser par les travaux de plus en plus complexes demandés par une exploitation minière en plein développement. Il fallut là encore que madame abandonne ses fourneaux et les tâches ménagères qu'elle menait de front avec ses activités de chef d'entreprise, pour décider des améliorations et agrandissements à apporter à l'atelier afin que ne s'en détournent pas les commandes des Bézu.

Ce fut à cette lointaine époque qu'une roue à aubes fut installée au dos du bâtiment, au grand ébahissement des villageois. On crut un temps que le forgeron entendait se reconvertir au métier de meunier. Il fallut encore quelques travaux et l'arrivée spectaculaire de pièces monumentales pour qu'on fût admis à admirer le fonctionnement en tous points remarquable d'un martinet que l'eau de la rivière, entraînant la roue à aubes, actionnait avec une belle vigueur.

Un martinet à L'Huis-Chénières ! C'était bien la preuve que des temps nouveaux étaient advenus ! Le fait est que, pendant que s'équipait ainsi la forge, le hameau, entraîné dans le tourbillon du développement de la mine, connaissait l'ivresse d'une activité telle que personne n'aurait pu la rêver. Il était peu de maisons qui n'affichassent pas fièrement au-dessus de leur porte la fonction qu'elles assuraient, en complément du modeste revenu que leur apportaient les quelques vaches, le cochon, les moutons et les poules sur lesquels on comptait jusque-là pour ne pas mourir de faim.

Ce fut aussi l'époque où se bâtit le café-hôtel-restaurant que nécessitaient les incessantes visites d'ingénieurs, de commerciaux et de maîtres de forges qu'il fallait bien loger et nourrir. Au forgeron pusillanime et à son entreprenante épouse succédèrent quelques héritiers qui n'eurent aucun mérite à maintenir le haut niveau d'activité d'une petite entreprise si bien équipée et n'ayant rien d'autre à faire que son métier pour ne pas avoir à redouter les aléas de la concurrence.

Léonce n'était pourtant pas de ceux-là. Il était de nulle part, Léonce. C'était, comme on disait à l'époque, un « petit Paris », un de ces enfants de l'Assistance publique placés tout gamins dans des familles chez qui brûlait encore la flamme de la tradition des nourrices. La mode était passée, pour les bourgeois, de faire nourrir et élever leurs enfants par ces fortes femmes venues de la campagne. Plutôt que de renoncer, guidées autant par le besoin d'épancher leur instinct maternel que par l'appât des indemnités versées par l'administration, elles prirent l'habitude de recevoir à domicile ces enfants que la guigne privait de mère. C'était de surcroît des bras qui, bien que jeunes, pourvu qu'ils y fussent correctement initiés, constituaient un complément de main-d'œuvre non négligeable...

À un âge suffisamment modeste pour que, ayant atteint celui d'homme, il ne parvînt plus à le préciser, la chaîne du soufflet de forge fut ainsi la toute première affectation de Léonce. Suivirent bien d'autres qui, sous prétexte de lui faire entrer le métier dans la tête et dans les bras, auraient pu aussi bien l'abrutir une fois pour toutes s'il ne s'était pas très vite, et de sa seule initiative, trouvé beaucoup d'intérêt pour ledit métier.

Il n'en serait pas moins resté un tâcheron à qui on se serait bien gardé de confier autre chose que les corvées les plus ingrates et les plus avilissantes si le destin ne s'en était pas mêlé. Qu'a-t-on à faire des écoles et de tout ce qu'on y apprend quand on est fils de forgeron ? Pourquoi prétendre chercher ailleurs que ce qu'on a sous la main ? Ce fut pourtant ce que fit le fils à qui devait revenir l'atelier. Il se découvrit une vocation d'enseignant et, servi par une belle réussite scolaire, eut tôt fait de s'envoler irrémédiablement loin du soufflet de forge et de l'enclume pour lesquels, d'ailleurs, il n'avait jamais marqué le moindre penchant.

Tout espoir lui étant ôté de se trouver un successeur direct parmi sa progéniture, qui ne se constituait, outre ce garçon volage, que de deux filles, le forgeron se prit tout à coup de la plus grande estime pour son apprenti. Enfin, depuis le temps qu'il traînait dans l'ombre de son atelier, il s'avisa qu'il existait !

Instruit par trop d'années de pénible expérience, Léonce n'attacha pas d'importance aux toutes nouvelles amabilités du forgeron. Il apprécia tout de même de n'être plus, tout à coup, trop bête, trop maladroit, trop abruti pour manier la forge, le marteau et l'enclume.

Pour son plaisir, pour le plaisir de l'ouvrage bien fait, il s'appliqua et eut tôt fait de rejoindre, sinon de dépasser le maître.

Celui-ci en aurait bien pris ombrage si ce n'avait été sur lui qu'avait rejailli la satisfaction des clients. Il ne poussa tout de même pas l'humilité jusqu'à leur révéler la véritable source de leurs compliments, mais cela le conforta dans l'idée que, son fils ayant failli, il n'avait pas d'autre choix, pour assurer la pérennité de la vieille entreprise familiale, que de marier une de ses filles à cet apprenti si adroit.

Parfois, Léonce en riait tout seul ! Il lui en avait fallu du temps pour comprendre ! Il n'avait dans la tête que l'échéance du service militaire dont il s'imaginait encore qu'il lui ouvrirait les portes de la liberté. Le reste lui importait peu. Il serait peut-être même passé complètement à côté si la fille du forgeron elle-même, la cadette, celle qui lui était destinée, ne lui avait mis rudement les points sur les i. Depuis le temps qu'ils vivaient ensemble, et malgré la différence qu'on veillait à entretenir, ils se considéraient plus ou moins comme frère et sœur. Et, comme tels, il leur arrivait bien parfois de se chamailler. Quel en fut, ce jour-là, le prétexte ? Léonce, bien sûr, eut soin de ne pas en garder le souvenir. Il n'en fut pas moins stupéfait lorsque la donzelle, à qui la colère avait fait monter aux joues un rose seyant fort bien à un minois plutôt plaisant, crut tenir sa vengeance en le mettant dans le plus grand embarras.

– Non mais, qu'est-ce que tu t'imagines ? lui lança-t-elle. Que je suis déjà ta femme ? Certainement pas. Et puis même, si c'est comme ça que tu comptes me traiter…

Il en resta bouche bée. Elle s'en rendit compte et en fut tout de suite calmée et même désolée !

– J'ai dit ça… J'ai dit ça…, tenta-t-elle maladroitement de se rattraper.

Il préféra se détourner et aller ruminer seul au jardin son amertume. Pour qui le prenait-on ? Fallait-il qu'il ait été aveugle pour ne rien voir venir. S'imaginait-on qu'on allait disposer de lui avec tant de facilité ? Il se serait probablement braqué et n'aurait plus démordu de son refus catégorique si la promise elle-même, consciente de l'avoir blessé, n'était venue le rejoindre. Il s'était assis sur le muret qui dominait la rue. Elle s'installa près de lui.

– Je suis désolée, dit-elle. Je n'aurais pas dû.

Elle avait mis assez de sincérité dans ses mots pour qu'il en soit touché.

– Ce n'est rien, dit-il. On n'en parle plus.

Ils restèrent un moment silencieux côte à côte. Puis il eut la curiosité de savoir.

– C'est ton père qui t'a mis cette idée-là dans la tête ? demanda-t-il.

Elle rougit violemment, leva brièvement sur lui des yeux au bord desquels tremblotaient les larmes.

– Oui, dit-elle. C'est lui… Mais…

– Mais quoi ?

Elle hésita quelques instants puis secoua énergiquement la tête en signe de dénégation.

– Rien ! cria-t-elle.

Elle sauta du muret et s'enfuit en courant.

Il aurait fallu que Léonce soit de marbre pour ne pas reconsidérer ses plans d'avenir. Il ne l'était pas ! Le forgeron de père n'eut d'ailleurs que fort peu à voir dans la suite des événements. On les maria juste avant qu'il parte pour son service militaire… et pour que l'honneur soit sauf ! Quand Léonce revint d'Algérie, son premier fils, qu'il ne connaissait guère, trottait depuis longtemps et promettait d'avoir la langue bien pendue. « Papa » fut vite dans son vocabulaire !

Le reste semblait déjà écrit et serait allé de soi si, à quelques années de là, la mine n'avait pas fermé. Du jour au lendemain, c'étaient les trois quarts du chiffre d'affaires du petit atelier qui s'envolaient. Léonce pensa renoncer. Ce fut sa femme qui l'en dissuada. Courageusement, elle se trouva un petit boulot au bourg. Lui chercha d'autres débouchés. Il en décrocha quelques-uns, des petits contrats qui l'aidèrent à reconstruire un semblant d'équilibre.

Puis on s'y fit. Les fermes disparaissaient les unes après les autres. La seule qui subsista, en fin de compte, celle de Dédé Blandin, ne fréquentait plus la forge que pour les plus petits dépannages, les bricolages. Le temps des longs conciliabules autour du forgeron était bien loin. Le matériel, de plus en plus gros, de plus en plus performant, pour pallier le manque de bras, ne s'entretenait plus à l'atelier du village. Il y fallait le concessionnaire de la ville, et tout son matériel spécialisé.

Pourtant, on s'obstina. De l'hôtel et du restaurant, il ne restait que le souvenir et l'enseigne, au-dessus de la porte du simple café qu'il était devenu. Rosalie avait pourtant tenu bon, elle aussi, et elle régnait encore sur l'établissement réduit à sa plus simple expression avant que Juliette vienne le sauver de l'inéluctable fermeture.

Il arrivait à Léonce de se demander ce qu'ils faisaient encore là, ces quelques rescapés d'un naufrage qui, raisonnablement, aurait dû tout emporter. Peu à peu, le cercle s'était rétréci. Si Margot, Maxime et Yvette n'avaient pas eu l'idée surprenante de revenir au pays pour leur retraite, si Juliette n'avait pas été cette fleur éclose comme par miracle sur ce pauvre parterre fané, que serait-il resté ? Rien que des vieux gars, Valentin,

Firmin, Achille et sa sœur Clémence, lui-même, Léonce, pour entourer ce pauvre Dédé, sa Reine et leurs deux gamins, qu'il plaignait parfois de devoir continuer à s'échiner sur leur ferme en si triste compagnie.

C'était peut-être ce qui l'avait le plus sûrement décidé à arrêter. Sa femme n'était plus là. Lui n'avait pas eu la chance, comme Rosalie, de voir jaillir de nulle part un successeur. Et puis succéder à quoi ? C'était maintenant si peu de chose que la forge.

S'il lui restait encore quelques années à vivre, Léonce entendait que ce soit aussi paisiblement et gaiement que le lui réclamait sa nature. En fermant sa forge, il ne lésait personne puisque plus personne n'en voulait. Il lui évitait simplement de s'enfoncer plus loin encore dans la décrépitude. Elle ne pourrait qu'altérer le souvenir qu'il garderait d'un atelier où il n'avait peut-être pas toujours rigolé, mais où il avait aussi aimé travailler.

Allons, s'était-il dit. Il resterait sur cette image-là.

14

Prévoyant, Achille avait pris la précaution, dès les premières heures du jour, de reculer la remorque devant la porte de l'étable.

– Pas de tout ça, avait-il annoncé en refermant la lame de son couteau de poche dont il venait de se curer une dent, par ce temps-là, je m'en vais me mettre à l'ombre, moi. Je m'en vais faire le fumier.

– C'est ça, va donc nettoyer l'étable, avait grogné Clémence.

Elle n'était pas dupe. Elle savait très bien que son frère, sous ce prétexte méritoire, allait tout simplement s'offrir une petite sieste dans le foin du fenil. Les litières de tout un hiver qui continuaient de fermenter tranquillement aux places que leurs quatre vaches n'avaient quittées qu'au printemps n'étaient pas près d'aller finir leur décomposition sur le fumier.

Pour le principe, elle aurait bien râlé. Mais à quoi bon ? Que restait-il de la petite ferme que leur avaient léguée les parents ? Qui, d'ailleurs, se souciait encore d'une si modeste exploitation ? Maintenant, il fallait des grands troupeaux, des grosses machines et tous les prés qui allaient avec. C'était le Dédé Blandin qui avait ça. Est-ce que ça le rendait plus heureux pour autant ? Sûrement pas. Les traites de fin de mois qu'il fallait bien payer, les dossiers à remplir à la mairie pour toucher des primes ; voilà à quoi se résumait le métier de paysan… Si ce n'était pas un malheur !

Les choses étaient entendues depuis longtemps. À l'écouter, on pouvait se persuader que c'était par la faute des traites du Dédé et des imprimés, auxquels on ne comprenait d'ailleurs rien, que son frère et elle avaient renoncé depuis belle lurette. Comment aurait-il pu en être autrement ? À force de s'être entendu dire et répéter, durant toute leur jeunesse, qu'il n'y avait rien de bon à tirer du progrès, à force d'avoir ployé sous l'autorité mesquine d'un père pour qui rien de ce qu'il avait hérité de son propre père ne devait changer, et d'une mère jalouse de ce qu'elle n'avait pas su prendre à la vie, comment auraient-ils pu encore avoir la moindre ambition ?

Quand les vieux s'en étaient allés, ils étaient déjà bien trop âgés, l'un et l'autre, pour pouvoir envisager autre chose qu'une continuation frileuse des gestes accomplis jusque-là par automatisme, sans la moindre réflexion. Ils étaient comme ces animaux élevés en cage à qui on prétend rendre la liberté. Encore avaient-ils la chance que ladite cage, si la mort des parents l'avait ouverte, ait continué d'exister. L'idée de s'en échapper ne leur était même pas venue à l'esprit. Où seraient-ils allés ? Qu'auraient-ils fait de ce pouvoir de s'assumer qui leur échoyait sans même qu'ils sachent qu'il pouvait exister ?

Inlassablement, ils perpétuèrent les mêmes actes, les mêmes façons de faire totalement obsolètes. De leurs quelques bêtes, d'un champ de seigle, d'un carré de pommes de terre, d'un potager et de quelques arbres fruitiers, ils tiraient juste de quoi ne pas mourir de faim. La retraite de misère qu'on leur accorda quand ils en eurent atteint l'âge leur parut un luxe inimaginable. Ils s'empressèrent de la thésauriser, de crainte que reviennent les jours de disette.

L'abandon fit insidieusement son œuvre. Quel espoir aurait pu leur donner l'énergie de ne pas y céder ? La crasse surtout. Elle s'installa peu à peu, gagnant comme une lèpre depuis les coins que n'atteignait plus le balai jusqu'à manger tout l'espace et les êtres eux-mêmes.

De la mine, qui ne les avait jamais concernés, ils n'avaient retenu que sa fermeture, bien avant que disparaissent les parents. Elle avait été l'ultime argument auquel ils avaient ancré leur renoncement. On ne va quand même pas se battre quand des « gros » comme ceux-là ferment boutique !

Firmin n'hésita pas. Il ne se sentait pas encore trop gaillard et ne se souciait pas d'avoir à affronter Clémence. La remorque obstruant presque la porte de l'étable, à cette heure-là, lui fut d'un enseignement suffisant. Il se dépêcha de traverser la cour, tant pour éviter d'être repéré par Clémence que pour échapper au plus vite au soleil de plomb qui n'arrangeait pas la vague sensation de nausée dont il ne parvenait pas à se défaire.

– Oh, Achille ! Tu es là ? demanda-t-il en atteignant l'ombre odoriférante de l'étable.

On grogna au-dessus de sa tête, dans le fenil.

– Ne bouge pas. Je monte.

Encore fallait-il, pour atteindre le pied de l'échelle, franchir une sérieuse barrière de fumier accumulé là de très longue date. Par cette chaleur, Firmin n'avait pas chaussé les bottes en caoutchouc que ne quittait pas Achille. Pour tenter assez vainement de ne pas s'en mettre plein les souliers et le bas de pantalon, il dut danser là-dessus une drôle de gigue.

– Vieux, dit-il en émergeant dans le fenil, j'espère pour toi que ta fourche, elle a un bon manche d'acacia.

Achille était assis dans le foin, l'œil endormi.

– Pourquoi ? s'étonna-t-il.

– Le jour où il faudra que tu sortes toute la merde qui est là-dessous, sûr que tu en auras besoin.

Tout à coup, Firmin se sentait en pleine forme. Peut-être était-ce simplement de se trouver en compagnie de plus endormi que lui ! Achille balaya la remarque d'une main molle.

– Je faisais une petite sieste.

– Je m'en étais aperçu.

– Oh ! C'est que ce n'est pas rien de fourcher par une pareille chaleur.

Firmin aurait bien fait remarquer que la remorque était toujours vide. Il n'en vit pas l'intérêt. Il avait autre chose à dire.

– Tu n'es pas au courant ? attaqua-t-il sans autre préambule, trop pressé de raconter.

– Au courant de quoi ?

Firmin s'y attendait. Pourquoi, sans cela, serait-il venu ? Il lui semblait que cela lui ferait du bien de pouvoir disposer d'un pareil auditoire pour raconter toute son histoire.

– Vieux, c'est que tu as loupé quelque chose. Pour un peu, on y laissait tous notre peau.

C'était là une entrée en matière qu'il avait longuement ruminée et dont il était assez satisfait. Si avec ça l'autre n'en bavait pas d'envie de savoir, c'était à désespérer. Il n'en fut pas réduit à cette extrémité.

– Pas vrai…, gloussa Achille. Raconte.

Il allait s'en priver ! Il s'installa le plus confortablement qu'il put dans le foin, près d'Achille, et narra leur épopée de la nuit précédente. Il n'était pourtant pas d'un naturel trop bavard, mais là, sans crainte d'être interrompu par Léonce ou par Valentin, il atteignit à une forme de lyrisme qui laissa Achille sans voix.

– Tiens, conclut-il. Je m'en vais aux nouvelles chez la Juliette. Tu n'as qu'à venir avec. Si ça tombe, ils y sont déjà tous. Faudra bien qu'on sache, tout de même...

– Venir avec, venir avec... Tu en as de bonnes, toi. Et le travail ? C'est toi qui le feras, le travail ?

Firmin pensa à la remorque toujours vide, mais il préféra ne pas relever. Il savait très bien que ce n'était pas le travail, qui de toute façon ne serait pas fait, qui donnait des scrupules à Achille.

– Ne t'inquiète donc pas de Clémence, dit-il. Va donc lui raconter tout ça. Sûr qu'elle t'enverra aux nouvelles.

C'était là une éventualité tout à fait crédible. Achille fut reconnaissant à Firmin d'y avoir pensé pour lui.

– J'y vais, dit-il.

Ça risquait tout de même de prendre un certain temps.

– Je vais devant, préféra décider Firmin. Tu nous rejoindras.

– C'est ça, c'est ça. Va donc. Je vous rejoins.

Sébastien, comme les autres, avait retrouvé la forme. Plus vite que les autres même, peut-être parce qu'il était plus jeune, plus sûrement encore grâce à l'aide de Juliette. Elle n'avait pas attendu que tout cela soit de la vieille histoire pour lui manifester sans détour sa satisfaction de le retrouver tel qu'il lui avait tant plu, la veille au soir.

Quand on appela en bas, dans la salle du café, ils firent ensemble la grimace.

– Il faut bien que j'y aille, dit-elle en se redressant.

– Comme ça ? gouailla-t-il en glissant une dernière caresse le long de son corps nu.

– Que tu es bête !

Elle s'habilla aussi vite qu'elle le put.

– Tu reviens vite ?

Elle eut une moue dubitative.

– Ça dépend, dit-elle. S'ils ont retrouvé la forme comme toi, bien rare qu'ils me lâchent avant tard ce soir.

– Fais gaffe : je suis jaloux !

Elle lui fit la grimace et fila.

Il s'étira voluptueusement dans le lit et aima le désordre qu'ils y avaient mis. Il se sentait bien et aurait pu l'être à moins, mais un vague sentiment de mauvaise conscience le travaillait tout de même. Plutôt que de se payer du bon temps avec cette charmante aubergiste, n'aurait-il pas dû être à remuer ciel et terre pour qu'on se préoccupe enfin de ce qui s'était passé la veille ?

Il y avait quelque chose d'irréaliste dans tout ce qui était advenu de sa randonnée depuis qu'il avait eu le malheur – à moins que ce ne soit le bonheur – de passer un peu plus tard que prévu près de cette vieille mine. Depuis, à bien y réfléchir, c'était effarant tout ce qui lui était arrivé. Cette effroyable sirène ; l'accueil des vieux ; leur inénarrable voyage dans la benne d'une remorque agricole ; le malaise de celui qu'ils appelaient Maxime ; le sien après, qui avait gâché bien des choses !

Certes depuis, Juliette et lui s'étaient rattrapés et c'était encore à porter au rang de toutes ces choses insensées qui lui arrivaient depuis la veille ; une bonne, une merveilleuse, celle-là, bien qu'elle parût se surajouter presque maladroitement à tout le reste. Mais tout ce reste avait-il bien existé ? C'était presque à se le demander. Juliette lui avait narré sa propre expédition jusqu'à la mine. Elle lui avait raconté le travers-banc éteint, la grille fermée et les moindres traces de ce qui s'était passé là-haut dans la nuit, effacées.

S'il n'y avait pas eu ces nausées, ce mal de tête dont ils avaient tous souffert, il aurait douté… Et pourtant ces appels au secours qui lui résonnaient dans la tête, le hurlement de cette sirène, Léonce éclairant les restes du camion, au fond du trou… Il l'avait bien vécu, tout ça. Il ne l'avait pas rêvé…

D'un coup de reins, il se jeta hors du lit. Ça discutait ferme, en bas. Il avait tout de suite reconnu la voix forte de Léonce qui dominait toutes les autres. Il enfila un short et une chemisette, trouva une paire de tongs qui lui allait à peu près, et descendit. Il n'avait pas prévu que son arrivée dans une tenue si légère, par la porte de la cuisine, ferait taire si sûrement les conversations.

Seul le regard de Léonce pesa lourdement sur lui. Les autres semblaient ne pas l'avoir vu, mais n'en respectaient pas moins un silence glacé. Il eut un mouvement de recul.

– Viens donc, le rappela énergiquement Léonce. Viens t'asseoir là avec nous. Après tout, tu es un vétéran comme nous de la campagne de la mine. C'est tout ce qui compte. Ce que tu as fait de ta journée ne nous intéresse pas, pas vrai, Juliette ?

– Qu'est-ce que ça peut vous foutre ?

La repartie sans nuance de la jeune femme ragaillardit Sébastien. Elle venait de lui donner la marche à suivre. Crânement, sans paraître remarquer l'air pincé de Valentin ou l'œil se voulant égrillard de Firmin, il prit une chaise et vint s'installer entre Léonce et un être étrange qu'il n'avait pas remarqué jusque-là. Le vieux forgeron dut voir son instant d'hésitation.

– Ça, dit-il, c'est Achille. Ne t'inquiète pas, il est comme ça. Faut pas faire attention. On dirait, comme ça, mais non, il n'est pas fait autrement que nous tous. Bon alors, dis-nous. À croire que tu n'as pas été trop malade, toi ? Si on en juge par tout ce que nous a raconté Juliette...

– Léonce !

– Ben quoi ? J'ai dit des choses qu'il ne fallait pas ? Tu as été malade comme nous, oui ou non ?

– Vous, je ne sais pas. Mais moi, comme un chien, oui.

– À te voir comme ça, tout gaillard, on ne dirait pas. C'est qu'elle a dû bien te soigner, la Juliette. Ce n'est pas nous qu'elle serait venue cajoler comme ça. Pas vrai, les gars ?

Ils rigolaient, comme il se devait lorsque Léonce lançait ses piques, mais qu'à moitié. Autre chose les préoccupait et ils avaient hâte d'y revenir.

– Moi, ce que je dis, laissa tomber Valentin d'un ton sinistre, c'est qu'il y a un travailleur qui a disparu. Depuis, rien, personne pour s'en soucier. Tu trouves ça normal, toi ? Si c'était le patron de ces pauvres types-là, tu crois qu'on le laisserait tomber comme ça ?

C'était revenir sans nuance au vif du sujet. Léonce dut en convenir.

– Et qu'est-ce que tu proposes, le défenseur du peuple ?

– Est-ce que j'ai quelque chose à proposer, moi ?

On n'était pas plus avancé. Un lourd silence s'établit. Léonce avait eu beau faire, la ficelle de ses grosses blagues n'avait pas résisté. Lui-même d'ailleurs cédait à la gravité et à cette sourde inquiétude qui leur poissait la vie depuis la veille. Une menace transcendante pesait sur eux et les paralysait. Détenir la connaissance du danger, c'est déjà être sur la voie de son dépassement. Mais là... À quoi s'affronter ? À qui s'en prendre ? Et ce mal soudain dont ils avaient tous souffert... Une simple alerte ou un sinistre avertissement ?

La conscience leur venait de leur infinie petitesse. Qu'étaient-ils au sein de ces inquiétantes manifestations d'un pouvoir qui les dépassait ? Mais au fait, quel pouvoir ? Toujours, ils avaient été des dominés. Qu'il s'agisse des seigneurs de jadis ou des patrons de la mine, des représentants des administrations ou des hommes politiques, des curés ou des banquiers, leurs mots à eux, toujours, semblaient ne pas peser de la même importance. Toujours, ils devaient se résigner à plier le dos et à admettre leur ignorance.

Et si tout cela n'était pas du pouvoir des hommes ? Ils frissonnaient et laissaient remonter en eux, malgré eux, en vagues sombres, les vieilles peurs, les superstitions, les ombres dansant au fond des chaumières dont jamais on ne s'était assez gardé.

Achille, pourtant, depuis quelques instants, se démenait sur sa chaise. Il se trémoussait, avait de la main des ébauches de gestes spasmodiques. Son regard allait de l'un à l'autre, évoquant irrésistiblement l'appel à l'aide d'un noyé espérant la bouffée d'air salvatrice. Il fit sursauter tout le monde en abattant brutalement sa pogne épaisse et crasseuse sur la table.

– Ah ben..., éructa-t-il enfin. Ah ben, moi, je dis... M'est avis... Oui, je le pense. S'il y en a un qui sait, ça ne peut être que lui.

Et il se tut.

– Qui, lui ? vint à son secours Firmin.

– Ben, qui tu veux ? s'étonna-t-il. Le comte, pardi ! Qui d'autre ? Là-haut, dans son château, sûr qu'il doit en savoir des choses. Et puis, la mine, est-ce qu'on sait ? Peut-être bien que c'est encore à lui qu'elle appartient, comme dans l'ancien temps, celui des Bézu. C'est bien un Bézu, non ? Un Amerlo de Bézu, je veux bien, mais un Bézu tout de même.

L'hypothèse était dans toutes les têtes, mais personne jusque-là n'avait osé la formuler avec si peu de nuances.

– Et tu crois qu'il va tout t'expliquer, le comte ? Comme ça, bien gentiment, parce que tu vas aller lui poser la question ?

Léonce, pragmatique, n'y croyait pas. Les autres pourtant s'étaient redressés.

– Qu'est-ce qu'on risque ? dit Firmin.

– On constitue une délégation et on va planter un piquet de grève devant sa porte jusqu'à ce qu'il cède et qu'il nous reçoive, organisait déjà Valentin le syndicaliste.

– Pourquoi il ne vous recevrait pas ? osa émettre Sébastien.

– Et il nous roulera dans la farine, s'obstina Léonce. Ces gens-là, tu le sais bien qu'ils ont toujours réponse à tout, comme ça les arrange.

Le silence se refit, mais ce n'était plus le même. Enfermés en eux-mêmes, ils naviguaient à l'orée de cet étroit passage que venait d'ouvrir Achille dans le cercle de leur désespérance. Sans même savoir sur quoi il ouvrait, ni même s'il ouvrait sur quelque chose, ils n'avaient plus en tête que l'obsession de s'y engouffrer.

– Moi, je suis d'avis d'y aller, osa Firmin, qui n'en pouvait plus de cette attente.

– Moi aussi, dit Valentin.

– Ben, j'irais bien avec vous, dit Achille.

– Bon, puisque vous y tenez, admit Léonce, j'irai aussi. Mais après, il ne faudra pas venir pleurer qu'on en est toujours au même point…

15

– Mister Bill ! appela Clara.

– Hello ! répondit le comte.

Au son de sa voix, elle le situa dans son bureau.

– Vous avez de la visite, Mister Bill. Il va falloir vous expliquer, Mister Bill. Je vous souhaite bon courage !

– De la visite ! Qui est-ce ? Saurais-tu me le dire ?

Elle jugea plus raisonnable de ne pas répondre.

Fulbert William Bézu, comte de la Castine, traversa le grand salon à longues enjambées. Il atteignit le hall d'entrée et avait déjà la main sur la poignée de la porte lorsqu'il aperçut les visiteurs.

De gauche à droite, marchant de front, il y avait là Achille, Firmin, Léonce, Valentin et Dédé. On apercevait d'ailleurs, au-delà des grilles, l'arrière de la remorque agricole de Dédé qui avait servi à les transporter jusque-là. Ils marchaient à pas lents, solennels, les mains dans les poches, l'air sombre, passant alternativement du grand soleil à l'ombre des arbres centenaires qui bordaient l'allée.

– Qui sont ces hommes ? grogna Mister Bill. Que me veulent-ils ?

– Ce sont ceux qui, à une exception près, celle de l'ours qui déambule à l'extrême gauche, ont failli ne pas ressortir vivants de la mine l'autre nuit, expliqua obligeamment Clara.

– Fort bien, mais ça ne me dit toujours pas ce qu'ils me veulent.

Il y avait un brin d'inquiétude dans sa voix. Implacable, elle choisit de ne rien faire pour l'aider.

– Mister Bill, vous êtes de la plus parfaite mauvaise foi.

La peine de relever fut épargnée à celui-ci. Les cinq hommes atteignaient la porte.

– Tire donc la chaîne, ça va sonner, entendit-il Léonce ordonner à Dédé.

Celui-ci ôta prestement sa casquette et obtempéra. Le comte ouvrit la porte.

– Messieurs ? interrogea-t-il du ton le plus courtois qu'il put trouver.

Léonce ôta plus lentement son couvre-chef et s'avança de deux pas.

– On voudrait causer, dit-il sans s'embarrasser de fioritures.

– Vous êtes... ? demanda hypocritement le comte.

Léonce ouvrit de grands yeux stupéfaits.

– Ah ben, ça alors, c'est la meilleure. On habite le même pays, et on ne se connaît même pas ! Nous, sûr qu'on sait qui vous êtes. Mais vous... Vrai qu'on ne vous y voit pas bien souvent, au village. Demandez donc à Clara. Elle, elle sait bien qui on est.

S'essuyant les mains dans un grand torchon blanc bordé d'un liseré bleu, elle se tenait dans la porte du grand salon, juste derrière le comte. Le regard de Léonce la trahit. Mister Bill se tourna vers elle et retint la réflexion surprise qui lui venait aux lèvres.

– Tu connais donc ces messieurs ? préféra-t-il demander.

D'un pas décidé elle le contourna et fit les présentations. Puis elle recula sans manifester le moins du monde l'intention de regagner sa cuisine. Le comte en fut bien un peu choqué, mais il estima judicieux de ne pas relever.

– Ainsi, vous entendez que nous nous entretenions ? demanda-t-il.

– C'est ça, confirma simplement Léonce. On veut causer.

– Et... à quel sujet ?

– Oh ! C'est que c'est compliqué, tout ça. Tout vous dire là, comme ça, sur le perron, c'est que ça ne va pas être trop commode.

Le comte ne put s'empêcher de passer une revue navrée des godillots, particulièrement ceux d'Achille, que maculaient les échantillons variés des sols qu'ils avaient dernièrement foulés. Son regard circulaire s'arrêta enfin sur Clara, que cette intrusion éminemment terrienne sur les parquets et les tapis du château ne semblait pas alarmer. Bien au contraire, elle affichait un petit sourire narquois qui intrigua le comte, mais qui ne lui laissait pas d'autre solution que de s'exécuter.

– Eh bien, messieurs, dit-il en s'écartant, si vous voulez vous donner la peine d'entrer.

Il leur indiqua les fauteuils du grand salon et s'installa lui-même dans son monument à dossier droit qu'il détourna pour l'occasion de la cheminée devant laquelle il lui arrivait, à la mauvaise saison, de passer des journées entières.

– Je vous écoute.

Ce fut une fois de plus Léonce qui s'y colla. Il n'avait pas son pareil pour arranger les phrases sans se départir d'un petit air ballot qui n'était que pure roublardise.

– C'est qu'on est inquiets, monsieur le comte, attaqua-t-il. Il se passe des choses graves dans le pays, et on ne sait pas, on ne sait rien… Faut comprendre…

Le comte avait l'air vraiment alarmé.

– Des choses graves, me dites-vous ? Mais quoi encore ?

– Monsieur le comte est bien au courant…

– Au courant de quoi ?

Il se tourna, mais, curieusement, Clara avait disparu. Léonce comprit qu'il ne ferait pas l'économie d'un récit complet. Il s'y attela courageusement, à peine aidé par les hochements de tête approbateurs de ses acolytes et par les grognements qu'ils émettaient parfois en guise d'encouragements.

Mister Bill, la bouche en cul-de-poule pour bien mouler les « Oh ! » effarés qu'il poussait à chaque bout de phrase, ne se départit pas du plus grand intérêt. Les camions défilant au coin de son parc depuis des mois ? Ah, oui, les camions… Il avait bien remarqué, mais n'y avait attaché aucune importance. Disparus, envolés, depuis cette affaire ? Tiens, c'était pourtant vrai. Il n'avait pas fait attention. Les odeurs ? Quelles odeurs ? Les bêtes mortes ? Ah bon ! Pas au courant… Un de ces camions tombé dans la mine ? Allons ! Croyez-vous ? C'est insensé ! Ce fut à peine si son sourcil se fronça et si une petite lueur inquiète s'alluma dans son regard lorsqu'il fut question des grilles grandes ouvertes et du travers-banc illuminé en pleine nuit. Lorsque Léonce dut admettre qu'ils n'avaient rien trouvé, le sourire redevint serein.

Fulbert William Bézu, comte de la Castine, dans son énorme fauteuil, ne manquait pas de dignité. Il semblait à la fois stupéfait de ce qu'on lui apprenait, catastrophé par les conséquences de tout cela, et outré qu'un tel silence pût couvrir toute cette affaire.

– Ce que vous m'apprenez là est proprement effarant, insista-t-il. Il faudrait… Enfin, je ne sais pas… Je ne connais pas vos lois, vos façons d'agir. Vous savez que je suis américain. Mais enfin tout de même, on ne peut pas laisser faire des choses comme celles-là.

– C'est justement…, dit Léonce.

– Ah ! fit le comte en se penchant vers eux, l'œil curieux, comme s'il s'attendait à ce qu'on lui révèle un audacieux plan de campagne.

Léonce ne se laissa pas impressionner.

– D'abord, dit-il, il faudrait qu'on sache à qui s'adresser. Qui c'est qui décide, pour cette mine-là ? Peut-être bien que vous en avez une petite idée.

Le comte s'était redressé dans le dossier de son fauteuil et semblait tout à coup très morose.

– Qu'est-ce qui peut bien vous faire croire ça ? s'étonna-t-il avec comme une pointe d'exaspération dans la voix.

Il en fallait plus pour démonter Léonce.

– Mais, monsieur le comte, cette mine, même si on n'y fait plus rien, il faut bien qu'elle appartienne à quelqu'un. Les travaux sur la route, le grillage, l'éclairage du travers-banc, et puis les camions pendant des mois… Il a bien fallu que quelqu'un décide, donne des ordres.

– Et alors ?

Cette fois, tout de même, Léonce marqua le coup. Le ton avait été cassant, presque hautain. Peut-être bien qu'il était américain, ce comte-là, mais les façons des vieux seigneurs, il devait les avoir dans le sang ! Il n'hésita qu'un bref instant. Il sentait autour de lui, malgré leur silence, les encouragements tendus de ses quatre collègues. Il ne serait pas dit qu'il avait cédé sans aller au bout de son combat.

– Monsieur le comte, reprit-il, sauf votre respect, nous, les derniers propriétaires de la mine qu'on ait connus, c'étaient des Bézu. Votre famille, quoi. Alors on s'est dit…

Les cris d'orfraie de Mister Bill et ses bras levés au ciel l'interrompirent.

– Mon pauvre ami ! De quoi me parlez-vous là ? Oui, bien sûr, des Bézu… Mais il y a si longtemps ! Et puis ma famille à moi, même si elle est apparentée à ces Bézu-là, quand tout ça s'est terminé, ça faisait beau temps qu'elle était devenue américaine. Alors, vous comprenez…

Tout ce que Léonce comprenait, c'était que cette histoire commençait à lui chauffer les oreilles. La seule chose d'à peu près claire là-dedans, c'était que le comte ne voulait pas parler, qu'il trouverait tous les moyens pour noyer le poisson. Un rude constat qui fit voler en éclats ses derniers scrupules.

– Mais enfin, monsieur le comte, même si vous n'êtes plus propriétaire, s'il y en a un qui peut savoir qui décide là-haut, à la mine, c'est bien vous. Tout ce qu'on vous demande, c'est ça, de nous dire à qui on doit s'adresser, puisque vous nous dites que ce n'est pas à vous.

– Et qu'est-ce que vous feriez de plus ? Croyez-vous que ces gens-là vous ont attendu pour décider ? Croyez-vous que s'il y avait le moindre danger pour vous, ils auraient attendu si longtemps pour vous prévenir ?

– Ça, monsieur le comte, si vous permettez, c'est à nous d'en décider. C'est chez nous que ça se passe et on a tout de même le droit de savoir.

Léonce, sidéré, se tourna vers Valentin. C'était lui qui, retrouvant les vieux accents de ses actions syndicales de jadis, venait d'intervenir. Mister Bill, au moins aussi surpris que Léonce, parut un instant désarçonné... rien qu'un instant !

– Non, mon cher ami, reprit-il sèchement. S'il s'est vraiment passé quelque chose, ce qui reste à démontrer, c'est une propriété privée qui en a été le cadre. Tant que vous n'en subissez pas un préjudice, ça ne vous concerne pas.

– Et les bêtes crevées, là-haut, sur la Castine ?

– Propriété privée. On pourrait vous reprocher d'y être allés sans autorisation.

C'était la meilleure, celle-là ! Bientôt, les fautifs, ce seraient eux !

– Et l'homme qui appelait au secours, peut-être qu'il aurait fallu demander l'autorisation pour aller l'aider ? Et à qui la demander ? relançait Valentin, d'autant plus agressif qu'il était resté trop longtemps silencieux.

– Là encore, je suis désolé de vous dire « propriété privée ». En admettant qu'il y ait eu urgence à porter secours à quelqu'un, on aurait pu admettre que vous en forciez les limites. Mais vous m'avez dit vous-mêmes que vous y êtes entrés – ce qu'on pourrait être amené à vous reprocher – et que vous n'avez rien trouvé.

On en venait aux menaces à peine voilées. Léonce savait très bien qu'ils n'obtiendraient rien de plus. Il laissa traîner quelques instants le silence un peu hargneux qui s'était installé, puis se résolut sans plaisir à tenter sa dernière cartouche :

– Ce qui nous ennuie, là-dedans, voyez-vous, monsieur le comte, reprit-il sur le ton le plus conciliant, c'est qu'il y a un jeune randonneur qui est passé par là. Même que c'est lui qui nous a avertis. Est-ce qu'on sait ce qu'il va faire, ce jeune-là ? Si l'idée lui prend d'aller chez les gendarmes ou à la police, je ne sais pas moi, nous, dans cette affaire-là, on peut bien se retrouver accusés. Qu'est-ce qu'on a fait pour le sauver, cet homme-là, qui appelait au secours dans la mine ?

– Quel homme ? De quel homme me parlez-vous ? Vous vous contredisez. Vous m'avez dit vous-mêmes qu'il n'y avait pas d'homme.

– Mais le camion, dans le trou, il avait bien un chauffeur !

– Quelqu'un s'est-il plaint de sa disparition ? Non ? Bon, alors...

Ils ne savaient plus. Pour un peu, ils auraient douté eux-mêmes de ce qu'ils savaient. Ils ne répliquèrent pas et le comte en profita :

– Allons, dit-il. Mieux vaut que vous oubliiez tout ça. N'en parlez surtout à personne. On ne sait jamais les ennuis que ça peut attirer, des histoires qui traînent comme celle-là.

Il se leva. L'entretien était terminé.

– Qu'est-ce que je vous disais ? fulminait Léonce en redescendant vers la remorque qui les attendait près de la grille du parc. Tout ce qu'on a gagné, c'est qu'on est avertis. Si on parle, on aura des ennuis... Comme il dit... Le fumier !

16

La porte refermée sur les talons d'Achille, Mister Bill se retourna vivement, s'y adossa et poussa un gros soupir de soulagement.

– Ouf ! Je ne m'en suis pas trop mal sorti, non ?

Clara, qui surveillait depuis sa cuisine, son éternel torchon à la main, ne parut pas totalement convaincue.

– Vous n'y avez pas eu trop de mérite, jugea-t-elle.

– Eh bien dis donc, qu'est-ce qu'il te faut de plus ?

– Le plus remarquable dans l'affaire, commenta-t-elle, ce sont vos étonnantes prédispositions au mensonge !

– Ménage tes propos, tu veux.

Elle lui décocha un regard noir de reproches et tourna les talons.

– Tout cela est bien beau, dit le comte comme s'il se parlait à lui-même, mais ne nous dit pas comment on va s'en sortir…

Clara se contenta de hausser les épaules.

Lorsque la nuit tombante avait été déchirée par le hurlement lugubre et totalement inattendu de la sirène, Margot essuyait sa vaisselle. Elle sursauta si fort qu'une assiette lui glissa des mains et alla se pulvériser sur le carrelage de sa cuisine. Ce fut un tel vacarme que, s'ajoutant à la sinistre plainte qui emplissait l'espace vespéral, il lui fit perdre durant quelques instants tout sens des choses et du temps. Les bras tendus devant elle, elle pirouetta plusieurs fois au milieu de sa cuisine, piétinant les morceaux de porcelaine qui craquaient sous ses pieds comme des rires sarcastiques.

Puis elle s'immobilisa contre le buffet, les bras ballants. Elle s'obligea à se calmer par deux ou trois profondes inspirations. Le bruit infernal persistait. Elle alla à la fenêtre. De l'autre côté de la rue, la salle du café de Juliette était illuminée. Par les fenêtres grandes ouvertes, derrière les légers voilages que la brise faisait doucement ondoyer, elle identifiait fort bien tous ceux qui formaient un petit groupe agglutiné autour du bar. Ils n'avaient pas l'air trop réjouis et semblaient, comme elle, chercher à comprendre. Ce n'était donc pas une de leurs mauvaises farces.

– Ils ont peur, grinça-t-elle. C'est bien qu'ils la craignent, la sentence immanente. Peut-être s'annonce-t-elle…

Elle réfléchit. Plus qu'un hypothétique avertissement céleste, ce déchaînement de décibels ne pouvait être que la manifestation de quelque nuisance inventée par les hommes. Et où, dans leur désert, pouvait-on mettre en œuvre une telle monstruosité si ce n'était à la mine ? Elle aussi, depuis le coin de son rideau discrètement relevé, avait vainement attendu que redescende le dernier camion vert passé en fin d'après-midi.

Margot pensa à Clara. Quelque chose lui soufflait avec insistance que ce qui concernait la mine ne pouvait pas être totalement étranger au comte de la Castine, et par conséquent à Clara. Il lui parut de la plus grande urgence de lui venir en aide.

Elle ne pesa pas plus longtemps sa décision. Marcher dans la nuit ne lui faisait pas peur. Elle se chaussa en conséquence, se couvrit les épaules d'un châle que la fraîcheur de la nuit pourrait rendre utile, se munit d'une lampe de poche et sortit discrètement de chez elle par le jardin. Négligeant la route, elle fila par les sentiers qu'utilisaient jadis les mineurs se rendant à leur travail. Ils n'étaient plus que d'étroits passages dans la broussaille, que seuls les chasseurs et quelques rares marcheurs comme elle connaissaient encore.

Bien que la nuit fût d'encre, Margot alla bon train. C'était une marcheuse infatigable qui n'aimait rien tant que d'arpenter sans cesse le vaste territoire du hameau. Comme à livre ouvert, elle y collectait une infinité de minuscules observations, elle y surprenait le sens d'insignifiants secrets qu'elle seule savait interpréter et mettre en cohérence pour traquer sans cesse ses voisins et souligner d'un trait épais les moindres de leurs petites faiblesses, leurs infimes manquements. Elle les en accablait avec obstination, leur ôtant, par le seul effet de la surprise, toute capacité à se défendre.

Comment, par quelle magie pouvait-elle savoir ce qu'ils pensaient avoir si bien dissimulé aux regards des autres ? Elle avait gagné, à ce jeu malsain, une réputation qui, en d'autres temps, aurait pu la conduire sans rémission sur le bûcher des sorcières ! On préférait jouer, maintenant, de la dérision. Les bons mots fusaient, Margot était la cible toute désignée sur laquelle rebondissaient à plaisir les conversations un peu languissantes. Elle le savait, mais n'en avait cure, mesurant à l'once près les ferments de culpabilité qu'elle semait, persistant malgré tout à en espérer une maigre récolte de repentir.

Elle déboucha sur le terre-plein de la mine à l'instant précis où la sirène pulvérisait le calme de la nuit pour la seconde fois. Son premier réflexe, si près de cette source du bruit infernal, fut de se laisser tomber à genoux et de se boucher les oreilles des deux mains. Elle allait se relever et fuir lorsque jaillit la lumière. Elle leva les yeux et, médusée, vit les grandes fleurs rouges et jaunes de l'ample robe de Clara danser frénétiquement dans l'éblouissement des projecteurs, depuis la grille grande ouverte vers le travers-banc.

– Clara !

– Margot ! Qu'est-ce que tu fais là ? Plus tard... tu m'expliqueras plus tard. Viens m'aider.

Elles s'engouffrèrent dans le travers-banc. Au fur et à mesure qu'elles avançaient, une odeur épouvantable les prenait à la gorge.

– On va où comme ça ?

– Je ne sais pas. Il faut voir.

Margot s'apprêtait à protester que c'était insupportable lorsqu'elles le virent. Il était étalé de tout son long à quelques centimètres du trou béant au-dessus duquel se balançaient encore doucement quelques poutres de ferraille rouillées et tordues. L'homme était face par terre, bras et jambes écartées.

– Vite, il faut le sortir de là.

Elles le prirent chacune par une aisselle, parvinrent à le relever, glissèrent leurs épaules sous ses bras et le traînèrent vers la sortie. La sirène s'était tue.

– C'est moi, avait dit Clara. Je l'ai déclenchée par erreur. J'ai tourné la clef trop tôt. Je n'ai pas tenu compte de la temporisation.

– Tu as la clef ?

– Bien sûr. Comment je serais rentrée sans... Chut ! Écoute !

Dans le silence nocturne revenu, on entendait le bruit d'un moteur qui approchait.

– Vite. Il ne faut pas qu'ils nous voient.

Margot avait suffisamment le sens du secret pour ne pas s'étonner.

– Viens, dit-elle. Suis-moi.

Elles entraînèrent l'homme vers le sentier par lequel Margot était montée et se fondirent dans l'obscurité.

– Attends. Je veux voir, dit Clara.

Elles s'accroupirent. L'homme, que l'air frais avait rendu à un minimum de conscience, se laissa aller sur le côté.

– Ça alors ! Dédé et toute la clique des mécréants ! Qu'est-ce qu'ils viennent faire là ?

– La même chose que nous ! Tant pis pour les portes et pour la lumière. On remontera plus tard.

Clara se pencha sur l'homme.

– Ça va ? Vous pourrez marcher ?

Elle n'obtint pour toute réponse qu'un grognement dont on pouvait tout déduire.

– Allez, on y va. D'ici au château, ça ira, préféra-t-elle se rassurer.

– Tu veux l'emmener au château ?

– Je t'expliquerai.

Avec une cheville fracturée, il est assez vain de prétendre marcher. Elles étaient solides, l'une comme l'autre. Toujours arrimé à leurs épaules, il se laissa porter. À demi conscient, il lui arrivait de laisser échapper un grognement de douleur, mais elles sentaient bien qu'il serrait les dents et tentait désespérément de se redresser.

– Laissez-vous aller, disait Clara. Vous ne pouvez pas marcher. On s'en sortira bien. On arrive bientôt. Vous vous reposerez. Je vous soignerai.

Une fois ou deux, elles comprirent qu'il tentait d'articuler quelques mots, mais ils leur restaient parfaitement inintelligibles.

– Peut-être qu'il ne parle pas français, suggéra Margot.

– Probable, dit Clara.

La cour du château était éclairée et la voiture du comte se trouvait devant le perron.

– Il est rentré, dit Clara. Je préfère.

Elles passèrent par la cuisine.

– Mister Bill ! appela-t-elle.

– Hello ! Où étais-tu ? J'allais m'inquiéter. J'arrive à l'instant. Tout s'est bien passé aujourd'hui ? Des coups de téléphone ?

Il parlait depuis son bureau où il dépouillait son courrier. Il avait été absent toute la journée.

– Venez vite, Mister Bill. Nous avons une surprise pour vous.

Il arriva dans la cuisine, plongé dans la lecture d'une lettre dont il tenait encore l'enveloppe à la main.

– Je crois, Mister Bill, dit Clara d'un ton cassant, qu'il serait bon que vous prêtiez un peu plus d'attention à ce qui nous arrive.

Il leva un œil étonné de son courrier, la considéra longuement, puis, suivant son regard, découvrit l'homme qui sortait doucement de sa demi-inconscience et se cramponnait des deux mains à la table pour ne pas vaciller. Il blêmit.

– Mon Dieu ! Que lui est-il arrivé ? Il ne faut pas le laisser là. Amenez-le au salon, qu'il s'étende sur le divan.

Il laissa faire les deux femmes, les suivant de près, l'air affolé. Quand le blessé fut allongé et qu'il eut poussé un profond soupir de soulagement, les remerciant d'un sourire, il fit celui qui entendait reprendre les affaires en main.

– Qu'est-ce qui s'est passé ? Qui est cet homme ?

Clara raconta. La mine du comte eut tôt fait de s'allonger et de devenir franchement soucieuse.

– Mais enfin, c'est inouï ! s'exclama-t-il quand Clara en eut fini de son récit. Comment avez-vous réussi à le tirer de là ? La mine était donc ouverte ?

– Pas le moins du monde. Je l'ai ouverte moi-même.

– Tu l'as ouverte toi-même ! Et comment donc ?

Elle sortit posément le trousseau qu'elle avait enfoui dans le décolleté de sa robe, à la garde de ses seins plantureux.

– Avec les clefs, tout simplement.

– Tu avais les clefs ? Mais d'où les tiens-tu ?

– Du tiroir de droite de votre bureau, là où je savais que vous les aviez rangées.

– Diablesse ! se contenta-t-il de laisser tomber.

Il fallut bien qu'il s'écarte pendant que Clara, aidée de Margot, auscultait le blessé. Elle eut vite localisé la fracture de la cheville. Lorsqu'elle la palpa, bien qu'elle s'y prît avec beaucoup de douceur, l'homme se crispa de douleur. Malgré tous ses efforts, il laissa échapper quelques plaintes.

– Tu vois bien que tu lui fais mal. Laisse-le donc. Va plutôt appeler le médecin.

Mister Bill voulut inconsidérément s'en mêler.

Elle leva sur lui un regard dur.

– Chiche !

Il se tut. Toujours aidée de Margot silencieuse, elle eut tôt fait d'immobiliser la fracture.

– Je ne crois pas qu'il y ait de déplacement, dit-elle en se redressant. Il est jeune et solide. Il devrait pouvoir s'en remettre sans problème. Le tout, c'est de savoir si les cochonneries qu'il a respirées là-haut n'ont pas fait d'autres dégâts. On verra ça demain. Maintenant, il faut qu'il se repose.

Mister Bill ne parut pas apaisé pour autant.

– Tu ne veux pas dire qu'il va rester là ?

– Si !

– Mais c'est hors de question. Si on le trouvait chez moi ? Je ne veux pas être mêlé à cette histoire, moi.

– Bien. Ce n'est pas difficile. Il suffit de demander une ambulance. On l'hospitalise.

– Tu... Tu sais bien que ce n'est pas possible. C'est à sa société de s'occuper de ça, à assumer. D'ailleurs, il ne doit pas parler un mot de français. Moi, je ne veux rien avoir à faire là-dedans.

– Alors, vous proposez ?

Mister Bill n'avait rien d'autre à proposer et le savait bien. Il resta silencieux, posant sur Clara le regard d'un gosse pris en faute et plein de ressentiment. Puis son visage s'éclaira d'un large sourire. Il avait trouvé !

– C'est bon, dit-il. Tu as raison. Il n'y a pas d'autre endroit où le caser. Tu vas simplement aller l'installer dans le relais de chasse. Il sera chez lui, au calme, dans les meilleures conditions qui soient pour se remettre. Moi, dès demain matin, je contacte ses patrons. Après tout, ce sont eux qui doivent se débrouiller.

Il était clair que la solution, qui arrangeait Mister Bill, ne satisfaisait que moyennement Clara. Ce n'était pas lui qui ferait les allers-retours entre le château et le petit pavillon du fond du parc pompeusement appelé relais de chasse. Elle dut pourtant convenir qu'il y avait là une discrétion qui mettait à l'abri de bien des curiosités, mais il lui déplut que le comte crût bon d'insister auprès de Margot :

– Je compte sur vous, madame, pour n'en rien révéler, lui dit-il.

– Je réponds de Margot, claironna Clara en lui tournant le dos.

Avec beaucoup de ménagement, il fallut encore opérer le transfert du blessé dans le modeste chalet qui se dissimulait sous les frondaisons, à l'extrémité la plus lointaine de la propriété du comte. Il fallut y mettre un peu d'ordre, lui faire une couche confortable, lui apporter de quoi boire. Quand elles lui souhaitèrent enfin la bonne nuit, il les remercia une nouvelle fois d'un large sourire. Le comte était monté jusqu'à la mine pour éteindre les lumières du travers-banc et fermer la grille, puis, sans plus se soucier de son hôte inattendu, il était allé se coucher.

Les deux femmes, exténuées, revinrent en silence vers le château. Elles eurent encore une conversation animée, à voix basse, au pied du perron, puis elles se séparèrent. Clara, en verrouillant derrière elle la porte d'entrée, suivit quelques instants du regard la silhouette de Margot qui s'enfonçait dans la nuit en direction du village.

– Il ne manquait plus que ça, soupira-t-elle.

La fatigue fut la plus forte.

– Et puis après tout, zut ! Advienne que pourra, grommela-t-elle en s'attaquant lourdement à l'ascension du grand escalier.

17

Juliette s'ennuyait derrière son bar. Sébastien avait disparu en début d'après-midi avec Dalton sur les talons. La chaleur ne semblait pas avoir de prise sur lui. À longueur de journée, il courait la campagne et les bois, rentrait fourbu et heureux, et trouvait le repos et plus de bonheur encore, le soir, dans les bras de Juliette. Il ne parlait pas de reprendre les chemins de sa randonnée et exaspérait copieusement les vieux gars en affichant sans vergogne l'évidence de sa joie de vivre.

Il leur semblait que c'était un outrage à leurs propres obsessions. Comment cet étranger pouvait-il faire montre d'une telle sérénité alors qu'il avait, comme eux, subi tous les événements de cette soirée maudite ? Ils finissaient même par en vouloir à Juliette qui n'avait rien perdu de son habituel sourire et ne faisait rien pour dissimuler qu'elle était amoureuse et en ressentait beaucoup de plaisir.

– Une chatte ! gronda Léonce. Tu as encore moins de pudeur qu'une chatte.

– Et alors ? Si j'aime ça ? Ça vous dérange ? Vos coups à boire, je vous les sers comme d'habitude, non ? Plaignez-vous. Je ne vais pas faire la gueule par-dessus le marché pour vous arranger. Et puis, d'ailleurs, ça ne vous plairait pas non plus. La vérité, c'est que vous êtes tous partis à ronchonner. Quoi qu'on fasse, vous râlerez, alors... Autant que ce soit parce que je rigole !

Il l'écarta d'un geste de la main. Front soucieux et sourcils froncés, il revint à ses inquiétudes.

– Peut-être bien que ce n'est pas trop le moment, marmonna-t-il encore. Tu ne crois pas que ce n'est pas trop le moment ?

Les autres acquiescèrent gravement. Juliette repartit vers son bar en haussant les épaules. Elle jeta un regard sur l'horloge et soupira à l'idée de tout le temps à tuer avant que Sébastien réapparaisse, puis à tout ce qu'il lui faudrait encore attendre avant que, enfin seule avec lui, elle pût s'abandonner à ses caresses.

– Eh bien, mon vieux, laissa-t-elle choir tout à coup dans le silence de la salle, si c'est ça, votre jardin d'Éden...

Le poing de Léonce, en s'abattant brutalement sur la table, fit tinter les verres.

– Tu le fais exprès ou quoi ? Tu crois que c'est le moment ?

– Le moment de quoi ? Ça y changera quoi, vos têtes d'enterrement ? On va peut-être s'arrêter de vivre parce qu'il y a eu un accident à la mine.

– Ah, toi, sûr que tu ne t'arrêtes pas de vivre !

– À croire que vous êtes jaloux.

– Arrête de dire des bêtises, tu veux ? Il y a des choses plus importantes que tes fesses, imagine-toi.

– Et vous y pouvez quoi, à ces choses plus importantes que mes fesses ? Même mes fesses, vous n'y pouvez rien, alors...

Décidément, elle les cherchait !

– Bon, maintenant, Juliette, ça suffit. Si tu ne veux plus de notre clientèle, il faut le dire.

Elle éclata de rire.

– Et vous la transporteriez où, votre clientèle, si je n'étais pas là ?

Elle ne les lâcherait donc pas et prétendrait toujours avoir le dernier mot.

– Tu es vraiment une sale gamine.

– Vous voyez, vous prêchez mieux qu'un curé pour votre jardin d'Éden sur la Terre, et après, vous êtes le premier à porter des jugements, à dire ce qui est bien, ce qui est mal... Pour qui vous vous prenez ? Pour le bon Dieu ?

– Juliette, ça suffit !

– Vous voulez que je vous dise, votre Genèse, je ne l'ai pas lue et je ne la lirai pas. Pour ce que ça me semble...

– Eh bien, tant pis pour toi. Fiche-nous la paix, tu veux ?

Elle haussa les épaules une fois encore et aurait bien filé à la cuisine si la silhouette épaisse d'Achille ne s'était pas encadrée dans la porte. Ses bottes en caoutchouc semblaient tout de même très lourdes. Il traversa la salle en maculant le carreau de traces brunâtres et vint s'asseoir entre Firmin et Léonce.

– Il faudra laver vos bottes avant d'entrer, la prochaine fois, lui lança Juliette en se précipitant sur ses traces, armée d'un balai et d'une serpillière.

– Fais pas attention, grogna Léonce. Elle est comme une chatte dont le matou est en vadrouille... Il faut qu'elle râle. Depuis tout à l'heure, ça n'arrête pas.

Achille n'avait pas l'air trop ému. La remarque de Juliette l'avait laissé totalement indifférent.

– Tu me mettras un coup à boire ? demanda-t-il.

– Un coup à boire ! Comme si on demandait juste un coup à boire ! Et quoi, pour un coup à boire ?

– Je ne sais pas, moi... Comme eux.

Elle s'en contenta.

– Alors, comme ça, tu as pu te libérer de ton travail ? grinça Léonce.

– Ce n'est pas que tu aurais fini le fumier de l'étable ? s'inquiéta Firmin.

– Non, non... Il y a encore à faire...

– Ça, je veux bien le croire. Et la Clémence ? Elle t'a laissé filer ?

– Elle ne sait pas que je suis là. C'est que je passais. Comme j'avais à te dire, Léonce, j'ai dit : « Tiens, c'est le moment. »

– Tu as à me dire ?

Achille avait le sens des priorités et des convenances. Il leva brièvement dans leur direction le verre que Juliette venait de poser devant lui, le porta à ses lèvres et le vida d'un trait. Une expression de satisfaction béate illumina sa bonne grosse face de balourd. Il reposa le verre et rota.

– C'est que ça fait du bien par où ça passe, apprécia-t-il.

Les trois autres avaient, pour le contempler, le sourire de l'indulgence qu'on accorde aux êtres aimés.

– Alors, maintenant tu peux me dire, s'impatienta tout de même Léonce, curieux de savoir.

– Ah ben, c'est rapport à ta forge.

Léonce fronça les sourcils. Il n'aimait pas qu'on lui parle de sa forge. C'était du passé. La page qu'il avait tournée un soir, une fois pour toutes, il lui était désagréable d'avoir à y revenir.

– Elle est fermée, ma forge, grogna-t-il.

– Ça, je le sais bien, mais c'est justement...

– Justement quoi ?

– Ben, vois-tu, c'était hier soir... ou avant-hier, peut-être. Peut-être bien avant-hier... ou bien hier... Je ne sais plus.

– Marche, ce n'est pas grave.

– Tu as raison, hier ou avant-hier, ce n'est pas ça qui fait. Toujours que j'étais allé voir les trois génisses que j'ai dans la mouille de l'autre côté de la rivière. Par ces temps-là, ce n'est pas qu'il y a trop d'eau. J'ai passé à gué, sous ta forge. C'est que je n'aime pas trop les laisser trop longtemps sans les voir, mes génisses. Est-ce qu'on sait ce qui pourrait arriver ? Bon, je m'en vais les voir. Tu vois où elles sont, dans cette espèce de pré de fond où tu as de l'herbe jusqu'au ventre, mais que ce n'est pas de la trop bonne qualité. Dans le temps, je ne dis pas. On faisait les foins, là-dedans. On en sortait même des fameuses remorques, mais avec les bœufs. Un tracteur, il s'enliserait...

– Et ma forge ? l'interrompit sèchement Léonce. Qu'est-ce qu'elle a à faire là-dedans ?

Il n'était pas d'humeur à apprécier les sentiers de traverse dans lesquels serpentait allégrement le moindre propos d'Achille avant que plusieurs rappels à l'ordre le ramènent à l'essentiel.

– J'y viens, j'y viens, à ta forge, voulut-il le rassurer.

Mais, si le premier verre l'avait un peu réveillé, les mots, ça séchait vite. Il avait soif, Achille.

– Remets-moi donc ça, Juliette, si tu veux bien.

Les autres échangèrent un regard amusé. Achille n'avait jamais l'idée que sa pépie puisse être partagée. Il leur fallut donc attendre en spectateurs indulgents que se reproduise à l'identique le cérémonial du verre tendu à leur santé et vidé d'un seul coup avant que s'épanouisse sur la face d'Achille l'expression de sa parfaite béatitude.

– Alors, et ma forge ?

– Oh ! Ta forge... Attends donc que j'y vienne, à ta forge. Il n'y a pas le feu. Bon, où c'est que j'en étais, moi ? Avec ta forge, tu me fais perdre le fil. C'est qu'en m'en revenant de la mouille où j'ai mes trois génisses... Voilà que je traverse la rivière juste au même endroit qu'à l'aller, vu que l'eau, entre-temps, elle n'avait pas pu remonter. Peut-être même qu'avec une chaleur pareille elle avait encore baissé. Et pile quand j'arrive sous ta forge, qu'est-ce que je vois ?

Achille marqua un temps d'arrêt. Les mains solidement arrimées sur ses cuisses, il se pencha en avant, en direction de Léonce, le faisant ainsi profiter d'une copieuse bouffée du parfum tout à fait particulier qu'il exhalait.

– Eh ben, tu me croiras si tu veux, mais il y a ta porte, tu sais, la petite porte par laquelle tu allais régler le débit de l'eau, pour ta roue à aubes ?

– Qu'est-ce qu'elle a, ma porte ?

– Eh ben, comme je te le dis, elle est ouverte.

Il se redressa et se rengorgea, laissant s'installer et se prolonger un silence un peu consterné. Ils échangèrent des regards dubitatifs. C'était de sa forge qu'il s'agissait, il revenait donc à Léonce d'intervenir.

– Et... et c'est tout ? demanda-t-il.

– C'est déjà pas mal, non ? Eh, oh, vieux gars, ta porte ouverte ! C'est que ce n'est pas rien, ça. Si je ne l'avais pas vue...

C'était pourtant vrai. Si Achille ne l'avait pas vue ouverte, cette porte...

Léonce se confondit en remerciements et crut de son devoir de matérialiser sa reconnaissance par une tournée générale. On trinqua. Achille ne varia en rien dans le cérémonial de sa consommation. Puis il se leva avec tant d'empressement que sa chaise se répandit à grand fracas sur le carreau. Les trois petits blancs secs coup sur coup faisaient leur effet !

Il traversa la salle en tanguant d'une table à l'autre, se cramponna à la rampe pour descendre sans dommage les trois marches du perron et s'éloigna sous le soleil de plomb. Juliette, son balai à la main, le suivait déjà à la trace.

– Qu'est-ce que ça peut me foutre, son histoire de porte ? ronchonna Léonce. Si ça tombe, elle est comme ça depuis des années. Par là ou par ailleurs, de toute façon, il faudra bien que la ruine bouffe tout ça...

18

Sous l'effet de cette chaleur écrasante, le tourniquet inlassable des questions, qu'ils s'obstinaient à ressasser, finissait par agir comme un redoutable moulin. Il malaxait tout, dissociant les faits, leur inventant d'autres enchaînements, les nimbant d'improbabilités. Peu à peu, avec le temps, elles s'infiltraient, s'insinuaient, jusqu'à dissoudre leurs maigres certitudes dans un magma flou d'où n'émergeaient plus que leurs angoisses.

Que le jeune amant de Juliette ne cédât pas aux affolements qui les paralysaient leur faisait l'effet d'une trahison. Non seulement il détournait d'eux l'attention de la jeune femme, mais encore il avait l'outrecuidance de ne pas partager leurs préoccupations. Pour qui se prenait-il ? Se croyait-il plus malin ? Ce jeune godelureau aurait dû déférer à leur expérience. Ils étaient les aînés, sinon les sages ; il en prenait un peu trop à son aise avec eux.

Depuis leur petit nuage, ni lui ni Juliette, bien sûr, ne mesuraient la mauvaise humeur montante des vieux gars. Renonçant à les dérider, ils ne virent pas que la gaieté intacte de Sébastien et son activisme débordant prenaient peu à peu des allures de repoussoir à leurs obsessions. Ils étaient comme ces malades qui s'accrochent à leur mal et en font la singularité grâce à laquelle ils existent. Il leur fallait leurs soucis pour vivre, et quiconque osait ne pas entrer dans leur système leur devenait suspect, et même ennemi.

Rien ne les exaspérait plus que l'indifférence de Sébastien. Il continuait d'user avec eux de la même familiarité, prétendait blaguer et ne s'étonnait nullement des grognements qu'il obtenait pour toute réponse. Indifférent à leurs airs réprobateurs, il avait osé emprunter la 2 CV de Juliette.

– J'ai pensé à un truc, lui avait-il expliqué. Leur histoire de camions étrangers déversant des tas de cochonneries dans une mine désaffectée, ça m'a rappelé une vieille histoire. J'étais gamin, mais je me souviens de ça. On en a beaucoup parlé à la télévision. Je me trompe peut-être, mais j'aimerais bien contrôler tout de même.

Il avait filé vers la ville où il se faisait fort de trouver un ordinateur capable de lui permettre de mener les recherches qu'il avait en tête.

Il revint avec le large sourire du chasseur fier de son tableau. Indifférent à la mine renfrognée des vieux gars et aux regards noirs qu'ils posaient sur ce qu'il faisait, il s'installa à la table voisine de la leur et s'occupa longuement à trier les papiers qu'il rapportait. Juliette vint à côté de lui, trop près au goût de Léonce et des autres, et se mit à pousser des « Oh ! », des « C'est pas vrai ! », des « Incroyable ! » à la lecture de ce qu'il soulignait d'un crayon énergique.

Quand il eut fini, il se tourna vers eux.

– Écoutez-moi ça ! annonça-t-il.

Ils se détournèrent ostensiblement. Il n'en eut cure.

– Je lis, reprit-il : « Trois camions transportant des déchets en provenance d'Allemagne ont été interceptés par la douane alors qu'ils allaient déposer leur cargaison dans une ancienne gravière transformée en décharge… » Ça ne vous rappelle rien ? Et encore : « Un vaste réseau clandestin d'élimination de déchets vient d'être découvert en Allemagne. Trois responsables de société ont été mis sous les verrous. » Je continue : « Les ministres français et allemand de l'Environnement, Mme Ségolène Royal et M. Klaus T'pfer, qui devaient se rencontrer à la fin du mois à Strasbourg, ont avancé leur rendez-vous au 21 août à Paris. L'émotion soulevée par la découverte simultanée, des deux côtés du Rhin, d'un vaste trafic de déchets dangereux justifie cette hâte. » Et ça ! Écoutez ça : « Depuis des mois déjà, les organisations écologistes et les médias dénoncent les trafics d'une véritable mafia profitant des failles du système… » J'en passe et des meilleures. Ça, c'était en 1992. Depuis, silence radio. On n'en parle plus. Sauf bien sûr quand ça prend un peu trop d'ampleur. Écoutez : « En août 2006, un cargo, le *Probo-Koala,* a déchargé des matières toxiques à Abidjan, Côte-d'Ivoire, provoquant une pollution mortelle. Le bilan, jusqu'ici fixé à dix morts, a été réévalué à quinze… » Et on pourrait continuer longtemps… Qu'est-ce que vous en dites ?

Rien ! Ils n'en disaient rien. Bouche bée, ils fixaient les papiers de Sébastien étalés sur la table comme s'ils avaient craint qu'ils leur sautent au nez. Leurs préventions à l'égard du jeune homme étaient trop fortes, trop affûtées, avant qu'il ne leur révélât tout cela, pour ne pas continuer à parasiter le jugement qu'ils pouvaient porter sur ce qu'ils venaient d'entendre.

– D'où tu sors tout ça ? finit tout de même par demander Léonce.

– Tout simple : des extraits de la presse de l'époque trouvés sur Internet. Pour le dernier, celui d'Abidjan, c'était dans le journal il y a quelques mois. C'est ça qui m'a mis la puce à l'oreille.

Ils restaient méfiants. Aller fouiner comme ça dans les journaux, user de choses pour eux si mystérieuses qu'Internet, leur laissait un arrière-goût de suspicion qui ne les aidait pas à dépasser leurs préventions à l'égard de Sébastien.

– Pourquoi nous, on n'a pas eu droit aux journaux ? s'étonna tout de même Firmin.

C'était un progrès. Ils étaient en train d'assimiler ce qui leur était arrivé à toutes ces affaires que leur révélait le jeune homme.

– Peut-être qu'il aurait fallu des morts.

Léonce ne semblait pas convaincu.

– Tu nous parles d'affaires avec des Allemands. Les camions qu'on a vus passer pendant des semaines, je ne sais pas d'où ils venaient, mais tout ce que je peux dire, c'est qu'ils n'étaient pas allemands. Et les gars qui ont fait les travaux de la route ? Ça se serait su s'ils avaient été allemands. La langue que ceux-là baragouinaient, sûr que ce n'était pas de l'allemand.

– Et après ? Tout ce que vous avez vu, ce sont les transporteurs. Il y en a, des pays, là-bas, à l'est, au-delà de l'Allemagne, qui en ont tellement besoin qu'ils sont prêts à fermer les yeux sur ce qu'on leur fait faire, pourvu que ça leur rapporte quelques sous. Et puis rien ne dit que, cette fois, ce soit d'Allemagne que venaient ces déchets.

– Et la frontière ? Tu y as pensé à la frontière ? Tu crois que ça se passe comme ça, la frontière ?

– Il n'y a plus de frontières entre les pays européens.

C'était pourtant vrai, mais tellement peu en rapport avec les vieilles certitudes sur lesquelles ils campaient. Plus de frontières… Pour leur génération, il y avait là comme un vide prodigieux, cadrant si peu avec la notion étroite de pays qu'on leur avait inculquée dès leur enfance qu'ils préféraient se taire. Ils étaient incapables d'imaginer qu'on puisse vivre sans l'abri illusoire de ces guérites et de ces barrières à l'intérieur desquelles on leur avait tant expliqué que résidait le confort frileux offert par la patrie, dans sa grande magnanimité. Et que ce soit ce gamin, contre lequel ils s'obstinaient à entretenir toutes leurs préventions, qui leur révèle que de lointains inconnus malintentionnés pouvaient prendre pour cible leur paisible hameau n'arrangeait évidemment pas les choses.

– Tu vois, avec votre Europe…, laissa tomber Léonce.

– Je croyais que vous défendiez l'Europe ? s'empressa Juliette.

Il lui décocha un regard sombre. Léonce n'aimait rien moins que d'être pris en flagrant délit de contradiction. Surtout quand la situation devenait si embarrassante. Pour la première fois depuis cette soirée fatale, on leur apportait un mince élément de réponse aux angoisses qui les tenaillaient, et ils ne savaient pas quoi en faire.

– Mais là, tout de même…, marmonna-t-il.

– Eh bien, moi, je dis que ce n'est pas normal, éclata tout à coup Firmin. On n'a pas à se laisser faire. Si on nous a intoxiqués avec des cochonneries qu'on ne sait même pas d'où elles viennent, moi, je dis qu'on devrait porter plainte.

– Porter plainte ? Contre qui ? Pour quoi ? Ce qu'il aurait fallu, c'était faire constater le jour même. Et encore… Propriété privée, mon petit gars. Il te l'a bien dit, le comte. Maintenant, qu'est-ce que tu veux faire constater ? Les camions ? Envolés, les camions ! Celui qui est au fond du trou ? Et alors ? Ça prouve quoi ? Même, peut-être qu'on ne le voit plus du tout…

– Et les journalistes ? Si on prévenait les journalistes ?

Il disait ça, Firmin, mais il était évident que ce n'était que pour parler. Il n'y croyait pas plus que les autres. L'idée même de faire parler d'eux les révulsait. Ah ! s'il s'était agi d'exhiber devant l'objectif du correspondant du journal local le plus gros brochet jamais pris dans la rivière ou la plus grosse citrouille produite dans les jardins loin alentour, ils y seraient allés gaillardement. Mais là… Tout cela les dépassait de tant de longueurs… Intuitivement, il savait qu'ils auraient toujours le mauvais rôle, celui des petits, des obscurs, inévitablement victimes de puissances tellement considérables.

– Non, dit Léonce. Il t'a averti, le comte. En parler, ça nous apporterait plus d'ennuis qu'autre chose.

– Voilà que tu te ranges à son avis, maintenant.

– Ce n'est pas ce que j'ai dit. Sûr qu'il nous balançait ça pour se protéger, l'autre Amerlo, là-haut, dans son château. Sûr qu'il ne nous a pas tout dit. Sûr qu'il est mouillé, dans ce coup-là. Mais quoi faire d'autre ? Sa menace, elle n'était pas en l'air. Le pire, c'est qu'il avait raison. S'il y en a à qui ça peut attirer des ennuis, tout ça, c'est bien nous, et personne d'autre.

Personne ne releva. Dans le silence qui s'établit, ils surveillaient Sébastien du coin de l'œil. Si lui aussi se taisait, lui qui était si bien informé, c'était bien qu'ils n'avaient pas d'autre parti à prendre que se ranger à l'avis de Léonce.

Sébastien rangeait ses papiers. Il les glissa dans une chemise bleue et se leva.

– Voilà, dit-il simplement. J'ai fait ce que j'ai pu.

19

En somme, rien ne s'était passé. Ou du moins il fallait faire comme si. Qui aurait pu maintenir qu'il s'était passé quelque chose d'anormal dans ce petit pays perdu au milieu de nulle part, somnolant paisiblement sous la double oppression de l'inaction et du soleil ?

Même pas une parenthèse. Rien. Un simple dérapage du temps. Il suffisait de reprendre l'ornière là où on en avait dérapé et tout rentrerait dans l'ordre. Au fait, où en était-on ? Ah oui, c'était Maxime qui, avec ses cris de paon, était venu tout fiche en l'air. Il était question de quoi déjà ? Ah oui... d'un jardin. Le jardin d'Éden !

« Tu as vu ce qu'ils nous en ont fait, du jardin d'Éden ? » Alors quoi, le jardin d'Éden à Léonce ? Ici, sur la Terre, et nous au milieu ? Pourquoi pas ? Sûr qu'il y en a qui le verront toujours. Même dans la pire des dèches, ceux-là, ils sont faits comme ça. Rien n'y fera jamais ; ils ne perdront jamais le moral. Ils resteront tout sourire et ce sont encore eux qui remonteront le moral aux autres.

Regarde la Juliette. Elle est un peu de cette espèce-là, la Juliette. Toujours à rigoler, toujours à prendre la vie du bon côté. Jamais de bile, la Juliette, jamais un souci, du moins à ce qu'elle laisse paraître.

» Et puis tu en as d'autres, rien n'ira jamais pour eux. Les pets de travers, ça leur bouffe toute la vie. Un petit souci de rien du tout, et les voilà sens dessus dessous, sombres comme la nuit, tout espoir perdu et prêts à l'apocalypse.

» Tiens, la Vévette. Le jour où tu la verras contente, celle-là... Même cette façon de se vexer quand on l'appelle Vévette... Ce n'est pas gentil, Vévette ? Ce n'est pas mieux, moins banal qu'Yvette ? Est-ce que c'est de notre faute, à nous, si ses parents l'ont appelée Yvette ? Et puis à l'école, comment on l'appelait ? Vévette, bien sûr. Elle ne faisait pas la fière, en ce temps-là. Sûr qu'il n'y avait pas de quoi. Mais au moins, elle savait prendre sa portion de rigolade comme les autres. Maintenant que la voilà Yvette, un vrai bonnet de nuit. Tu sais que le Maxime, bon, il est ce qu'il est, mais je n'aimerais pas être à sa place. C'est qu'il ne doit pas rigoler tous les jours, et même pas souvent !

Eh bien, tu vois, pour la Juliette, c'est tous les jours que c'est le jardin d'Éden. Alors que la Vévette, elle ne risque pas de le trouver, tu peux me croire.

Ainsi renaissaient peu à peu les conversations. Il fallait bien. On n'allait tout de même pas rester indéfiniment sur cette espèce de grande gifle qu'on avait reçue en sachant si peu d'où elle était venue qu'on en était à se demander si elle avait vraiment existé. Vaille que vaille, on tâchait de faire comme si tel était bien le cas, comme si, peut-être, on l'avait rêvée, et ce n'était pas facile. On avait beau se raisonner, se cramponner aussi dur que possible à la belle résolution de tout nier en bloc, l'instinct de conservation était le plus fort. On surveillait en douce de peur de s'en prendre une nouvelle sans qu'on sache ni pourquoi ni comment. La première avait fait suffisamment mal pour que subsiste la crainte de ce que pourrait être la suivante. Allez oublier avec tout ça…

Alors, on faisait semblant. On se redressait, on bombait le torse, on enfilait les pouces dans les bretelles, histoire de faire ressortir les biscoteaux, et on n'en menait pas plus large pour autant.

Le matin où, sans prévenir, pour la première fois depuis plus de deux mois, le soleil resta caché derrière les nuages, on pensa moins au soulagement que cela allait être qu'à l'arrivée insidieuse d'on ne savait quel nouveau cataclysme. Sans atteindre à l'état de fournaise dont on avait si longtemps souffert, la journée fut tout de même lourde, pleine de menaces.

– Manquait plus que ça, disait-on. Ça va tourner à l'orage, cette affaire-là.

Dédé avait fini sa moisson. C'était déjà ça de gagné, mais, maintenant, c'était pour ses pommes de terre qu'il grognait.

– Tu vas voir : ça va se mettre à la pluie. On sait quand ça commence, on ne sait pas quand ça s'arrête. Sûr, elles vont pourrir, mes patates.

Et les vieux gars opinaient gravement du chef en pensant aux trois rangs de leur potager qu'ils avaient butés avec tant de soin et d'amour au printemps.

– Quelle misère ! finissait toujours par lâcher l'un ou l'autre sans qu'on puisse savoir à laquelle des nombreuses calamités qu'ils référençaient il faisait allusion.

L'orage les prit alors qu'ils finissaient leur troisième partie de cartes. D'un coup, sans prévenir, ce fut comme si le ciel entier leur craquait sur la tête. Instinctivement, ils rentrèrent celle-ci dans les épaules en même temps qu'une grande lame d'air glacé les fauchait. En quelques instants, la lumière, jusque-là grise, devint presque noire.

– Vite, fermez les fenêtres ! cria Juliette en se précipitant sur la porte.

Elle se retrouva close pour la première fois depuis des mois.

– On se dirait en hiver, remarqua-t-elle en allumant l'éclairage de la salle.

Léonce, Valentin, Firmin et Dédé s'éparpillèrent, chacun devant une fenêtre. Ils tentaient avec plus ou moins de bonheur de se dépêtrer des voilages malmenés par le vent.

– Oh ! Dédé, tu rêves ?

Seul devant celle qui lui était échue, appuyé des deux mains à son chambranle, indifférent aux fines étoffes qui s'entortillaient à la diable autour de lui, il semblait captivé par le spectacle de la tempête qui se déchaînait et soulevait, au long de la rue, d'épais nuages de poussières.

– Ça alors, dit-il. Venez voir.

– Attends, gronda Juliette qui craignait pour son matériel. La fenêtre d'abord.

Elle le bouscula et eut tôt fait de rétablir entre eux et la tourmente le barrage rassurant des croisées hermétiquement closes.

– Ça alors ! répétait Dédé, l'air sidéré.

– Quoi que tu as vu ? Le diable ou tes patates qui s'envolent ? ironisa Léonce en revenant s'installer à leur table.

Tandis que Juliette s'assurait que ne subsistait, dans la maison, aucun des courants d'air qu'ils avaient si avidement recherchés durant toute cette longue canicule, dans la salle du café enfin apaisée et encore tiède, ils étalaient les jambes sous la table et se croisaient les mains sur le ventre. La sarabande que la pluie, le vent, le tonnerre et les éclairs menaient dehors leur rendait plus douillet encore, par contraste, le calme dans lequel ils baignaient.

Seul Dédé, les mains croisées sur le bord de la table, le regard lointain, restait inaccessible à ce bonheur simple. Tout à coup il se leva.

– Je n'ai pourtant pas rêvé !

Il alla écarter le voilage de la fenêtre que Juliette avait dû fermer pour lui et resta planté là un long moment, indifférent aux sarcasmes des autres.

– Oh, Dédé, raconte-nous. Quoi que tu vois ? C'est beau, au moins ?

Il leur fit face.

– Les volets de l'étage à Margot ! s'exclama-t-il.

Depuis qu'elle était revenue au pays, se souvenait-on seulement les avoir vus ouverts, ces volets-là ? La maison était grande. Margot n'en occupait que deux ou trois pièces au rez-de-chaussée. On ne savait pas trop. Personne ne s'était hasardé à se faire inviter. Seule, peut-être, Clara aurait pu dire. Encore aurait-il fallu qu'on ait l'idée un peu saugrenue de lui demander. Tout ce qu'on tenait pour sûr, c'était que les volets du premier étaient fermés depuis la mort des parents. Ça remontait tout de même à quelques années. Ils étaient d'ailleurs dans un tel état qu'il y aurait eu fort à craindre, à vouloir les déverrouiller, de les voir s'effondrer.

– Et pourtant, je n'ai pas rêvé, dit Dédé. Je l'ai vue. Je suis sûr de l'avoir vue.

– Qui que tu as vu ? Nous le diras-tu, à la fin des fins ? Depuis que tu tournes autour du pot…

– Margot, pardi ! Qui tu veux ?

– Ne me dis pas… La Margot toute nue à sa fenêtre… Non, je n'y crois pas !

– Vieux, il y aurait eu de quoi l'aveugler, crut bon d'intervenir Valentin.

– Oh, c'est fin, c'est élégant, ne put s'empêcher de commenter Juliette.

– Vous me laisserez parler, oui ou non ? s'emporta tout à coup Dédé.

Ce n'était pourtant pas dans ses habitudes.

– Oh là, Dédé ! Ne te mets pas dans des états pareils, mon Dédé. On t'écoute... Mais c'est toi qui ne dis pas...

– Eh bien, si vous me laissez en placer deux, je m'en vais vous le dire, ce que j'ai vu. Là, comme je suis, j'ai aperçu la Margot qui fermait ses volets du premier, de la fenêtre de droite, celle près du coin de sa maison. Sûr que je l'ai vue comme je vous vois.

Il y eut un moment de flottement. Ils ne croyaient pas la chose possible et l'envie les tenait encore de continuer à accabler ce pauvre Dédé de leurs blagues éculées.

– Allons, Dédé, reprit Léonce. Réfléchis un peu, mon petit gars. Comment tu peux nous expliquer que tu as vu la Margot fermer des volets qu'elle n'a jamais ouverts ? Tu peux nous l'expliquer, ça ?

– Qu'est-ce que tu veux que je te dise, moi ? Faut croire qu'elle les avait ouverts, puisque je l'ai vue les refermer.

– Elle les aurait ouverts et on n'aurait rien vu ?

Aucun d'eux ne pouvait imaginer qu'ait pu leur échapper un détail d'une telle importance ! Ce fut en fin de compte Juliette qui fit la surprise.

– Attendez ! s'exclama-t-elle. C'est pourtant vrai. J'y repense maintenant. Ils étaient ouverts, ces volets-là. Sur le coup, je n'ai pas fait attention, mais maintenant que Dédé le dit, je me souviens bien. Quand je suis sortie, sur le coup de midi, pour aller à la cave, ils étaient ouverts. J'ai dit, tiens, voilà la Margot qui aère. Depuis le temps... Et puis je n'y ai plus pensé. Pour ce que ça m'intéresse, ce qu'elle fait, cette vieille pie...

Dédé s'était fait voler la vedette ! Silencieux et perplexes, ils contemplaient tous Juliette sans plus savoir quelle contenance prendre. Ce n'était pas rien, cette affaire de volets ! Qu'ils aient été ouverts puis refermés sans qu'ils se soient effondrés et sans que les vieux gars s'en soient aperçus ne pouvait pas ne pas avoir un sens précis.

Tout ce qui concernait Margot avait un sens précis. Rien n'était à négliger. Ils avaient beau en rire et faire de la vieille fille la cible favorite de leurs grosses blagues de comptoir, au fond d'eux-mêmes, ils la redoutaient. À toujours tout savoir, à trop épier, trop déduire, elle les mettait mal à l'aise. Malgré eux et leurs faciles fanfaronnades, la crainte d'être pris en flagrant délit de faute les habitait toujours.

Alors, par un juste retour des choses, comme le gibier surveille son prédateur pour mieux prévenir ses attaques, rien de ce que faisait la vieille fille ne devait leur échapper. Le moindre de ses actes devait être observé, décortiqué, analysé, longuement commenté. Que Margot ouvre et ferme des volets auxquels, jusque-là, elle n'avait jamais touché et qui, de surcroît, menaçaient de tomber en ruine, ne pouvait pas être un geste ordinaire. Il avait nécessairement une signification.

Ils enrageaient de ne pas parvenir à l'entrevoir.

20

Ils étaient repartis à taper le carton lorsque Sébastien apparut. Il s'était fait surprendre par l'orage dans quelque contrée éloignée. Il avait tout pris sur le dos, mais en riait aux éclats.

– Reste sur le tapis ! lui cria Juliette alors qu'il s'ébrouait comme un barbet. Tu ne vas pas m'inonder toute la maison. Ne bouge pas. Je m'en vais te chercher de quoi te sécher et te changer.

– Dépêche ! Ça caille !

– Tu n'as qu'à te foutre à poil. Tu auras moins froid, conseilla Léonce.

Observation judicieuse que le jeune homme, toujours hilare, s'empressa de mettre en application. Ses vêtements, l'un après l'autre, s'empilaient à ses pieds, laissant échapper de minces filets d'eau que l'usure du carreau avait la bonne idée de guider en direction de la porte. Il fut bientôt en slip, grelottant et se battant les flancs des bras, autant pour tenter de se réchauffer que pour se donner une contenance.

– Baraqué, le petit gars, ne put s'empêcher de commenter Léonce.

Ils avaient bien entendu oublié leur partie de cartes et ne perdaient rien du spectacle. Enfin Juliette réapparut, les bras chargés de vêtements et de serviettes.

– Essuie-toi bien. Je ne voudrais pas te perdre.

– Eh ! On peut comprendre, commenta Léonce.

– Oh, vous !

– Qu'est-ce que j'ai dit de mal ? Sûr que ce ne sont pas nos vieilles carcasses que tu soignerais comme ça. Vieux, si je venais à me mettre à poil au milieu de ton bistrot...

– Je ne vous l'ai pas demandé non plus.

– C'est bien ce que je dis ! Remarque, on te comprend. Tu as tes raisons et à les voir comme ça, elles paraissent bonnes !

Sébastien en rajoutait en se massant énergiquement le dos, la serviette tenue à bout de bras, par ses angles. Torse bombé et abdominaux saillants, il s'exhibait en toute innocence, pas mécontent de ses effets. Juliette préféra changer de sujet.

– Tiens, je te mets là de quoi te changer, dit-elle en tirant une chaise sur laquelle elle posa les vêtements secs. Et tout ça, qu'est-ce que je vais en faire ? Regarde comme ça dégouline. Je vais en mettre partout. Je n'ai plus qu'à passer la serpillière...

– Donne, proposa Sébastien en enfilant un jean propre. Je vais aller les mettre en face, sur le beau fil à linge de la Margot. La pluie les rincera. Et quand ça s'arrêtera, ils sécheront.

Il ne comprit pas tout de suite les raisons du changement. Les quatre joueurs de cartes s'étaient tout à coup redressés et leurs mines réjouies s'étaient envolées. Ils avaient échangé un regard noir.

– Qu'est-ce que tu as dit ? Le fil à linge de la Margot ? demanda Léonce en se tournant vers lui.

Il fermait sa braguette. Surpris, il arrêta son geste et les dévisagea l'un après l'autre.

– Ben quoi ? J'ai dit quelque chose de travers ?

Léonce ignora la question.

– Répète un peu ce que tu as dit à propos du fil à linge de la Margot.

Sébastien se tourna vers Juliette. Elle aussi fronçait les sourcils.

– Le fil à linge de Margot..., répéta-t-il bêtement. Qu'est-ce que j'ai dit à propos du fil à linge de Margot ? Je ne sais même plus, moi. J'ai dit ça comme une blague, pour rire. Tu vois la tête qu'elle tirerait si j'allais mettre mes fringues à sécher sur son fil !

– Parce que tu as vu un fil à linge chez la Margot ?

– Ben oui, quoi. C'est si étonnant que ça ? Elle n'a pas le droit d'avoir un fil à linge, Margot ?

– Et où tu l'as vu, ce fil à linge-là ?

Ça tournait à l'interrogatoire en bonne et due forme et Sébastien n'aimait pas.

– Oh, dites, les mecs, vous êtes de la police ? Qu'est-ce que ça peut vous foutre où j'ai vu le fil à linge de la Margot ? Si ça vous intéresse, vous n'avez qu'à aller voir vous-mêmes.

Il leur tourna le dos et finit de se rhabiller.

– Je vais m'occuper de ça, dit-il à Juliette qui faisait mine de ramasser ses vêtements trempés. Donne-moi une bassine. Je les mettrai au-dessus de la baignoire. Je les sortirai demain s'il ne pleut plus.

Léonce, furieux, passa à côté d'eux comme s'ils n'existaient pas. Il claqua la porte derrière lui. Sébastien, stupéfait, arrêta son geste et se tourna vers Juliette.

– Mais qu'est-ce qui lui prend ? Tu parles d'une histoire parce que j'ai proposé d'aller mettre mes fringues sous le nez de Margot...

– Tu ne peux pas comprendre. Je t'expliquerai.

Léonce revenait déjà. Le temps de traverser la rue à l'aller et au retour, il était lui aussi trempé. Comme Sébastien l'avait fait, il s'ébroua énergiquement et, négligeant le tapis sur lequel traînaient encore la chemise et le pantalon du jeune homme, sans se soucier du sillage de pluie qu'il traînait, il alla se rasseoir.

– Alors ? demanda Valentin.

– Eh bien, tu me croiras si tu veux, mais son fil à linge, à cette vieille radoteuse, le voilà redressé, avec un beau piquet tout neuf.

– Bonjour les petites culottes et les soustingues !

Firmin avait le don des remarques que même Léonce trouvait déplacées.

– Ben, c'est vrai, quoi, n'en réagit-il pas moins à l'œil noir que le vieux forgeron avait cru bon de lui décocher. On rigolait bien, dans le temps, quand elle allongeait ses dessous sur son fil !

C'était pourtant vrai. Longtemps, après que Margot fut réapparue au pays, son linge mis à sécher sur un long fil que seul un petit muret séparait de la rue avait été le sujet d'innombrables rigolades et même de farces dont toutes, d'ailleurs, n'avaient pas été élucidées. Et puis, un beau jour, à plusieurs années de là, un coup de vent un peu plus fort que la normale, alors que le fil était amplement chargé d'une lessive complète encore gorgée d'eau, s'était engouffré là-dedans comme dans la voile d'une goélette. Dans un ultime craquement, le piquet s'était abattu, entraînant dans sa chute les atours et les dessous de la vieille fille.

Un méchant hasard avait voulu que Firmin et Valentin, que ce même coup de vent incitait à venir au plus vite s'abriter chez Juliette, eussent assisté à l'accident. Avec Léonce et Dédé qui se trouvaient déjà là, hilares et excités comme des puces, derrière la fenêtre, mais en prenant bien soin de ne pas se cacher, ils furent comme au spectacle quand Margot, furieuse et éplorée, ébouriffée par la bourrasque, tenant d'une main ses jupes dans lesquelles, malicieusement, le vent s'obstinait à vouloir s'engouffrer, aveuglée par la pluie qui s'en était évidemment mêlée, vint ramasser son linge souillé de boue. Elle avait tout de même trouvé le temps de leur montrer qu'elle les avait bien vus et de se redresser pour leur adresser quelques vibrants anathèmes. Le vent les avait fort heureusement emportés, mais ils ne doutaient pas d'avoir, ce jour-là, été voués au diable et à tous les feux de l'enfer.

– Pauvre Margot, avait tout de même tenté de plaider Juliette.

Discrètement, dans leur dos, elle n'avait évidemment rien perdu de la scène.

– Au moins, vous pourriez lui proposer de le réparer, son fil à linge.

Il y avait là de sa part une certaine duplicité que Léonce se devait de relever à sa façon.

– Faux cul ! lui avait-il lancé sans détour. Au fond, à la voir dans la merde, tu jubiles. Avoue ! Voilà le joli cœur qui nous reproche de ne pas être gentils avec cette pauvre Margot… Lui changer son piquet pourri ? Et puis quoi encore ? Le jour où elle arrêtera de nous espionner et de nous insulter, on en reparlera… peut-être.

Depuis, les herbes folles avaient eu tout le temps d'ensevelir le fil et les restes du piquet.

– Si ce n'est pas un malheur, disait Léonce. Tu te souviens du petit jardin que son père entretenait là ? Un jardin d'agrément, comme il disait. Le potager, c'était derrière la maison, et comme il l'entretenait mieux que bien d'autres, on le lui passait, son petit jardin d'agrément. Un bout de pelouse comme un mouchoir de poche et partout des fleurs, des roses, des géraniums, des hortensias... Il avait la main verte, cet homme-là, il n'y a pas à dire. Son jardin, c'était comme une tache de lumière dans le hameau. Nous, on n'aurait pas fait ça. Des fleurs, de la pelouse... C'était bien de la place et du temps perdus. Pourtant, tout de même, on l'aimait bien, sa petite fantaisie.

– Tu as compris, maintenant, pourquoi ils ont réagi comme ça ? demandait Juliette à Sébastien dans la cuisine où elle lui avait tout raconté. Il y a eu le coup des volets et maintenant le fil à linge... Ils en ont peur, de la Margot. Alors, si elle aussi s'y met...

– Si elle s'y met ? À quoi ?

– Aux mystères, tiens. Tu trouves qu'il n'y en a pas assez comme ça ? Tu ne vois pas que ça les tarabuste ? Ils font comme si rien ne s'était passé, mais c'est plus fort qu'eux, ils ont ça dans la tête et tant qu'ils ne sauront pas, ça les travaillera.

Sébastien avait beaucoup de mal à entrer dans cette étonnante logique. Adossé au buffet, il la regardait préparer le repas. À gestes précis, elle s'activait entre sa table et la cuisinière d'où commençait à monter une odeur fort appétissante.

– C'est drôle, dit-il, tu es bien, là ; ça se voit ; mais tu n'es pas comme eux. On se demande un peu ce que tu y fais.

– Ce que j'y fais ? J'y suis bien, et c'est tout.

– Au fond, tu les aimes, tes vieux gars, avoue !

Elle hésita un petit instant, le nez baissé sur les échalotes qu'elle épluchait, se gardant bien de laisser voir à son amant le rose qu'elle se sentait monter aux joues.

– On peut dire ça comme ça, admit-elle. Je suis bien avec eux comme jamais je n'ai été bien nulle part ailleurs. C'est comme ça. On ne se refait pas !

Il sut qu'il ne tarderait pas à reprendre son sac à dos, en conçut de la peine et en voulut à Margot. C'était donc vrai qu'on pouvait tout craindre du moindre de ses actes, à celle-là…

21

Sébastien partit à la mi-septembre. « Bon débarras ! » siffla méchamment Léonce dans son dos, après qu'il fut venu leur faire ses adieux.

Ils grognaient, mais, au fond, ils l'aimaient bien. Ça les exaspérait bien un peu que Juliette ne soit plus totalement à eux. Mais pouvaient-ils raisonnablement nourrir une vraie jalousie ? Il était jeune et bien trop indépendant pour leur marquer la déférence qu'ils auraient aimé se voir reconnaître. Il avait des façons de faire qui les étonnaient, mais, puisque Juliette l'aimait…

Durant quelques jours, elle leur fit pitié. Elle n'était pas à prendre avec des pincettes, mais ses yeux rouges et gonflés trahissaient bien plus de peine que de vraie mauvaise humeur. Ils auraient aimé la consoler, trouver les mots qui lui auraient fait plaisir, mais, bien sûr, ils ne savaient pas et se sentaient désemparés devant elle.

Alors, ils cherchèrent désespérément et trouvèrent mille prétextes pour se faire plus rares. Depuis le temps, il y en avait, des choses à faire qui avaient été mille fois remises pour cause de flemme ou d'envie d'aller voir ailleurs si ce n'était pas mieux. Neuf fois sur dix, cet ailleurs-là, c'était le café de Juliette. Comme ils savaient que, le temps que s'estompe la peine d'amour, ce n'était pas l'endroit rêvé pour rigoler, ils s'égaillèrent tous dans leurs jardins où leurs tomates, leurs pommes de terre et leurs navets se languissaient de leurs soins.

Il n'était d'ailleurs que temps de s'en préoccuper. L'été tirait à sa fin. On en vivait les plus beaux jours. Après l'orage qui avait brutalement mis un terme à une trop longue et trop lourde canicule, quelques pluies salutaires avaient fait le ménage. La poussière grise qui avait éteint la splendeur de l'exubérante végétation de juin avait été lavée. Au long de la rivière et au flanc des collines, les bois avaient retrouvé toute la vigueur de leurs couleurs printanières. C'était à peine si on commençait à deviner, au bord des ravines ou sur quelques lisières parfois balayées, au petit matin, de vents plus frais, d'imperceptibles marbrures brunes par où, dans quelques semaines, allait s'allumer le grand embrasement automnal.

Pour l'heure, la nature semblait se reposer. Entre l'épuisante fournaise qu'elle avait trop longtemps subie et les frimas annonçant déjà les désirs de grandes flambées qu'éveillait la fraîcheur des soirs, tout au long des journées, il faisait délicieusement doux. Juste assez chaud pour qu'on prenne plaisir à tomber la veste.

Léonce, en bras de chemise, appuyé des deux mains au manche de son outil, n'aimait rien tant, entre deux pieds de pommes de terre arrachés, que de laisser vagabonder son regard au-delà de la rivière, sur les prés qu'habitaient encore quelques troupeaux de vaches blanches, puis sur les bois qui partaient à l'assaut des collines. Il en connaissait les moindres parcelles.

Des yeux, il suivait le tracé des plus petits chemins qui les parcouraient. Il fallait connaître pour discerner, dans le grand moutonnement vert, les imperceptibles saignées trahissant les pistes dessinées depuis toujours par le passage des bêtes, puis des hommes lancés à leur poursuite, puis des attelages sortant le bois. Un vrai labyrinthe dont il aimait à se répéter que n'étaient pas bien nombreux ceux qui, comme lui, pouvaient s'y orienter sans la moindre hésitation.

Bientôt, d'ailleurs, il serait le seul. Et pas pour longtemps. L'idée que tout cela allait irrémédiablement se perdre le rembrunissait. Il baissait les yeux, contemplait quelques instants les taches laiteuses de ses patates éparpillées sur la terre à peine fouie, puis se remettait au travail.

Étaient-ils vraiment les derniers ? Il ne parvenait pas à se faire à cette idée. Depuis le temps qu'on disait leur hameau condamné à disparaître... Pourquoi, comment, génération après génération, s'en était-il toujours trouvé assez pour que la vie s'y perpétue ? Cette vague conscience d'une sorte d'immortalité de leur race se heurtait douloureusement, depuis l'affaire de la mine, à la réalité qu'il lui avait bien fallu admettre de l'insignifiance de leur condition.

Ils étaient toujours là, certes, mais ils ne comptaient pour rien. Le comte, là-haut, dans son château, le leur avait bien fait comprendre. Les autres s'en étaient peut-être satisfaits. Lui, Léonce, ne pouvait pas s'y habituer. La vie, bien sûr, avait continué comme si de rien n'était. Leur quotidien paisible n'avait rien perdu de ses droits. En apparence. Il ne pouvait pas se défaire de l'idée que plus rien ne serait jamais comme avant.

Ils ne vivaient qu'un sursis, une sorte de précarité que pouvait résilier du jour au lendemain le mauvais vouloir de gens qu'il ne connaissait même pas, mais qui n'en détenaient pas moins le pouvoir de décider pour lui. Ça le glaçait, cette pensée qui ne voulait pas le quitter, qui l'habitait jour et nuit et lui rendait l'existence impossible.

Il emplit deux gros seaux de beaux tubercules auxquels la terre, ni trop sèche ni trop humide, n'avait pas adhéré. Il alla les poser au bout du rang, puis fit le geste de reprendre sa fourche. Mais il l'interrompit.

– Et puis zut, dit-il à haute voix. Il sera bien temps de finir demain.

Il s'essuya les mains aux jambes de son pantalon, enfila sa veste et se dirigea vers la sortie du jardin. Il n'y tenait plus. Toutes ces questions dans sa tête qui se bousculaient et auxquelles il ne pouvait rien opposer que le silence de sa solitude, c'était insupportable. Il lui fallait de la compagnie, quelqu'un à qui lancer des mots et de qui en recevoir, tel un passe-temps, une façon comme une autre de penser à autre chose.

Il prit soin de bien refermer derrière lui le portillon et fit face à la rue. Elle était vide. En face, chez Juliette, tout semblait fermé. Il eut un instant la tentation d'aller pousser sa porte, mais il y renonça. De quoi aurait-il l'air, seul au bar ? Ce serait bien le diable s'il ne trouvait pas Firmin ou Valentin dans leur jardin. Il allait se décider lorsqu'on bougea dans la cour de chez Margot. Ce fut comme un réflexe. Il s'immobilisa dans l'ombre de la treille qui couvrait son mur et observa.

Sortant de sa remise, elle apparut, poussant sa brouette. Elle traversa la cour, contourna l'angle de la maison et disparut derrière le pignon. Rien là que de très ordinaire mais cela laissa pourtant à Léonce un petit goût d'insatisfaction. Il haussa les épaules et s'éloigna en direction de chez Firmin.

Quelque chose le tracassait. Un détail lui avait échappé. Il en avait la pénible conviction. Sinon, pourquoi ce non-événement auquel il venait d'assister se serait-il obstiné à lui trotter dans la tête ? Margot traversant sa cour en poussant sa brouette ! « Allons, Léonce, tu en fais une fixation, de cette histoire-là ! Tu finis par voir le mal partout, même où il ne peut pas être. » Il ne parvenait pas à s'en convaincre. Dans la banalité même de ce qu'il venait de voir, il était persuadé que se dissimulait un minuscule indice, un de ces petits signes de rien du tout que la vieille pie savait si bien traquer et analyser. Elle en tirait des conclusions qui les mettaient tous ou presque en accusation, un jour ou l'autre.

Si elle y parvenait, pourquoi pas lui ? Il atteignait la haie bordant le jardin de Firmin lorsque tout à coup il s'immobilisa. Il avait enfin compris.

– Firmin, vieux gars ! appela-t-il par-dessus la haie. J'en ai une bonne à te raconter.

Les mêmes causes produisant les mêmes effets, Firmin était lui aussi à ses patates. À l'appel de Léonce, il se redressa péniblement, comme si d'avoir trop pioché lui avait cassé le dos, et s'appuya des deux mains au manche de son outil.

– Entre donc. Viens me dire.

Au passage, Léonce contempla la planche de pommes de terre. Elles étaient belles, il n'y avait rien à dire.

– Tu as du boulot, se contenta-t-il d'observer.

– Marche, il n'y a pas le feu.

– Encore heureux !

– Alors ? Qu'est-ce que tu as trouvé ?

Il y avait, dans les yeux de Léonce, la petite lumière pétillante qui annonçait les boutades des grands jours.

– Tu ne vas pas me croire, dit-il.

Firmin avança une lippe dubitative.

– Dis toujours…

– La Margot…

– Encore ! Qu'est-ce qu'elle a fait ?

– Sa brouette...

L'œil de Firmin s'arrondit. S'il s'attendait à celle-là ! Que venait faire la brouette de Margot dans toute cette affaire ?

– Ben quoi, sa brouette ?

– Je te dis, tu ne vas pas me croire. Elle ne grince plus !

Une lueur de stupéfaction s'était allumée dans le regard de Firmin.

– Ce n'est pas possible.

– Si je te le dis !

Le couinement exaspérant de la brouette à Margot, c'était une histoire presque aussi vieille que celle de sa réapparition au pays. Mille fois on le lui avait dit, qu'elle cassait les oreilles à tout le monde, avec sa brouette qui piaulait ! Mille fois on lui avait expliqué qu'un tout petit peu de graisse suffirait... Rien n'y avait fait. À croire qu'elle le faisait exprès ; qu'elle y trouvait un malin plaisir.

– D'abord ses volets, après son fil à linge, maintenant sa brouette... Et puis quoi encore ?

Ils auraient dû s'en montrer satisfaits ; ils s'en inquiétaient !

– Moi, je te dis, ce n'est pas clair tout ça. Oh mais, attends voir. Ça commence à bien faire. Les mystères, ça va un temps. Maintenant, il va peut-être falloir qu'on s'occupe d'éclaircir tout ça. Non mais... Si on laisse faire, on ne sera bientôt plus maîtres chez nous.

« Maîtres chez nous » ! Les grands mots étaient lancés. Ça lui avait fait du bien, à Léonce, de se lâcher comme ça. Pour un peu, il y aurait cru, qu'il allait tout expliquer, tout remettre dans l'ordre des choses, et qu'ils allaient à nouveau être « maîtres chez eux ». Comme si c'était possible...

Comme pour sceller l'affaire, Firmin alla tirer du puits le seau qu'il avait pris soin d'y descendre. Il contenait la bouteille de rigueur et même deux verres, pour le cas d'une visite ! Assis sur la margelle, ils trinquèrent. Léonce n'en démordait pas.

– Trop c'est trop, proclamait-il. Cette fois, il faudra bien qu'on sache. Tu ne me diras pas que c'est elle, cette vieille folle, qui est allée graisser l'axe de sa brouette.

Firmin ne disait rien. Il se contentait d'opiner gravement du chef, le regard perdu entre les planches de son potager.

– Alors, si ce n'est pas elle, c'est qui ? continuait Léonce.

Le silence de son compère lui laissait le soin de faire les questions et les réponses. Au fond, ça l'arrangeait bien.

En revenant vers ses propres patates, après qu'ils eurent séché la bouteille, la question tournait en boucle dans sa tête. « C'est qui ? » De l'avoir simplement formulée naissait une impression d'étonnant soulagement en même temps qu'une inquiétude plus précise venait lui tarauder l'esprit. Il avait suffi qu'il prononce les deux mots de cette trop brève interrogation pour qu'une ombre sournoise lui semble s'étendre sur tout le pays, et il ne doutait évidemment pas qu'il soit de sa seule responsabilité d'en trouver l'origine.

Il passait devant sa forge lorsque l'idée lui en revint à l'esprit.

– C'est comme ma porte, grogna-t-il. Qui c'est qui a bien pu aller se mêler de la forcer ?

22

Margot s'était contentée de hausser les épaules. Clara, elle, sut compatir. Elle eut les mots qu'il fallait. Juliette, les larmes aux yeux, lui en fut éperdument reconnaissante.

En l'absence des vieux gars, le café paraissait étonnamment triste. Ce jour-là, Clara fit durer la dégustation de son petit rhum plus longtemps que de coutume. Margot s'en impatienta et prétexta une casserole sur le feu. Les deux femmes, la Noire boulotte aux robes multicolores et la mince blondinette en jean, se retrouvèrent en tête à tête, de part et d'autre du bar.

– Tu n'es pas d'ici, toi, dit Clara.

Juliette raconta.

– Et vous ?

La question aurait pu faire sourire. Clara s'en garda bien et raconta à son tour. Du moins, elle dit ce qu'elle avait envie de dire, pas plus ! La matière était pourtant assez abondante pour que Juliette s'en estimât satisfaite. Rien de mieux que les confidences, même soigneusement sélectionnées, pour créer un semblant d'intimité.

– Et comme ça, vous avez suivi le comte toute votre vie ? n'en revenait pas Juliette.

– Eh ! confirma Clara.

– Vous ne vous êtes jamais mariée ?

– Quand j'aurais pu ?

– Ça ne vous manque pas ?

– Bof…

La gamine n'en revenait pas. Clara comprit qu'elle devait une explication.

– Tout le monde n'a pas eu la chance de mener une vie comme la mienne. J'ai vu du pays. J'ai rencontré des tas de gens. Et puis, au fond, les enfants en moins, avec le comte, on s'est tellement fait la guerre que c'est comme une vie de couple.

– Et l'Afrique ? Vous n'y êtes jamais retournée ? Elle ne vous manque pas ?

– Un peu, de temps en temps. Mais dans la vie, il faut savoir faire des choix. Toi, tu as bien choisi de te percher ici. Du coup, nécessairement, tu as renoncé à autre chose, non ?

C'était pourtant vrai, mais le cas de Clara semblait tellement hors du commun à Juliette qu'elle en restait toute pensive.

– Tout de même, reprit-elle, finir par aboutir dans cette espèce de grande baraque, là-haut, après tout ce que vous avez fait, tout ce que vous avez vu, ça ne doit pas être drôle tous les jours.

Ce n'était pas du tout l'avis de Clara.

– Tu penses ! J'y suis comme un coq en pâte, au château. Une belle cuisine, mes appartements, mes petites habitudes… Crois-moi, le comte, il file droit. Faudrait voir qu'il me salisse le parquet du salon ! Et puis le hameau où descendre tous les jours ou presque, Margot que j'aime bien, tes vieux gars qui m'amusent, et toi ! Regarde, on n'est pas bien à discuter comme ça, toutes les deux ?

C'était là une conception de l'existence correspondant assez peu à ce qu'envisageait Juliette. Celle qu'elle menait était pourtant assez peu conventionnelle pour qu'elle admette que d'autres pouvaient avoir des choix différents.

– N'empêche, dit-elle. C'est drôle, la vie. Au fond, peut-être bien qu'on est des cas à part, toutes les deux.

Clara rit de bon cœur.

– C'est sûr, chacune dans notre genre ! Il en faut bien, non ? Tout ce que je te souhaite, c'est d'arriver à mon âge en regrettant aussi peu que moi. Quand je pense à ce qu'aurait été ma vie si j'étais restée boniche dans mon hôtel de Libreville...

Ça, Juliette pouvait difficilement le concevoir, mais elle avait une image de la misère assez précise pour respecter un long silence qui pouvait passer pour de la compréhension.

– Léonce, reprit-elle enfin, il nous maintient que le jardin d'Éden, vous savez, celui de la Bible, il est nulle part ailleurs qu'ici, sur la Terre, autour de nous. Qu'on y vit, quoi. Vous croyez que c'est possible ?

Clara bénit le ciel que Margot n'eût pas entendu de telles paroles ! Elles correspondaient assez peu, bien sûr, à ce qu'on lui avait appris, mais après tout...

– Pourquoi pas ? dit-elle. C'est une façon de voir. Si elle lui plaît... Le tout, c'est de s'y comporter comme on doit se comporter dans la création du Seigneur.

– Ça...

Clara n'était pas du genre à voir la faute partout.

– Bof, dit-elle. Il ne faut pas juger trop vite. Qu'est-ce qu'ils font de mal, tes vieux gars ? Ils boivent un coup de trop de temps à autre. Et après ? Ils sont un peu paillards. Ne me dis pas que ça te déplaît toujours ! Pour le reste...

Pour ces mots, Juliette aurait embrassé Clara.

– Vous savez, insista-t-elle, ils n'ont pas toujours la vie rose. Il ne faut pas croire. Ce n'est pas toujours marrant, les histoires d'un hameau comme celui-là. Et puis qu'en reste-t-il ? Ils l'ont tous vu bien plus vivant, avec beaucoup plus de monde. Ils le savent bien qu'ils sont les derniers. Après eux... Ce n'est pas gai de se rendre compte qu'on ne sert plus à rien.

Elle lui raconta l'histoire de Léonce qui avait fermé sa forge une fois pour toutes au lendemain de l'enterrement de sa femme et qui n'y avait plus jamais remis les pieds.

– Une belle histoire d'amour, commenta Clara. Et s'il arrive encore, malgré tout, à trouver la vie si belle ici qu'il y voit le jardin d'Éden, eh bien moi, je te dis, c'est lui qui a raison.

– Sauf la mine, ne put s'empêcher de remarquer Juliette.

Clara fronça les sourcils.

– Sauf la mine ? Pourquoi sauf la mine ?

– Eh bien, avec ce qui s'y est passé pendant l'été...

– Ah oui, encore cette affaire-là...

– Il faut comprendre, tout de même. Vous ne pouvez pas savoir ce que ça les a touchés. Encore maintenant, ils n'en parlent plus, mais moi je sens bien que ça les travaille. Ils savent qu'il s'y est passé quelque chose de grave. Ils savent qu'une menace a plané sur le pays, mais de n'avoir eu aucune explication, de ne pas pouvoir comprendre ce qui lui est arrivé, à leur pays, ça les rend malades.

Clara était trop fine mouche pour laisser paraître son embarras, mais elle sentait bien qu'elle marchait sur des œufs. Elle tenta de dédramatiser :

– Bof, ils en font peut-être plus qu'il n'en faut. Peut-être bien qu'il y a eu un accident, là-haut. On n'en sait trop rien, mentit-elle. Mais, de toute façon, ils n'y sont pour rien, ça ne les concerne pas.

Juliette n'aima pas. Ce fut à son tour de froncer les sourcils. L'impression lui était venue tout à coup que ce n'étaient pas là des propos dignes de Clara. On aurait dit que c'était le comte qui parlait.

– Si, ça les concerne, reprit-elle posément. C'est leur pays, ici. Même la mine, ils y ont tous plus ou moins été employés. Léonce a travaillé pour elle durant des années, jusqu'à ce qu'elle ferme. Ils y étaient chez eux comme ils le sont dans leur maison ou ici.

Clara n'aimait pas dissimuler. Elle en voulut à Mister Bill et se jura de le lui faire payer. En attendant, il lui fallait bien continuer de jouer la comédie.

– Sait-on seulement ce qui s'est passé là-haut ? Moi, je finis par croire que c'est surtout dans leur tête qu'il s'est passé quelque chose. À trop le ruminer, ils ont grossi ça jusqu'à en faire un drame. Il suffit d'attendre, ça passera.

Il n'en aurait pas fallu beaucoup plus pour que Juliette monte sur ses grands chevaux et se mette en colère. Elle comprit à temps qu'elles ne pourraient pas s'entendre sur ce point-là. Clara se dérobait trop pour n'avoir rien à cacher. Juliette en vint à se reprocher d'avoir insisté. Elle se rendait compte que la brave femme se trouvait prise entre ce qu'elle pouvait savoir des actes de son patron et la sympathie qu'elle portait aux gens du hameau. La position n'avait rien de confortable.

– Enfin, reprit-elle en faisant mine de ranger son bar, reste à espérer qu'on n'aura plus à en parler et que ça ne se reproduira pas.

– Ça, ça ne risque pas !

La repartie était venue si spontanément qu'elle en resta un instant interdite. Il aurait suffi à Clara de se taire pour qu'on passe à autre chose. Juliette la savait assez maîtresse d'elle-même pour que cela ne lui ait pas simplement échappé.

– Qu'est-ce qui vous fait dire ça ? hasarda-t-elle.

Clara laissa un large sourire s'épanouir sur sa face toute ronde et si facilement joviale. Puis elle se pencha sur le bar et posa une main rassurante sur le bras de Juliette.

– Écoute, ma petite, dit-elle. Tu sais bien que je ne peux pas tout dire. N'empêche, tu garderas ça pour toi, mais dis-toi bien que ce qui s'est passé là-haut cet été, c'est une affaire réglée et qui a coûté suffisamment cher à certains pour qu'ils évitent de recommencer. Tu m'as bien entendue, personne ! Tu ne répéteras ça à personne. C'est d'accord ?

Juliette acquiesça mollement. Elle n'était évidemment pas convaincue. Mieux valait pourtant changer de sujet.

– En somme, nous voilà revenus dans le jardin d'Éden de Léonce comme si rien ne s'était passé, dit-elle.

– Vous l'avez toujours été. Du moins, selon ce qu'il pense.

– Un jour, vous devriez lui demander.

Clara trouva la suggestion plaisante. Elle en rit sans détour.

– Je m'en garderai bien. Tu imagines la discussion, là, au milieu de ton café, lui à sa table entouré de son bataillon de vieux gars, et moi accoudée au bar comme une vieille pocharde ? Vrai, il y aurait de quoi rire, mais je ne m'y risquerais pas.

Chacune pour son compte, le regard dans le vague, elles s'abandonnèrent à leurs réflexions. Clara continuait de sourire à l'idée de l'étonnant dialogue que suggérait Juliette. Cela n'aurait pas manqué de sel et peut-être existait-il en elle une vague tentation. Mais non. Avec tout ce qui s'était passé, avec tout ce qu'elle savait et ne pouvait pas dire, cela n'aurait pas été raisonnable. Juliette, d'ailleurs, n'y pensait déjà plus. Elle souriait aussi, mais c'était à la pensée de ses vieux gars et de leurs naïves inquiétudes.

– Vous auriez vu !..., reprit-elle soudain.

Mais elle s'interrompit tout de suite. Peut-être allait-elle être maladroite. Peut-être n'était-ce pas un sujet à aborder devant Clara, l'amie de Margot. Elle s'était pourtant engagée trop vite.

– J'aurais vu quoi ? s'étonna Clara.

Allons, il fallait continuer.

– Oh, je ne sais pas si je dois vous raconter... Vous ne vous vexerez pas ? Vous ne m'en voudrez pas ?

Clara prit un air très étonné, mais son œil brillait déjà de curiosité.

– Pourquoi voudrais-tu que je me vexe ? Tu sais, moi, pour me vexer...

– C'est qu'il s'agit de Margot...

– Allons bon ! Que lui avez-vous encore joué comme tour, à cette pauvre Margot ?

– Oh, non, ce n'est pas ça. Ils ne lui ont pas joué de tour. C'est elle plutôt...

– Elle, Margot, leur jouer un tour ? Sauf à les menacer d'excommunication, je ne vois pas trop...

Juliette avait trop envie de raconter. Elle l'interrompit.

– C'était le jour de l'orage, dit-elle. Vous vous souvenez de l'orage ?

Elle détailla toute l'affaire des volets. Clara, impénétrable, fit celle qui ne voyait pas là matière à s'esclaffer.

– Mais ce n'est pas tout, s'empressa Juliette, un peu dépitée de ne pas éveiller l'intérêt qu'elle escomptait.

Vint l'épisode du fil à linge. Clara prit un air un peu choqué.

– Qu'est-ce qu'ils sont gamins, tout de même. Un rien les met en transe. Et alors, si elle a réparé son fil à linge...

Restait la brouette qui ne grinçait plus. Firmin n'avait pas résisté à la tentation de venir en informer Juliette.

– C'était pourtant vrai qu'elle était énervante, sa brouette.

Clara avait l'air sidérée.

– Et c'est ça qui les amuse ? fit-elle mine de s'étonner. Il faut vraiment qu'ils n'aient rien d'autre à faire. Qu'est-ce que ça peut bien leur faire que Margot répare ses volets, redresse son fil à linge et graisse l'axe de la roue de sa brouette ?

Juliette était bien embarrassée. Que restait-il de toute son histoire ? Ainsi que la résumait Clara, c'était pourtant vrai qu'elle perdait tout intérêt. Pourquoi alors y avaient-ils attaché tant d'importance qu'elle-même, Juliette, s'était empressée d'y voir un événement considérable ? Elle ne savait plus très bien et s'en trouvait toute chose.

– Ben, tout de même, tenta-t-elle. Après tout ce temps... Qu'est-ce qui lui a pris, tout d'un coup, de faire tout ça ? Et puis surtout, ce qu'ils se demandaient, les vieux gars : qui c'est qui lui a réparé ses volets, qui lui a remplacé le piquet de son fil à linge et graissé sa brouette ? C'est ça, c'est bien ça qui les turlupinait. Qui c'est ? On n'a vu personne venir chez Margot. C'est tout de même étonnant, non ?

Clara eut de la main un geste d'indifférence.

– Vous ne l'aurez pas vu venir, et c'est tout. Tu sais que vous êtes terribles à vous observer, à vous épier comme ça en permanence. Ça ne vous fatigue pas ? Le moindre petit détail, et voilà que vous en faites une affaire d'État. Moi, ça m'épuiserait.

Stupéfaite, Juliette l'observait. Elle était devenue grave et semblait soucieuse. Le plus surprenant, c'était qu'elle ne cherchait même à pas à s'en cacher.

– Pauvre Margot, reprit-elle enfin. C'est pourtant la meilleure des femmes. Arrêtez donc de la tourmenter comme vous le faites, d'observer et de commenter le moindre de ses gestes, et vous verrez si je n'ai pas raison. La meilleure des femmes, que je te dis.

Juliette lui aurait bien opposé la méchanceté de la vieille fille, ses perpétuels commentaires acerbes, son voyeurisme pointilleux, mais quelque chose l'en empêcha. Les propos de Clara sonnaient faux. Elle ne conversait plus, elle argumentait. Sans trop savoir pourquoi, Juliette eut la conviction que la préoccupation de Clara n'était pas la tranquillité de Margot. Elle était bien assez grande pour s'en charger elle-même. Non, Clara tentait de banaliser ce qu'ils avaient observé. Elle cherchait à détourner leurs regards. De quoi ? Y avait-il donc quelque chose à cacher ?

– Bon, ce n'est pas tout, mais il faut que je remonte au château, moi. Mister Bill ne va pas tarder à réclamer son déjeuner.

Elles se quittèrent en s'embrassant comme du bon pain, mais Juliette fut soulagée de la voir descendre le perron de son café, son cabas au bout du bras. Comment leur conversation avait-elle ainsi viré du gentil papotage à cet affrontement déguisé ? Elle n'aurait pas su le dire, pas plus qu'elle n'aurait pu définir avec précision ce qui l'avait ainsi mise sur ses gardes.

– Ma belle, dit-elle tout de même à l'adresse de Clara qu'elle voyait entrer dans la cour de Margot, tu es passée à côté. Tu voulais qu'on ne s'intéresse plus. Tout ce que tu as réussi, c'est à me mettre la puce à l'oreille.

23

Debout devant la fenêtre de sa cuisine, jambes écartées et mains dans les poches, Léonce remâchait sa mauvaise humeur. Sans trop savoir pourquoi, il en voulait au monde entier. Rien n'allait comme il l'aurait aimé. Il faisait gris et triste. Aller au jardin ne l'inspirait pas plus que de traverser la rue pour aller saluer Juliette.

Il savait parfaitement le seul geste dont l'accomplissement pourrait le délivrer de cette morosité, mais, par principe, depuis des jours, il se trouvait mille prétextes pour en retarder l'échéance. Il avait pourtant juré ses grands dieux que plus rien ne l'intéressait de ce qui concernait la forge. Tout cela était voué à la ruine. Il n'y avait pas à y revenir. Autant que ça se fasse le plus vite possible. On n'en parlerait plus. Alors, une petite porte de derrière béante… Quelle importance ? D'autant plus qu'elle ouvrait quasiment sur le vide, cette porte-là, juste une minuscule plate-forme d'où, jadis, il réglait avec soin le débit de l'eau qui actionnait la roue à aubes de son martinet.

Il avait juré qu'il s'en fichait totalement et pourtant, elle lui trottait dans la tête, cette porte-là. Elle se mettait en travers de ses idées, toujours la première, s'imposant à lui, escamotant les autres, comme si elle n'entendait pas qu'il s'y mît avant d'avoir réglé son problème. Ça finissait par tourner à l'idée fixe d'autant plus pesante qu'il ne pouvait évidemment pas en parler. De quoi aurait-il eu l'air, lui qui avait si clairement affirmé que c'était le moindre de ses soucis ?

Il resta longtemps ainsi, immobile, tripotant son couteau dans une poche, son briquet dans l'autre, le regard noir dardé sur la rue qu'il ne voyait pas et où, d'ailleurs, rien ni personne ne se montrait. Puis il sut qu'il allait céder…

Il fallut que s'écoule encore un bon moment avant qu'il consente à s'ébranler. La clef de la forge, d'abord. Où pouvait-elle bien être ? Depuis le temps… Ça devait être mangé de rouille, tout ça. Est-ce que ça s'ouvrirait seulement ? Le troisième tiroir fut le bon. Après celui de la table et le premier du buffet, le deuxième, celui de gauche, parmi des vieux bouchons, des vis qui n'avaient rien à faire là, quelques ustensiles de cuisine dépareillés et trois éponges rabougries, lui révéla ce qu'il cherchait. Il lui suffit de s'en saisir pour qu'elle retrouvât d'elle-même sa place au creux de sa main. Il ne s'était pas passé un jour de toute sa vie de forgeron sans qu'il ne commençât par le contact, sur sa paume, sur ses doigts, de cette grosse clef rustique.

Il fronça les sourcils. Bien qu'il s'en défendît autant qu'il le pût, ça lui avait tout de même fait quelque chose. Elle était pourtant terne, presque râpeuse, cette clef-là. Sa patine, le lustre délicat d'années d'usage s'étaient évaporés. Il eut beau faire, elle lui parut triste. Il s'en voulut et en voulut plus encore au monde entier de le confronter ainsi à ce qui lui semblait être sa propre faiblesse.

Il l'enfourna dans sa poche et sortit en priant le ciel que personne ne le vît. La rue était toujours aussi vide.

Léonce ne put s'empêcher de glisser un regard soupçonneux vers le rideau de Margot. Il lui parut immobile, mais savait-on jamais… Il se pressa. Avec un peu de chance, personne ne saurait.

Les craquements qu'émit la serrure lui firent grincer les dents. Il poussa la porte et s'engouffra. Il n'allait pas s'éterniser. Slalomant rapidement entre la forge froide, le martinet, l'enclume et l'établi, il atteignit en trois pas la porte du fond. Elle était fermée. « Il s'est foutu de moi, ou quoi ? » Par acquit de conscience, il la tira à lui. Elle vint. « Ça alors ! » Dans la pénombre du fond de la forge, il se pencha sur le loquet censé verrouiller le panneau de l'intérieur. Il ne tenait plus que par un clou. Les autres avaient été arrachés, mais le bois était tellement vermoulu…

Léonce n'avait pas envie de s'inquiéter. Il porta un regard circulaire sur le petit atelier. Tout semblait en ordre. Qui aurait pu s'intéresser à ces vieilleries ? Des gamins, peut-être, qui seraient venus fomenter un de leurs mauvais coups par là ; ou quelque chose qui serait tombé sur la porte, une branche peut-être ; à moins que le vent, un jour d'orage… Oui, pourquoi pas le vent ? Ça ne tenait plus trop, tout ça. Il fallait bien que ça lâche un jour ou l'autre. Sans même se faire la remarque qu'il est bien rare de voir le vent refermer une porte, il trouva commode de se raccrocher à cette explication.

Il sut tout de suite où trouver le chevron qu'il cala entre le pied de la forge et la membrure de la porte. Allons, ainsi bloquée, elle ne bougerait plus de sitôt. D'avoir si rapidement réglé le problème lui rendit un peu de sa bonne humeur. D'ailleurs, le soleil perçait. Raison de plus pour retrouver le sourire. Il s'assura une dernière fois que son étai de fortune remplirait bien son office, puis il tourna les talons et entreprit, aussi vite qu'à l'aller, de retraverser l'atelier.

Le soleil prit un malin plaisir à l'arrêter. Il y avait de la malice dans la façon dont, profitant d'une trouée un peu plus large que les autres entre les nuages qui s'effilochaient, au travers des vitres poussiéreuses, il parvint à darder quelques rayons sur le sol, juste sur cette longue trace légèrement brillante. Sans cela, Léonce ne l'aurait probablement pas vue ; pas plus qu'en entrant.

Il s'arrêta net. Cet accroc dans l'édredon d'oubli dont s'était emmaillotée sa forge lui parut totalement incongru. Comment avait-il pu se produire ? Lentement, il détourna les yeux, à la recherche hypothétique d'une explication. C'était ce qu'attendait le soleil pour déposer trois rayons sur l'acier de la tenaille. Sous la caresse, elle émit un bref éclat qui accrocha l'œil de Léonce.

« Pas possible… », grogna-t-il en s'approchant de l'établi. Il lui fallut pourtant se rendre à l'évidence. Si tous ses outils étaient bien rangés, exactement là où il les avait laissés, certains d'entre eux, débarrassés de leur couverture de poussière, avaient retrouvé le léger brillant conféré par des années de contact avec ses mains. Certains outils, pas tous. Le marteau paraissait exhaler encore un peu de la tiédeur de la main qui l'avait récemment tenu, alors que la mailloche, grise d'oubli, ne rêvait peut-être même plus du temps lointain où elle virevoltait avec agilité autour des pieds des chevaux qu'on ferrait. La pince plate semblait revendiquer bien haut l'honneur d'être encore utile à quelque chose, alors qu'à côté d'elle les lourdes tricoises, dans leur habit de renoncement, prenaient des allures de vieux monstres émergeant à peine de leur gangue.

Léonce se tourna vers l'enclume. Comment n'avait-il pas remarqué plus tôt que sa pointe avait cette même brillance que le marteau, la pince plate, la clef anglaise ou quelques tournevis, trahissant leur usage récent ? « On l'aurait pourtant entendue sonner ! » grommela-t-il.

Il était désemparé. On avait usé de ses outils. Aussi peu que ce soit, on avait rendu un semblant de vie à sa forge. Et il n'avait rien vu, rien entendu... Il y avait là quelque chose qui lui semblait au bord du surnaturel. « Ce n'est pas possible, se rebiffa-t-il encore. Ça ne peut pas se faire. » Il revint vers la petite porte, en ôta l'étai qu'il venait d'installer et l'ouvrit toute grande. Il n'y avait pas pris garde, accaparé qu'il était par l'état du loquet, mais il était évident que la petite terrasse qui s'ouvrait là avait été piétinée et que le pas de la porte ne portait plus guère de trace de poussière. En revanche, une semelle crantée y avait abandonné quelques mottes de terre bien moulées et encore assez fraîches pour s'écraser sous le doigt comme de la pâte.

Cette fois, des indices bien matériels ne laissaient plus de doute. Quelqu'un fréquentait sa forge. Il se pencha au bord de la terrasse. L'espace n'était pourtant pas grand entre le mur et le bord de la rivière, mais on voyait très bien, dans les mauvaises herbes et quelques ronces foulées aux pieds, la double trace ronde des montants de l'échelle dont le mystérieux visiteur avait usé.

« Ça alors... » Il revint dans la forge. Il eut beau chercher, rien ne manquait. On lui empruntait des outils et on les rapportait scrupuleusement. On les déposait avec soin à l'endroit précis où on les avait pris. « Mais cette échelle, grommela-t-il. Il faut bien qu'elle vienne de quelque part... » L'instrument était trop encombrant pour avoir été apporté de très loin. Quelqu'un du hameau ? C'était tellement invraisemblable qu'il eut de la tête un geste violent de dénégation. « Et puis même, s'il y en a un, ici, à L'Huis-Chénières, qui a besoin de quelque chose, il sait bien qu'il peut me demander... »

Il eut bien du mal à se résoudre à quitter la forge. En verrouiller soigneusement la porte, comme il l'avait toujours fait, lui parut un geste dérisoire. À quoi cela servait-il ? Il rentra chez lui à pas lents, indifférent, cette fois, aux regards qui auraient pu l'espionner. Ah, elle était belle sa détermination d'en finir avec tous ces mystères qui leur empoisonnaient la vie !

Il n'eut même pas la tentation de traverser la rue pour entrer chez Juliette. Il revint se planter devant la fenêtre de sa cuisine, comme il l'était quand il s'était résolu à aller s'occuper de cette porte du diable, jambes écartées, mains dans les poches, l'une tripotant le couteau, l'autre le briquet, le regard au loin, très loin, dans un nulle part qui lui faisait peur.

Léonce avait peur. Il enviait la capacité qu'avaient Firmin, Valentin, Dédé et même Achille de se ranger paisiblement derrière lui quand il y avait un choix à faire. Il se savait incapable d'une telle passivité.

La voix qui, depuis toujours, lui dictait ses décisions ne s'était pas tue. Il savait bien qu'il ne devait pas tolérer qu'on visitât ainsi sa forge. Il savait ce qu'il avait à faire pour mettre le grappin sur l'énergumène qui venait lui emprunter ses outils. Mais il ne pouvait plus se résoudre à passer à l'acte. Une grande force maligne projetait toute son ombre sur sa volonté et prenait plaisir à contrecarrer ses plans en sortant à chaque fois un mystère de plus de son chapeau de prestidigitateur de mauvais aloi. La somme en était trop élevée. Il n'osait plus bouger. Il était pétrifié.

Il était l'heure de la soupe. Il s'y mit. Les automatismes marchaient encore bien. Il y trouva une sorte de réconfort. On pouvait donc vivre sans avoir à réfléchir.

Éplucher les légumes ou mettre le couvert occupait le temps et les mains sans qu'à chaque geste naquît la crainte d'une nouvelle claque. Il prit la décision de ne plus rien entreprendre, désormais, qui ne soit pas de ce domaine rassurant de l'ordinaire.

24

– Ça ne peut pas durer ! Il faudra bien qu'on se décide.

Juliette était furieuse. Trois jours qu'on n'avait pas vu Léonce. Trois jours d'ambiance funèbre dans le café. On savait, pourtant, qu'il était là. On voyait ses volets s'ouvrir chaque matin, on voyait la cheminée fumer. On l'avait même vu venir acheter sa viande au camion du boucher, mais il n'avait même pas traversé la rue et personne n'avait osé l'appeler.

Que lui arrivait-il ? Quelle mouche l'avait piqué ? Firmin, Valentin et Dédé étaient sinistres. Ils passaient des heures silencieux devant leur consommation, n'osant que de brèves remarques insipides qui mettaient les nerfs de Juliette en pelote.

– N'avez qu'à aller lui demander, s'était-elle emportée à plusieurs reprises. S'il nous fait la tête, il faudra bien qu'il finisse par nous dire pourquoi. Non mais, c'est vrai, quoi. On n'est pas au service de monsieur !

Ils avaient fait le dos rond et aucun ne s'était décidé. Il n'y avait guère que Valentin qui, comme à son habitude, avait essayé de faire le raisonneur.

– Parce qu'il ne vient pas, tu es à son service, toi ? Peut-être bien que c'est l'inverse, non ?

Juliette s'en fichait. Tout ce qu'elle voyait, c'était que Léonce lui manquait. Le départ de Sébastien lui avait été assez douloureux comme ça pour qu'elle n'apprécie pas de voir s'éloigner ainsi, sans raison apparente, celui de ses clients auquel elle portait le plus d'amitié. C'était un profond désarroi de plus qu'elle dissimulait comme elle le pouvait derrière ces grands airs de colère.

Léonce n'aurait pas été dupe et se serait gentiment moqué d'elle. C'était cela qui lui manquait, cette clairvoyance acide qui ne prenait pas de gants pour s'exprimer et dont elle n'aimait rien tant qu'elle donne prétexte au vieux forgeron à la chahuter de temps à autre.

Et ces trois grands beurdins qui n'arrivaient pas à se décider ! La rue à traverser. La sonnette à agiter. Une question, une seule, à poser. Non, ils n'y parvenaient pas. On n'allait tout de même pas laisser les choses s'éterniser comme ça. Il faudrait bien qu'on en sorte.

– Bon, eh bien, si c'est comme ça, c'est moi qui vais y aller !

Ça la démangeait depuis un bon moment, mais elle hésitait. Était-ce bien à elle, une gamine plutôt gironde et à la réputation bien établie de ne pas avoir froid aux yeux, d'aller ainsi frapper à la porte d'un vieux gars ? Sans vouloir l'admettre, elle redoutait un peu la réaction de Margot, trop bien placée, juste en face de chez Léonce, pour que la scène lui échappe.

Elle aussi devait se perdre en conjectures. Trois jours sans les grimaces que Léonce ne manquait pas d'adresser au coin de son rideau qu'elle n'osait plus relever ! Ça finissait par lui peser aussi, à la Margot ! Elle avait chargé Clara de tenter d'en savoir plus en faisant parler Juliette, mais celle-ci n'avait rien à dire. Et d'ailleurs, quand bien même elle aurait su quelque chose, depuis leur conversation malheureuse, Juliette préférait mesurer ses paroles. Elle n'aurait certainement pas su expliquer précisément le pourquoi de cette défiance, mais il lui semblait que c'était mieux comme ça.

Et de regretter aussitôt que se soient envolés leurs bons rapports de jadis. C'était tout de même malheureux. En n'omettant personne, il s'en fallait de peu que suffisent les doigts des deux mains pour les compter tous, dans le hameau, et ils arrivaient encore à ce que les non-dits, les suspicions et les craintes les contraignent à se défier les uns des autres.

Clara, d'ailleurs, avait dû le sentir. Quand Juliette s'était contentée de répondre à sa question de savoir ce qu'était devenu Léonce par un haussement d'épaules, elle n'avait pas insisté. Peut-être serait-elle plus curieuse demain, après le récit que n'allait pas manquer de lui faire Margot, avec l'air pincé et outré qu'on imaginait, du culot de la gamine du café osant aller en plein jour sonner à la porte de ce vieux lubrique de Léonce.

Eh bien zut ! Si ça leur plaît de jacasser pour rien…

Juliette a jeté son torchon sur le comptoir. Le pas décidé, sans un regard pour les trois vieux gars subjugués, elle a traversé la salle, a dévalé les trois marches du perron et a foncé sur la maison de Léonce. Agglutinés contre la fenêtre, dont ils avaient écarté le voilage sans vergogne, ils ne manquaient pas une miette du spectacle. Le tintement léger du grelot a résonné jusqu'à eux. L'attente leur a semblé interminable. Puis la porte s'est ouverte, Léonce est apparu. Elle le cachait à moitié. Ils n'ont pas pu voir la forme d'accueil qu'il lui réservait.

Ils ont palabré ainsi quelques instants, puis Léonce a disparu dans l'ombre du couloir et Juliette à sa suite. La porte s'est refermée sur eux.

Il leur parut que l'absence de Juliette avait duré une éternité, mais quand elle reparut enfin, seule, ils se seraient fait couper en morceaux plutôt que d'admettre leur impatience de savoir.

– Tu nous en remettras une, Juliette, se contenta de laisser tomber Valentin.

Elle atteignait à peine son bar. Elle leur fit face. Elle avait son œil noir des mauvais jours.

– Dire s'il te plaît, ça vous arracherait la gueule ?

Léonce n'y manquait jamais.

– S'il te plaît, susurra Valentin tout en haussant les épaules.

Elle s'activa à les servir, puis, quand ce fut fait, sans autre façon, elle vint s'asseoir à leur table, sur la chaise qu'occupait ordinairement Léonce. Obstinément silencieux, ils la considéraient avec dans le regard un étrange mélange d'attente et de réprobation. Elle n'y prit pas garde.

– C'est qu'il va mal, dit-elle.

– Ah bon ?

– La déprime... Si je m'étais doutée... Léonce en pleine déprime. Je n'aurais jamais cru.

– Il se soigne, au moins ?

Elle haussa vivement les épaules.

– Et comment tu veux qu'il se soigne ? Ça se soigne, le découragement, l'envie de ne plus bouger de son trou, à force d'en recevoir sur le dos ?

– Qu'est-ce qu'il a reçu sur le dos ?

– Hé oh, les gars ! Faudrait voir à remettre les pieds sur terre. Entre la mine et les farces à la Margot, vous ne trouvez pas que ça fait assez comme ça ?

– Ah ! Parce que c'est ça ?

– Et qu'est-ce que tu veux que ce soit ? Vous, vous êtes là, vous attendez. Ça vous tomberait une nouvelle fois dessus que vous diriez encore merci. On se demande ce qui pourrait vous émouvoir. Alors que lui, Léonce, il se responsabilise. Il voit bien que tout ça, ce n'est pas normal ; qu'il y a quelque chose là-dessous qui va de travers et que ça pourrait bien nous faire encore mal... Et puis ce qui lui arrive...

Elle hésitait à parler. Que feraient-ils de ce qu'elle allait leur dire ? N'allait-elle pas désagréger encore un peu plus ce qui restait de la bonne ambiance de jadis ? On ne pouvait pourtant pas faire comme si rien n'existait, le laisser seul avec son malaise, ce pauvre Léonce. Elle revint à la résolution qu'elle avait prise en sortant de chez lui, le temps de traverser la rue.

– Voilà, dit-elle...

Elle leur répéta ce qu'il lui avait raconté de la découverte qu'il avait faite dans la forge. Ils en restèrent bouche bée, s'observant mutuellement, se gardant bien d'intervenir en premier.

– Ben ça alors..., finit par émettre Firmin.

– Qui ça peut être ? hasarda Dédé.

– Pas un d'ici, voulut trancher Valentin.

Et le silence se refit, pesant, obtus.

Juliette bouillait. Elle aurait voulu qu'ils réagissent, qu'ils commentent, qu'ils échafaudent... Au lieu de quoi, ils se défaussaient. Elle se leva brutalement, faisant hurler les quatre pieds de sa chaise sur le carreau.

– Bon, on ne peut pas rester comme ça, décida-t-elle. Si quelqu'un vient dans sa forge, ça ne peut être que la nuit. Il faut surveiller. Ça ne doit pas être sorcier, tout de même, de le coincer, cet oiseau-là. Moi, je suis comme Léonce. Je dis les mystères, ça suffit ! Mais où on va, si on laisse faire ?

Pour ferme qu'il ait été, son discours n'avait visiblement pas fait naître l'enthousiasme qu'elle en escomptait. Tous les trois, ils la scrutaient d'un air grave, presque sévère. Pour un peu, elle sentait bien qu'ils lui auraient reproché de se mêler de ce qui ne la regardait pas.

– Il va surveiller, Léonce ? finit par demander Valentin.

Façon de dire que c'étaient ses oignons à lui, pas à eux.

Elle sentit le courage l'abandonner. Que fallait-il pour les faire sortir de leur passivité ? Que le ciel leur tombe sur la tête pour de bon ? Elle poussa un gros soupir et vint se réinstaller à leur table.

– Non, Léonce ne va pas surveiller. Léonce, je vous l'ai dit, il est groggy, K-O. Et si on le laisse comme ça, il n'est pas près de s'en sortir. Les seuls qui peuvent l'aider à refaire surface, c'est vous. Vous êtes ses copains, oui ou non ? Alors, il faut vous bouger. La seule chose qui puisse l'aider, c'est que vous mettiez la main sur l'énergumène qui vient lui emprunter ses outils et que vous lui demandiez ses raisons. Vous pouvez le faire, ça, non ?

On pouvait difficilement être plus clair. Elle comprit à temps qu'il ne fallait surtout pas en rajouter, pas plus d'ailleurs qu'il ne fallait attendre d'eux qu'ils se décident tout de suite. Il fallait encore le temps de la réflexion, de la méticuleuse pesée du pour et du contre, du blanc et du noir.

Dalton eut la bonne idée de faire diversion en grattant à la porte. Elle alla lui ouvrir.

– Tiens, te voilà, toi. D'où tu sors ?

Le chien lui tendit la tête. Elle le grattouilla sous l'oreille, là où il aimait bien, et se dirigea vers le bar.

– Maintenant, conclut-elle, c'est à vous de voir.

Ils n'avaient pas bougé d'un poil, pas échangé un mot.

– Combien on te doit ? demanda Valentin.

25

– Moi, je lui avais bien dit. Ce n'était pas normal qu'elle soit ouverte, cette porte-là.

Ils étaient tous attablés autour de la bouteille de rouge et des verres encore emplis à ras bord. Clémence se tenait debout au coin de la cheminée, dans l'ombre, derrière son frère. C'était Valentin qui avait raconté. Firmin et Dédé s'étaient contentés de confirmer, de temps à autre, en opinant du chef, l'air grave.

– Je lui avais dit, répéta Achille. Il n'a pas voulu me croire. C'était son affaire. Peut-être… Peut-être qu'on l'aurait eu plus tôt, ce couillon-là. Peut-être que le Léonce, il ne serait pas groggy, à l'heure qu'il est. Maintenant… Est-ce que je sais, moi ? Il va falloir tout reprendre de zéro, quoi.

Il ponctuait ses paroles en se balançant à leur rythme sur le banc, ce qui avait pour effet d'accentuer encore son allure de pachyderme. Une seule ampoule crasseuse, grêlée de chiures de mouches, peinait à éclairer la scène. Elle abandonnait à l'ombre de vastes pans de la pièce et concentrait sur eux son halo un peu jaune qui épaississait leurs silhouettes, en gommait les reliefs et tassait leur groupe autour de la table, leur donnant des allures de naufragés accrochés à une épave.

– Faut faire quelque chose ! proclama Achille.

Il était l'hôte. Il entendait bien mener les débats.

– Faire quelque chose, je veux bien, mais quoi ? hasarda Firmin.

– Faut le prendre, cet homme-là. Faut lui faire dire pourquoi il fait ça. Le Léonce, on le lui doit bien

– Et comment tu comptes t'y prendre pour le coincer ? demanda Valentin.

Autant la dialectique, telle qu'on la lui avait apprise, le motivait, autant il se méfiait de l'action, qui n'avait jamais été dans ses compétences, ni dans ses goûts.

– Ben, est-ce que je sais, moi ? admit Achille qui ne s'encombrait pas de ces nuances. Vous devez bien avoir une idée, vous autres ?

Ils avaient tous la même. Y en avait-il deux possibles ? Mais comme ils ne se voyaient pas renonçant à leurs pantoufles et à leur télévision du soir, aucun ne prit le risque de l'exposer. Clémence comprit. Elle était la seule à qui on ne demanderait pas de faire le guet. Il n'y avait qu'elle qui puisse dire.

– Faudra surveiller, dit-elle. Chacun votre tour, vous n'avez qu'à vous y mettre. Quand vous le repérez, vous prévenez les autres. Et vous l'attendez au bas de son échelle.

Tiens donc ! Elle en avait de bonnes, la Clémence, mais, comme ils n'avaient rien à lui objecter, ils préférèrent se taire. Les mains s'abattirent sur les verres que la gravité du sujet avait trop longtemps fait négliger.

– À la vôtre, grogna Achille en levant le sien.

Ils répétèrent tous son geste et burent en silence. Le moment était propice. Depuis que Clémence l'attendait. Jamais ou presque elle ne sortait de chez elle. La vision qu'elle avait du pays et le jugement qu'elle portait sur ses quelques habitants n'étaient que le reflet de ce qu'elle retenait des propos d'Achille mis à la sauce de ses préjugés. À ce petit jeu, Juliette n'avait pas la moindre chance de relaxe.

– Et l'autre, là, dit-elle, votre greluche du café, elle ne pourrait pas s'y mettre ? Elle habite juste en face. Si ça tombe, elle a déjà vu, mais elle ne dit rien. Trop maligne. Vous lui avez demandé, au moins ?

Ils se contentèrent de hausser les épaules en grognant quelques dénégations vaguement outrées. Juliette leur cacher quelque chose concernant Léonce… Clémence se laissait emporter par son ressentiment.

– Depuis la fenêtre de sa chambre, ça ne lui serait pourtant pas bien difficile, n'en démordait-elle pas. Faut dire, peut-être bien qu'elle a autre chose à y faire, dans sa chambre…

Elle nourrissait à l'égard de Juliette une jalousie telle que les bruits les plus sordides couraient.

– À croire qu'avec l'Achille…, insinuait-on.

– Oh ! C'est son frère, tout de même, s'offusquaient les plus sceptiques.

– Et alors ? se gaussaient les autres, ceux qui, au fond, n'y croyaient pas plus dur que ça, mais que ça amusait. Peut-être bien que ça la démange aussi, de temps en temps. Pourquoi veux-tu que ça ne la démange pas autant que les autres ? Et puis l'Achille aussi. Faire ça tout seul dans son coin, ça ne doit pas trop le déranger, mais le faire à deux, c'est tout de même mieux, non ? Alors, sœur ou pas… Puisqu'il n'a que ça sous la main…

Ils riaient grassement et peu à peu, à force d'être répétée, la méchante supposition avait fini par prendre des allures de certitude. Sinon, pourquoi elle lui en aurait tant voulu, la Clémence, à la Juliette ? Se doutait-elle seulement du flanc qu'elle prêtait à la médisance en s'acharnant ainsi sur la jeune, et trop jolie à son goût, tenancière du café ?

Ce qu'elle jalousait surtout, c'était la liberté dont jouissait Juliette. Elle savait les coins de son jardin ou même de certains prés, de l'autre côté de la rivière, d'où, sans crainte d'être vue, elle pouvait espionner les allées et venues de la jeune femme. Elle s'y postait comme d'autres nourrissaient leur impatience de voir s'ouvrir la chasse en allant prendre le pied du gibier. C'était comme si la béance en elle de tout espoir devait se compenser des rancœurs qu'elle s'inventait en imaginant le pire derrière le moindre geste de Juliette. Elle n'en disait rien, pas plus à Achille qu'aux autres, ne laissant apparaître de son océan d'amertume que l'écume de son inimitié. Sans comprendre et sans chercher à comprendre, ils se contentaient de leurs suppositions graveleuses pour expliquer la hargne que mettait Clémence à dénigrer Juliette.

L'idée, pourtant, avait fait son chemin. Ils avaient reposé leurs verres et méditaient en silence, lourdement penchés sous la lampe.

– Peut-être bien…, lâcha Firmin.

– Ce serait à voir, dit Dédé.

Valentin, très droit, les bras croisés sur la poitrine, restait méfiant.

– Ben oui, finit par admettre Achille. On devrait peut-être lui demander, à la petite.

Il n'en fallait pas plus pour déchaîner le courroux de Clémence :

– Ah bien ça, c'est sûr ! Dès qu'il y a à faire avec celle-là, vous voilà tous d'accord. Et toi le premier, Achille…

Ils ne prirent pas la peine de relever. Ils méditaient leur plan.

– Peut-être bien que c'est dans sa chambre, que tu vas lui demander d'aller surveiller la forge ? Comme je te connais...

Il se tourna vivement vers elle. Sourcils froncés et, main autoritaire sur la cuisse, il la fusilla du regard.

– Tu vas nous foutre la paix, oui ou non ? Parce que, si tu insistes, je te sors, moi.

La menace ne devait pas être totalement gratuite. Clémence préféra baisser le nez en bredouillant sa rage et son impuissance.

– Bon, voilà ce que je propose, reprit Achille, empli de l'assurance que lui donnait cet acte d'autorité. On va demander à Juliette de nous laisser planquer depuis sa salle de café. De là, la forge, on la voit en plein. Sauf à avoir des yeux de chat, il faut bien qu'il s'éclaire, notre oiseau, pour choisir les outils qu'il emprunte à ce pauvre Léonce. Comme ça, on le verra. Pour le bien, il faudrait qu'on y aille par deux, histoire de se relayer. Qu'est-ce que vous en dites ?

Aider Léonce en coinçant le personnage qui hantait sa forge était une chose. Devoir pour cela passer la nuit à attendre dans l'obscurité en était une autre à laquelle ils avaient bien du mal à se résoudre.

– Sers-leur donc à boire, dit Clémence en cognant le dos d'Achille d'un poing qu'elle aurait bien aimé ne pas avoir à retenir.

Il obtempéra, s'appliquant à atteindre le bord des verres sans trop maculer de vin la toile cirée. Il reposa la bouteille, leva son verre.

– À la vôtre !

Ils trinquèrent et burent en silence.

– Oh ! les gars, faudrait peut-être voir à se décider. On marche comme ça ou pas ? Moi, ce que j'en dis... Maintenant, s'il y en a un qui a une autre idée...

Aucun ne voulait parler. Ils tenaient leurs verres à pleine main et y noyaient des regards indécis.

– Peut-être... Peut-être, osa enfin Firmin sans lever les yeux, il faudrait d'abord demander à Juliette.

L'évidence même ! Que n'y avaient-ils pensé plus tôt ? On sécha ce qui restait au fond des verres, on fit grincer le banc sur le carreau en se levant.

– On va lui demander.

– Toutes les occasions sont bonnes ! grommela Clémence, mais elle ne se risqua pas à s'interposer.

On aurait cru que Juliette les attendait. Le sourire mi-goguenard, mi-attendri, de derrière son bar où elle était venue prendre la faction en les entendant entrer, elle leur laissa le temps de s'installer.

– Comme d'habitude ? demanda-t-elle lorsque se fut éteint le dernier raclement de chaise.

– Comme d'habitude.

Étonnée de leur silence, elle prit un malin plaisir à éprouver leur impatience. Il y eut quelques profonds soupirs, quelques grognements. Elle vint enfin vers eux, son plateau en main.

– Vous voilà bien silencieux, fit-elle mine de s'étonner. Ça ne va pas ? C'est l'affaire de Léonce qui vous tracasse ?

Bien qu'il ne fût plus l'hôte, Achille n'entendait pas perdre le rôle de décideur qu'il s'était arrogé. Il sauta sur l'occasion.

– C'est justement, s'exclama-t-il. Sûr, qu'elle nous tracasse, cette affaire-là. Alors, on a décidé qu'on allait le prendre, ce malfaisant qui vient emprunter ses outils à Léonce. On va surveiller et, quand il se pointera, on ira l'attendre en bas de son échelle. Peut-être bien qu'il en aura à nous raconter. Et puis, s'il ne veut pas, sûr qu'on saura, nous, lui faire dire...

Juliette, debout à côté de leur table, son plateau à la main, pinça les lèvres en hochant la tête. Elle appréciait cette soudaine détermination, même si, dans son regard, une lueur amusée continuait à suggérer qu'elle n'y croyait qu'à moitié.

– Et comment vous allez vous y prendre ?

Elle venait au-devant de ses questions et ce n'était évidemment pas pour lui déplaire.

– On s'est dit comme ça, continua-t-il, que c'est d'ici, de ta salle, qu'on pourrait le mieux surveiller. Alors, on voulait te demander...

Elle le désarma en éclatant de rire.

– Je vous vois venir, bande de sagouins. Sous prétexte de planque, vous restez là toute la nuit et, le lendemain matin, je vous retrouve ivres morts sous les tables avec toutes mes bouteilles vides ! Vous ne manquez pas d'air, vous.

– On te promet, Juliette. Tes bouteilles, on n'y touchera pas. Juste, tu nous laisseras une ou deux canettes, comme ça, pour tenir le coup. C'est trop sérieux, ce qu'on te demande là. Ce n'est pas pour nous ; c'est pour Léonce.

Le plaidoyer était beau, non dénué d'une certaine adresse, mais Juliette ne l'écoutait déjà plus. Tout à coup, elle avait froncé les sourcils et son regard s'était fait très noir. Les surprenant tous, elle s'était tournée vers Dalton qui, étendu de tout son long sur le carrelage, récupérait d'une longue promenade matinale.

– Laissez-moi faire, décida-t-elle. J'ai ma petite idée. Seulement, si ça marche, je vais vous téléphoner en pleine nuit. D'abord, il faudra voir à prévenir vos bonnes femmes. Si elles ne sont pas au courant et qu'elles décrochent, je n'ai pas envie de me faire engueuler, moi. Et puis, il faudra vous bouger. Si vous mettez trois quarts d'heure à répondre et autant à rappliquer, sûr qu'il se sera envolé, votre oiseau. Il ne faudra pas me le reprocher.

Elle les laissait tout de même un peu sur leur faim. Ils auraient bien aimé en savoir plus. Elle ne céda pas.

– À prendre ou à laisser, décréta-t-elle. Après, je vous expliquerai. Maintenant, si vous n'avez pas confiance, si vous préférez monter la garde vous-mêmes…

Ils n'insistèrent pas.

26

Il s'en fallut de peu qu'ils l'attrapent…

Juliette avait vu juste. Elle s'étonnait, depuis quelque temps, du comportement inhabituel de Dalton qui la réveillait la nuit. Du tapis qu'il occupait et dont, ordinairement, il ne bougeait pas, il traversait la chambre et venait se planter devant la fenêtre en pleurnichant et même, parfois, en grondant sourdement. Juliette n'appréciait pas qu'on la sortît ainsi de son sommeil. Vaguement inquiète, les premières fois, elle avait tendu l'oreille en se gardant bien de bouger de son lit. Rien ne s'étant produit, elle avait vertement intimé l'ordre à son chien de se taire, s'était retournée sous sa couette et avait tenté de se rendormir.

Juliette aurait totalement oublié l'anecdote si le chien n'avait pas réédité la même comédie à plusieurs reprises. À chaque fois, avant de s'enfuir à nouveau avec délices vers le domaine des songes, elle s'était promis de tenter de tirer l'affaire au clair. À chaque fois, le lendemain matin, elle oubliait ou, si le souvenir lui en revenait, cela était si passager qu'elle trouvait commode d'en attribuer la faute au pays du rêve…

C'était presque par hasard qu'elle avait fait le rapprochement lorsque les vieux gars lui avaient exposé leur idée de monter la garde pour surprendre le visiteur de la forge de Léonce. Et si c'était bien ça ? Si ce brave Dalton ne traduisait rien d'autre, par ses geignements et ses grondements nocturnes, que son étonnement un peu offusqué d'être le seul à réagir ?

Elle n'eut pas à attendre longtemps. À deux nuits de là, le chien la réveilla de nouveau. En se gardant bien d'allumer, elle se leva prestement et vint écarter le rideau. Elle dut patienter quelques instants avant qu'un mince et fugitif pinceau de lumière lui confirmât ce que Dalton savait depuis le premier instant. Le visiteur nocturne était là.

Sortir les quatre compères de leur lit ne fut pas une mince affaire. Elle n'y parvint que bien longtemps après que Dalton fut tranquillement allé se recoucher. Forte de ses précédentes expériences, elle savait pourtant que la forge recevrait une nouvelle visite avant que la nuit s'achève. Scrupuleux, l'homme devait rapporter ainsi les outils empruntés. Ils avaient donc le temps. Elle le dit aux vieux gars, le leur expliqua soigneusement et leur proposa même de se retrouver chez elle pour attendre que son chien leur donne le signal de sa deuxième visite.

La stratégie ne pouvant évidemment pas être une affaire de femme, ils refusèrent son plan et décidèrent de n'en faire qu'à leur tête. Lorsqu'ils arrivèrent à proximité de la forge, usant de ruses de Sioux pour se faufiler d'une zone d'ombre à l'autre, ce fut pour apercevoir une silhouette chargée d'une échelle qu'elle portait à l'épaule, s'en éloigner discrètement en direction du sentier qui se faufilait entre le mur d'un jardin et la rivière.

– On le tient ! décréta un peu vite Achille. Valentin, Firmin, faites le tour et revenez par ici en suivant le chemin. Dédé et moi, on le suit. Il ne va tout de même pas se jeter à la rivière pour nous échapper.

La bavure fut évitée de justesse. La lune, cette nuit-là, n'avait pas choisi de troubler le sommeil des belles de sa grande clarté blanche. L'obscurité, derrière le long mur d'un jardin, avait la consistance de la poix. Lorsque Firmin devina plus qu'il ne vit, devant lui, une vague silhouette, n'écoutant que son courage, il se jeta dessus. Valentin, qui le suivait de près, malgré ce qu'il lui en coûtait, renonça à faire prévaloir le verbe sur l'action. Il se lança dans la mêlée.

Elle fut brève mais ardente et ce ne fut que lorsque Firmin et Valentin, échappant de peu au bain forcé dans la rivière, se retrouvèrent le cul par terre, côte à côte, dans la boue du chemin, qu'ils comprirent leur méprise. La voix qui tonnait si haut et si fort devant eux n'était autre que celle d'Achille. Ils auraient dû se méfier. Tout le monde savait que la force herculéenne du vieux gars ne trouvait à s'exprimer pleinement que lorsqu'il accompagnait ses actes d'imprécations bramées de toute la puissance de ses poumons.

Surpris par l'attaque et ne cherchant qu'à la repousser, il les avait mis hors de combat l'un et l'autre quasiment d'un geste unique. Seul Dédé, légèrement en retrait, s'était contenté d'écarquiller les yeux pour tenter de comprendre ce qui se passait devant lui !

Quant à l'homme à l'échelle, il s'était volatilisé.

L'affaire se conclut, comme il se devait, autour de leur table habituelle, dans la salle du café de Juliette. Sans se soucier de ce qu'on en dirait, elle leur avait ouvert et avait allumé toutes les lampes, comme dans les grandes occasions. Ce n'était pourtant pour rien d'autre que pour les consoler de leur échec et pour leur assurer que, malgré cela, elle leur gardait toute son amitié.

Ils en avaient besoin. Cette fois, il n'y avait pas que Léonce qui soit groggy. Ils l'étaient tous.

– Mais enfin, bon Dieu d'ours, on l'a bien vu s'enfiler dans le chemin. On n'a pas rêvé. Dites-le-moi qu'on n'a pas rêvé, vous autres, se désespérait Achille.

Pour une fois qu'il avait pris les affaires en main ! C'était pourtant moins cette défaite, aussi humiliante qu'incompréhensible, qui le rendait malade que l'occasion perdue de rendre service à Léonce.

– Il n'a tout de même pas pu s'évaporer !

Il ne parvenait pas à admettre qu'une si belle manœuvre ait pu échouer de façon si lamentable, et surtout si mystérieuse.

Les autres, lourdement accoudés à la table, leur verre à la main, le regard dans le vague, se taisaient. On se jouait d'eux. Comme Léonce à quelques jours de là, ils réalisaient qu'ils ne pouvaient plus entreprendre le moindre geste sans qu'il tournât à leur confusion.

Mais qui était ce « on » à qui, faute de mieux, ils attribuaient la responsabilité de tous leurs maux ? Y avait-il un ou plusieurs « on » ? Existait-il un rapport quelconque entre tous ces mystères qui s'accumulaient ? Y avait-il une finalité à tout cela ? Soudain, Valentin se leva.

– Juliette, il faut que je téléphone.

Elle lui désigna l'appareil d'un geste du menton. On mit longtemps à répondre.

– Léonce, il faut que tu viennes. On a besoin de toi. Oui, je sais. J'ai vu l'heure. Mais c'est justement. Sans toi, on n'y arrivera pas. Il faut que tu viennes, vieux. On est chez Juliette. On t'attend.

Il raccrocha et alla s'asseoir.

– Il vient, dit-il.

Cela leur parut tout à coup essentiel. Si Léonce venait, les choses n'étaient déjà plus tout à fait aussi noires, aussi désespérément embrouillées. Léonce, bien sûr, il allait décider, indiquer les voies à suivre. Les solutions qu'ils ne parvenaient pas à entrevoir, pour Léonce seraient évidentes.

Déjà ils oubliaient qu'il avait été le premier d'entre eux à s'avouer vaincu. Quand il vint reprendre sa place parmi eux, comme s'il ne l'avait jamais quittée, il leur parut que l'aube qui s'annonçait n'était pas seulement celle d'un nouveau jour. Par la seule force de leur désir, ils ne doutaient plus que, de cet instant, tout allait s'éclaircir, tout allait rentrer dans l'ordre.

– Alors ? fit simplement Léonce.

– Alors, alors..., bégaya Valentin, ton gars, celui qui t'emprunte tes outils, on a failli le prendre...

– Failli seulement ?

Ils durent expliquer. Par bribes, leurs récits s'ajoutèrent les uns aux autres. Léonce, attentif, dut faire la part des justifications embrouillées et des faits tels qu'il lui semblait qu'ils s'étaient déroulés. Sans s'éterniser sur le bref pugilat par lequel tout cela s'était terminé, il fallut bien qu'on en vînt à l'incroyable évidence : l'homme et son échelle leur avaient échappé.

Lorsqu'ils se turent, Léonce, les mains sur les genoux, se contenta de baisser la tête. Qu'ajouter ? C'était un nouveau coup du sort. Comme si le droit de comprendre, de savoir ce qui se passait chez eux leur avait été confisqué. À quoi bon s'acharner ? Il se doutait bien que les quatre compères s'y étaient pris comme des manches, mais l'idée ne lui vint même pas de le leur reprocher. Ils avaient fait ça pour lui. Il leur en était reconnaissant, même si leur maladresse avait probablement éteint une fois pour toutes l'espoir de connaître la vérité.

Et puis, au pire, ce n'était même pas cela, cette vérité, qui importait. Ce qui leur avait échappé, c'était l'espoir de briser la fatalité du mystère dans laquelle ils se sentaient pris. À bien y regarder, c'était leur raison même de rester là, dans ce petit hameau où ils avaient toujours vécu, qui s'évanouissait dans les brumes de l'inexpliqué.

Que faisaient-ils là, les uns et les autres, depuis tant d'années, sinon de préserver jalousement le dernier et minuscule cercle à l'intérieur duquel leur vie gardait un peu de sens ? Et qu'en restait-il s'il leur devenait aussi mystérieux et incompréhensible que le reste du monde ? Dès lors que leur échappait le mince pouvoir de comprendre leur milieu, ils n'avaient plus qu'à renoncer.

Juliette vivait le martyre. Accoudée à son bar, elle ne quittait pas Léonce des yeux. La lassitude et le renoncement s'inscrivaient durement sur le visage de son vieil ami. Ses épaules se voûtaient et son dos s'affaissait. Ce n'était plus Léonce. C'était un de ces êtres sans consistance qui ne vivent que par habitude et par routine, qu'on voit affalés aux comptoirs des cafés où ils tuent le temps sans même savoir pourquoi.

Cette vision lui était intolérable. C'était ses propres choix qui tombaient en poussière. Pourquoi croyaient-ils, tous ces vieux gars, qu'elle avait pris la peine de succéder à la vieille Rosalie ? Pourquoi avait-elle préféré à son boulot de salariée sans histoire ce troquet perdu qu'elle devait s'échiner à faire survivre à longueur de journées ? Pour leurs beaux yeux ? Il y aurait eu de quoi rire.

Elle avait cru que plus jamais, ici, elle ne rencontrerait le spectacle du renoncement et de l'inutilité. Il lui avait semblé que l'existence, dans ce petit bout de campagne oublié de tous, gardait un sens, une raison d'être qui valait qu'on s'y arrête. Leurs préoccupations n'étaient certes pas de celles qui prétendent discuter de l'avenir du monde. Ils avaient la modestie de ne pas se mêler de si grands desseins. Il leur suffisait de connaître leur minuscule univers et de savoir très précisément la place qu'ils y occupaient. Nul autre ne pouvait leur discuter ce petit savoir et cela suffisait à leur bonheur.

C'était là un équilibre extrêmement subtil, comme la survivance d'un art de vivre très ancien qui se serait réfugié et résumé là, dans ce petit coin de campagne. Équilibre éminemment fragile que si peu de chose avait réussi à rompre. Rien, en fait, que la petite accumulation d'insignifiants mystères, la répétition malheureusement sans trêve de questions restées sans réponse. Il n'en avait pas fallu plus pour que s'effondre l'édifice de leurs certitudes, miné par la conviction depuis longtemps inculquée qu'ils étaient d'un temps révolu.

La même lame de colère et de désespoir submergea d'un coup Juliette. Du plat de la main, elle tapa violemment sur le zinc.

– C'est trop bête ! hurla-t-elle, des larmes dans les yeux. On ne va tout de même pas tout perdre parce qu'il y en a qui se moquent de nous.

Ils levaient sur elle un regard gris où l'étonnement avait la couleur de l'ennui. Seul Léonce, en se tournant vers elle, parut vraiment s'intéresser à ce qu'elle venait de dire.

– Qu'est-ce que tu entends par là, ma petite chatte ? demanda-t-il. Qui se moque de nous ?

– Mais vous le savez très bien. Le comte et toute sa clique, bien sûr ! Est-ce qu'on ne vivait pas mieux avant qu'il vienne s'installer au château ? Est-ce qu'on aurait eu ces camions et tous ces malheurs s'il n'avait pas été là ? C'est lui et toute sa bande d'aristos, de parvenus. Ils vous méprisent. Ils veulent se débarrasser de vous. Voilà tout. Et vous, vous restez là à ne rien dire, à ne rien faire, jusqu'à ce qu'ils vous aient eus jusqu'au trognon !

Léonce n'avait l'air que très moyennement convaincu.

– Qu'est-ce qui te fait dire ça, mon petit lapin ? Tu as des certitudes ? Il y a des choses que tu peux avancer ?

Elle l'aurait giflé.

– Arrêtez, vous voulez ? Vous savez très bien que c'est moi qui ai raison, mais, parce que vous n'avez pas de preuves, vous ne ferez rien, vous vous laisserez manger la laine sur le dos. Faut-il que vous soyez bêtes ! Tiens, bêtes comme… comme… Je ne sais pas, moi… Ça me fout en boule. Vous m'énervez. Je… je vous hais.

Elle éclata en sanglots, pivota sur ses talons et disparut dans sa cuisine.

Le regard de Léonce resta un long moment figé sur l'endroit précis où elle avait échappé à sa vue. Un voile noir s'était abattu sur lui.

– Elle a pourtant raison, grommela-t-il pour lui-même. Elle a raison, mille fois raison, et nous, nous ne pouvons rien faire d'autre que de dire ça : elle a raison.

27

C'était une nuit de pleine lune. Le hameau semblait reposer le plus paisiblement du monde dans la douce lumière blanche que répandait l'astre. Ce n'était qu'une illusion. Il veillait.

Léonce savait qu'il ne dormirait pas. Depuis que s'était glissée en lui cette vilaine impression que tout lui échappait, il avait découvert qu'il pouvait arriver qu'il se réveille en pleine nuit, tout de suite lucide comme en plein jour et conscient déjà qu'il entendrait la vieille comtoise de la salle à manger égrener les heures jusqu'à ce qu'il se résolve à se lever.

Alors, après son repas, lorsqu'il eut rangé sa table et fait sa vaisselle, il avait enfilé sa veste, s'était coiffé de sa casquette et s'était saisi de la canne dont il aimait rythmer sa marche. Pour ne pas avoir, une fois de plus, à résister à la tentation des lumières du café de Juliette, il était sorti par le jardin.

Sous le clair de lune, ses allées et ses plates-bandes scintillaient doucement d'une lumière à la fois douce et crue, sans ombre. Il s'y sentit presque étranger. Comme si s'accomplissait là, nuitamment, un travail qui ne le concernait plus. Une fête se tenait et la lune, dans toute la splendeur de sa plénitude, en était à la fois l'ordonnatrice, l'invitée et le subtil intercesseur de toutes les forces de vie qu'il sentait s'activer.

Au bout de l'allée, un portillon ouvrait sur un sentier qui se faufilait, d'un bout à l'autre du hameau, entre la rivière et les haies et les murs délimitant les propriétés. Léonce s'y engagea. Il longea sa forge, franchissant par une planche le bief qui alimentait sa roue à aubes, et fut bientôt à l'entrée du passage où Achille, Valentin, Firmin et Dédé avaient vainement tenté d'intercepter son emprunteur d'outils.

Il s'était laissé guider par ses pas sans penser un seul instant à ce dernier avatar de leurs mécomptes successifs. Ce ne fut qu'en s'engageant entre le haut mur délimitant un jardin et la rivière que l'idée lui en revint. Il haussa les épaules. De toute façon, les mystères s'étaient tellement accumulés, depuis le début de l'été, qu'à ne pas vouloir en retrouver les décors, ils n'auraient plus eu d'autre ressource que de rester enfermés chez eux. Il ne ralentit même pas le pas et se contenta de sourire en évoquant le tableau qu'avaient dû offrir ses compères s'empoignant dans la nuit pendant que leur proie s'évanouissait on ne sait où.

« Ils se seront imaginé qu'il s'engageait par ici, se dit-il. Pendant qu'ils se prenaient au collet, si ça tombe, leur homme remontait dans l'autre sens. »

Pour mieux détourner ses pensées de tout ça, il était prêt à se satisfaire de cette explication. Il lançait sa canne devant lui avec d'autant plus de détermination, cherchant à fermer la porte de son esprit à tout ce qui n'était pas le plaisir de marcher.

Quelque chose l'alerta. Il s'immobilisa, cherchant à comprendre. Ce trou d'ombre à sa gauche… Il revint sur ses pas. Une porte, bien sûr. Il la connaissait, cette porte. Elle avait toujours existé, même s'il ne l'avait jamais vue ouverte. Elle avait dû être creusée dans le mur voici bien longtemps par le propriétaire du jardin soucieux d'accéder à l'eau de la rivière que réclamaient ses plantations. Peut-être par le père de Margot. C'était pourtant vrai que ce jardin appartenait à Margot.

Mais cette porte… Léonce s'en approcha et, bien que la lune ne l'éclairât pas directement, un détail attira son attention. Elle était constituée d'un lourd panneau de bois que d'épaisses pentures reliaient à des gonds plantés directement dans la pierre de son encadrement. Tout cela était passablement décrépit et rouillé… sauf la serrure. Une large tache brunâtre trahissait l'usage du lubrifiant dont on avait vraisemblablement dû user sans compter pour qu'elle accepte de reprendre de l'emploi.

« Tiens, tiens ! » murmura Léonce.

Il s'accroupit. Dans le sol que la proximité de la rivière gardait toujours humide, les traces de pas étaient fraîches. Il leva les yeux. Sur la pâleur du ciel de pleine lune, se découpaient comme au scalpel les deux montants noirs d'une échelle dépassant du mur contre lequel elle était dressée.

« Margot…, marmonna-t-il. Encore elle. »

Inutile d'aller chercher plus loin. C'était donc très prosaïquement par cette porte oubliée que s'était évaporé celui que poursuivaient, l'autre nuit, les quatre compères. Margot ? Elle était assez solide pour être capable de transporter et de dresser ainsi une échelle, mais Léonce ne parvenait pas à y croire. Qu'elle n'eût pas voulu s'abaisser à lui demander ses outils, connaissant le personnage et étant bien placée pour savoir toutes les humiliations qu'il lui avait fait subir, il pouvait le concevoir. Mais pourquoi donc se serait-elle soudainement décidée à retaper ses volets, à redresser son fil à linge et à graisser la roue de sa brouette, alors qu'elle n'avait jamais rien entrepris depuis qu'elle était venue installer sa retraite dans la maison de ses parents ? Où, d'ailleurs, aurait-elle appris à se servir de tous ces outils qu'elle n'avait, jusque-là, jamais touchés ?

Il avait rebroussé chemin et revenait sans se presser vers chez lui, tête basse, plongé dans ses réflexions. Autre chose l'empêchait d'admettre l'hypothèse que Margot puisse être le mystérieux personnage visitant régulièrement sa forge. Quand aurait-elle trouvé le temps de réaliser tous ces travaux sans qu'ils s'en aperçoivent ? Passe encore pour la roue de la brouette, mais les volets et le fil à linge, ils auraient dû voir. Or, rien. Personne n'avait remarqué quoi que ce fût.

Léonce se mit au lit en remuant toutes ces pensées sans parvenir à démêler cet étrange imbroglio. D'avoir découvert quelques indices l'avait tout de même ragaillardi. Il ne se sentait plus enfermé entre les étroites parois d'absurdité contre lesquelles se butaient son incapacité à comprendre ce qui leur arrivait. Une faille s'était ouverte, infime et semblant tout aussi illogique que ce à quoi ils se heurtaient depuis des mois, mais il sentait bien qu'il était loin d'en avoir exploré toutes les possibilités. Elle lui posait plus de questions qu'elle n'en résolvait, mais il ne doutait plus qu'il lui suffirait de persévérer pour que lui viennent les réponses.

Retrouver l'occasion d'agir était pour lui un immense soulagement. Il éteignit sa lampe de chevet et s'enfonça sous ses couvertures avec la réconfortante conviction qu'il aurait, dès le lendemain, beaucoup à faire…

28

Explosion ou détonation ? Assis sur son lit, l'air hébété, Léonce cherchait à remettre de l'ordre dans ses pensées trop brutalement arrachées à leur repos. La seule certitude qu'il avait, c'était l'épouvantable force de ce bruit qui l'avait violemment projeté hors de son sommeil. D'ailleurs, dormait-il ? Cela faisait-il cinq minutes ou des heures qu'il avait éteint sa lampe ?

Que s'était-il passé ? Allaient-ils une fois encore être confrontés à l'incompréhensible ? Il se leva précipitamment et se rua vers la fenêtre. Le volet prudemment entrouvert ne lui révéla rien d'autre que le calme absolu de la rue qu'inondaient de lumière les deux éclairages concurrents de la lune et des lampadaires.

Il osa pousser le vantail de gauche qui émit un paisible couinement, mais, dans le silence de la nuit, il parut à Léonce qu'il hurlait sa présence. Instinctivement, il se recula dans l'ombre de la pièce, puis revint lentement jusqu'à la barre d'appui qu'il saisit à deux mains. Le spectacle en valait la chandelle.

À quelques mètres au-delà de chez Juliette, une voiture était arrêtée le long du trottoir. Qu'elle plongeât du nez de façon étonnante était déjà remarquable en soi. Qu'elle fût chargée au-delà du raisonnable n'était pas moins évident. Qu'elle fût d'un modèle bien plus digne du musée que de la rue, fût-ce celle d'un minuscule hameau, ne faisait qu'accroître l'intérêt de la chose. Mais que deux silhouettes s'agitassent frénétiquement autour d'elle dans le plus grand silence devenait tout à fait passionnant dès lors que, si l'une d'elles était totalement inconnue de Léonce, il n'était pas nécessaire d'associer l'éclairage céleste à celui offert par la municipalité pour reconnaître l'autre sans le moindre risque d'erreur. Il s'agissait bel et bien de Margot.

Il n'en fallait pas plus pour débarrasser l'esprit de Léonce des dernières brumes de son sommeil interrompu. Il enfila aussi vite qu'il le put son pantalon et une chemise, s'enveloppa dans son manteau et, sans prendre la peine de troquer ses charentaises contre des souliers, il se précipita.

Margot n'eut pas l'hypocrisie de chercher à dissimuler le déplaisir que lui procurait l'arrivée de Léonce. En éclatant comme il l'avait fait, le pneu avant droit de la voiture n'avait évidemment pas cantonné son effet au seul Léonce. Des lumières inquiètes avaient jailli aux interstices des volets. Ils avaient couiné l'un après l'autre avec le même manque de discrétion que celui de l'ancien forgeron. Personne, jusque-là, n'avait osé être le premier sur les lieux, mais on se tenait prêt derrière les portes. Léonce ayant, comme de coutume, endossé le rôle d'estafette, il n'y avait plus de raison pour que celles-ci ne s'ouvrent pas.

Margot, qu'elle le voulût ou pas, dut se résoudre à étaler ainsi sa misère en public. Or, elle ne le voulait pas.

– Allez-vous-en ! piaillait-elle. Qu'est-ce que ça peut vous faire, ce qui nous arrive ? Une roue crevée ! En voilà un événement ! Laissez-nous. Vous voyez bien qu'on va se dépanner. À pareille heure… Allez vous recoucher.

Ils n'en avaient aucunement l'intention. Silencieux, accumulant leurs observations, ils tournaient autour de l'étrange scène, se croisaient, s'adressaient des clins d'œil entendus, hochaient la tête, s'attardaient plus longuement sur une observation ou sur une autre. Firmin avait été le premier. Valentin avait suivi de peu. Dédé et Achille, encore enfournant les pans de sa chemise dans ses braies, étaient arrivés ensemble. Bien que résidant presque en face, Maxime, pour avoir dû sans doute négocier âprement le consentement de la Vévette, fut le dernier à les rejoindre.

Margot et un grand gaillard d'une quarantaine d'années au regard et au poil noirs s'activaient avec l'énergie du désespoir à vider le coffre de la voiture de l'invraisemblable capharnaüm qui l'encombrait. L'objet de ce déménagement en règle était à l'évidence la roue de secours oubliée dans son logement. Auraient-ils pu penser en avoir si vite besoin ?

Léonce finit par ne plus y tenir :

– Margot, je te demande pardon si je te dérange, mais cet homme-là, tu ne nous l'as pas présenté. C'est qui ?

– Qu'est-ce que ça peut te faire ? Ça te regarde ?

– Si tu le prends comme ça…

Il se remit à tourner autour de la voiture, l'air très intéressé. Les autres s'étaient rangés sur le bord du trottoir et le regardaient faire, persuadés que le spectacle était à venir. Il se pencha sur le pneu éclaté, gratta la gomme de l'ongle, hocha la tête, s'abstint de formuler ce qu'il en pensait et reprit sa déambulation.

La roue de secours jaillit enfin du fond du coffre. Le grand gaillard, qui n'avait pas ouvert la bouche, vint la poser contre le pare-chocs avant, se mit en devoir de placer le cric et de soulever la voiture. Léonce recommença son manège sur la roue en attente de reprendre du service. Il gratta, observa le bout de son doigt, parut étonné. Il se pencha à nouveau sur l'objet de sa curiosité, pesa de la main sur le pneu.

– Pas la peine, dit-il en se redressant. Il est pourri, ton pneu. Il ne fera même pas dix mètres.

L'homme n'en continua pas moins à s'échiner sur des écrous apparemment peu disposés à accepter de se desserrer.

– Oh ! appela Léonce. Arrête. Ça ne sert à rien, ce que tu fais.

L'autre leva sur lui un regard inexpressif et ne s'en remit pas moins à la tâche.

– Il est sourd, ou quoi, ton copain ? demanda Léonce à Margot qui s'était approchée et paraissait catastrophée.

– D'abord, ce n'est pas mon copain. C'est mon cousin, grinça-t-elle. Et puis, de quoi tu te mêles ?

Léonce s'écarta doucement.

– Si vous êtes plus malins...

29

Juliette, réveillée comme les autres par l'éclatement du pneu, avait assisté sans se montrer à toute la scène, depuis la fenêtre de sa chambre. Elle vit la vieille voiture, redescendant du cric sur lequel on l'avait juchée, reprendre aussitôt la même position de guingois. Elle vit le découragement de Margot et de l'homme mystérieux qui l'accompagnait. Elle entendit Léonce et les autres qui cherchaient maladroitement à les réconforter et comprit tout de suite que son café allait être requis pour que se joue le dernier acte.

Elle était dans la porte grande ouverte avant qu'ils l'atteignent.

– Sers-nous donc à boire, lui dit Léonce en entrant. C'est qu'on en a besoin. Et puis, pendant que tu y es, mets du fort à Margot. Il lui faut bien ça.

– C'est qui, celui-là ? tenta Juliette à mi-voix en désignant du menton le grand gaillard mutique qui semblait tout aussi effondré que Margot et posait autour de lui des regards inquiets.

– Son cousin, qu'elle dit, mais...

Il lui fit signe de se taire. Elle n'insista pas. Margot sanglotait. Les nerfs, qu'on lui croyait pourtant d'acier, devaient avoir lâché. Elle s'était accoudée au bar et ne cherchait même plus à dissimuler sa détresse. Apitoyés, ils se groupèrent autour d'elle. Le grand gaillard se tenait légèrement à l'écart, mal à l'aise.

– C'était à prévoir, Margot, tenta de la raisonner Léonce. Ces pneus-là, ils sont pourris. Surtout avec une charge pareille. Mieux vaut qu'ils aient lâché tout de suite. Tu te rends compte de ce que ç'aurait été, si ça vous était arrivé en pleine nature ?

L'urgence était à la consoler, mais cela n'empêchait pas l'impatience des questions.

– Vous alliez loin comme ça ? ne put s'empêcher d'attaquer Firmin.

Curieusement, Margot émergea tout à coup de son abattement et se redressa.

– Pour une fois que je pouvais partir en vacances…, pleurnicha-t-elle. C'est mon cousin, répéta-t-elle. Il était venu me chercher.

Ils se turent. En échangeant des regards entendus, ils se poussaient du coude. À leurs regards qu'elle interrogea l'un après l'autre, Margot comprit. Ils n'étaient pas dupes. Elle fut tout à coup saisie d'angoisse.

– Si je vous le dis, que c'est mon cousin et qu'il était venu me chercher pour partir en vacances ! cria-t-elle, au bord de l'hystérie.

Au fond, ils étaient plus embarrassés qu'autre chose. L'énormité du mensonge les empêchait de voir par où le démonter sans tomber dans le ridicule. Il fallut que ce fût Léonce qui s'y collât.

– Dis donc, Valentin, demanda-t-il, cette voiture-là, ça ne te rappelle rien ?

– Si je ne m'en souviens pas ! s'exclama l'interpellé en se redressant. On l'a assez connue, cette vieille guimbarde. Est-ce que je me doutais qu'elle existait encore ? Pendant combien ? Vingt ans, trente ans peut-être, ton père, Margot, deux fois par semaine, c'était bien avec cet outil-là qu'il descendait au marché ?

Le moment de compassion était passé. Maintenant, il allait falloir que Margot s'explique. Ils ne la lâcheraient évidemment pas.

– Alors, ton cousin, tu nous le présentes ? fit mine de s'impatienter Firmin.

Ils se tournèrent vers l'homme qui se tenait toujours un peu à l'écart, silencieux et morose. Se voyant tout à coup le centre de leur intérêt, il eut un mouvement de recul pendant qu'une lueur de panique s'allumait dans ses yeux.

– Comment on t'appelle ? tenta encore Firmin sur le ton le plus aimable qu'il put trouver.

Pour seule réponse, l'autre adressa un regard désespéré à Margot.

– Tu es muet, ou quoi ?

– Ne te fatigue pas. Il ne comprend pas un mot de français.

Margot avait parlé très posément, comme si elle était enfin résignée. D'un geste vif, elle vida cul sec le verre de cognac que lui avait servi Juliette et le lui tendit.

– Remets-moi ça !

Sidérés, ils l'observaient en silence. Elle attendit que Juliette l'eût servie, prit délicatement son verre par le pied et le vida à nouveau d'un seul coup. Quatre sifflements d'admiration s'élevèrent.

– Vieux, ricana Léonce, on ne te connaissait pas ces talents, la Margot !

Elle ne parut pas l'entendre. Lourdement accoudée au bar, le nez baissé, elle attendait les inévitables attaques en souhaitant que l'alcool lui donne le courage d'y faire face.

– Alors comme ça, ton cousin, il n'est pas français ?

Quand il s'agissait de relancer le débat, Firmin n'avait pas son pareil pour faire la bête.

– Ça te gêne ?

La bouche en cul-de-poule, il fit celui qui ne trouvait pas de raison de confirmer.

– Non, pour dire, ça ne me gêne pas. Sauf que, pour causer, ça ne va pas être commode, sûr !

– Eh bien, tu n'as qu'à pas causer.

La meilleure défense étant l'attaque, Margot s'empressait de mordre, bien décidée à vendre chèrement sa peau. Léonce laissait Firmin occuper le terrain. Ça lui donnait le temps de réfléchir et de mettre en bon ordre les étonnements et les questions qui lui venaient à l'esprit. Tout à coup, il se décida.

– Montre tes mains ! dit-il.

Se tournant vers l'homme, il les lui prit d'autorité. Éberlué, n'y comprenant évidemment rien, l'autre se laissa faire, se contentant de poser un regard implorant sur Margot qui s'obstinait à lui tourner le dos.

– Tenez, les gars ! triomphait déjà Léonce. Regardez ça. Si ce n'est pas des mains de travailleur, ça ! Des mains… Des mains à savoir manier des outils. Des mains qui vous réparent des volets en deux temps, trois mouvements, qui vous remontent un fil à linge, qui vous graissent une roue de brouette ! Pas vrai, Margot ? Dis-moi que j'ai tort !

Elle faisait le dos rond. Remettre Firmin à sa place, il n'était pas besoin de deux cognacs pour y parvenir. Avec Léonce, c'était une autre paire de manches. Vivement, elle tendit à nouveau son verre à Juliette.

– Encore un, dit-elle.

Ils s'inquiétèrent :

– Oh ! Margot. Ce n'est pas raisonnable, ça. On cause tranquillement. Tu ne vas pas t'assommer pour ça ? À quoi ça ressemble ?

– Ça me regarde !

Espérait-elle qu'ils renonceraient, de peur de la voir rouler sous la table ? Ils s'interrogèrent du regard. Léonce avait mordu. Il était du genre à ne pas lâcher si facilement. Il n'attendit pas que Juliette eût fini de remplir le verre de Margot.

– Des mains à savoir rendre vie à une serrure bouffée de rouille, reprit-il. Pas vrai, Margot ? Cette porte-là, sûr que tu ne l'as pas passée depuis belle lurette. Et l'échelle contre le mur ? Parce que vous ne la savez pas, celle-là, les gars. Il vous a bien eus, l'autre soir, quand vous vous êtes foutus sur la gueule en croyant que c'était lui. Pas un pour y penser, à cette porte-là... qui donne où ? Dans le jardin de la Margot, pardi. Vous comprenez maintenant ? L'échelle, elle est encore dressée contre le mur. Si vous aviez eu assez de jugeote pour lever le nez, vous l'auriez vue. Allez, Margot, avoue. Maintenant, il faut que tu parles.

Elle s'était hissée sur un tabouret de bar et se tenait de plus en plus voûtée au-dessus de son verre qu'elle enserrait d'une main nerveuse.

– Qu'est-ce que ça peut vous foutre ? tenta-t-elle une dernière fois.

– Rien, gronda Léonce qui commençait à sentir la moutarde lui monter au nez. Rien, sauf que les mystères, les petites affaires sur notre dos qu'on ne nous explique pas, on commence à en avoir par-dessus la tête. Tu le sais, ça, Margot, qu'on en a par-dessus la tête ? Alors, maintenant que tu t'es mise dans le pétrin, tu n'as plus qu'à parler.

Elle savait qu'il ne lâcherait pas et que le temps était passé où elle parvenait encore à tourner autour du pot. Sans desserrer les lèvres, elle acquiesça du menton et, de nouveau, vida son verre d'un seul trait.

– Ouf ! fit Léonce avec tout de même une lueur d'admiration dans le regard.

Il lui en aurait fallu beaucoup plus pour l'attendrir. Il tenait solidement le fil dont il avait vainement cherché le bout durant des mois. Il n'était pas près de le lâcher. Les autres faisaient bloc autour de lui, captivés et plus agressifs encore. L'aveu silencieux de Margot avait levé une tempête d'exclamations outrées. Léonce les fit taire d'un geste de la main.

– Mais attends voir, reprit-il, impitoyable, ça fait combien ? Vous autres, aidez-moi. Quand c'est qu'on a vu que les volets étaient réparés ? Ça en fait, des jours et des jours ; des semaines, oui. Peut-être même des mois. Et tout ce temps-là, il était où, cet homme-là ? Chez toi ? Et on n'en a rien su. Il fallait que tu en aies à nous cacher, Margot, pour être cachottière à ce point-là.

Était-ce l'effet des trois cognacs ou celui des coups portés par les propos de Léonce ? Margot, cette fois, était complètement avachie sur le bar. Juliette, en face d'elle, était aux quatre cents coups. Elle avait pitié de la pauvre femme, mais elle savait très bien que Léonce ne s'arrêterait pas avant d'avoir démêlé tout ce qui pouvait l'être de ces mystères qui leur empoisonnaient la vie depuis si longtemps. Comme eux, elle sentait que, derrière ces petites histoires de village un peu dérisoires, n'allaient pas tarder à apparaître des choses bien plus importantes.

Léonce laissa s'éterniser le silence. Puis, quand il eut acquis la conviction qu'il était devenu intolérable pour tous, mais surtout pour Margot, il se hissa à son tour sur un tabouret de bar.

– Allons, Margot, dit-il. Cette fois, il faut que tu parles. Tu as quelqu'un chez toi, c'est ton affaire, ça ne nous regarde pas. Mais moi, je sais que si tu nous l'as caché comme ça, cet homme-là qui ne parle pas un mot de français, c'est qu'il y a autre chose. Sinon, pourquoi tu aurais essayé de filer comme ça, en douce, à la nuit, avec la vieille guimbarde de ton père aux pneus pourris ? Dis donc, rien que pour arriver à la remettre en marche, il a dû y passer des heures, ton copain. Et puis, qui c'est cet homme-là ? D'où il sort ?

Il avait mis de la douceur dans ses mots, tentant de faire comprendre à la pauvre femme qu'elle n'avait pas d'autre issue que d'expliquer. Il fallut que se prolonge un nouveau silence pour qu'elle parût en convenir. Elle se redressa péniblement, oscillant dangereusement sur son tabouret, et tendit à nouveau son verre à Juliette.

– Encore ! dit-elle.

Cette fois, Léonce réagit.

– Non, dit-il fermement. Juliette, tu ne la sers pas. Trois, ça suffit. Quand elle aura parlé, si ça lui chante. Pas avant.

Margot reposa doucement son verre vide sur le bar. Elle émit un profond soupir, hocha une fois ou deux la tête, puis commença à parler d'une voix sourde et un peu pâteuse.

– Il logeait dans la petite maison au fond du jardin, dit-elle, comme pour leur dénier le droit à laisser courir leur imagination. La petite maison au fond du jardin… Je suis sûr que vous ne vous en souvenez même pas, de cette maison-là. C'était mon père qui l'avait aménagée, à côté du garage de la voiture et de sa remise à outils. Pour héberger un commis ou quelque chose comme ça.

C'est là que je l'ai installé. Mais tout de suite, il a voulu s'occuper. Il tournait en rond, là-dedans. Je l'ai laissé faire à condition que ce soit la nuit, pendant que vous dormiez. Il m'a tout refait, dans ma maison. C'est lui qui a eu l'idée qu'on parte avec la voiture. J'ai eu beau lui dire qu'elle était bien trop vieille, qu'elle ne marcherait jamais plus, il n'a rien voulu savoir, il s'y est collé et il l'a remise en état… sauf les pneus…

– Ah vouai, bien sûr, les pneus… Et vous alliez où, comme ça ?

– À Lourdes. Une vieille idée que j'avais. Il a réussi à ce que ça me revienne. J'ai même fini par y croire. On quittait le pays pour de bon. On partait s'installer à Lourdes. Personne ne nous connaît, là-bas. On aurait été tranquilles…

– Parce que nous, on n'était pas capables de l'accueillir, cet homme-là ? Regarde Maxime. Lui non plus il n'est pas d'ici. Ce n'est pas pour ça qu'on le reçoit mal.

Elle eut un geste de dénégation un peu trop vif qui mit en péril son équilibre sur le tabouret de bar. Elle se rattrapa de justesse.

– Ce n'est pas la même chose, dit-elle. Ça ne se compare pas.

– Et d'où il est, cet homme-là ? D'où il vient ?

Elle eut de la main un geste vague vers le levant.

– D'un pays de l'Est, là-bas, dit-elle. Loin, très loin, je ne sais pas trop.

– Tu n'es pas curieuse.

– Pour ce que ça change…

Léonce hésitait. Il savait où il voulait en venir, mais il est des questions plus dures à poser que d'autres. Quelle issue aurait-il si elle refusait de lui répondre ? Cynique, il eut de la main un geste vers Juliette.

– Remets-lui donc son cognac, puisqu'elle y tient.

Elle grimaça un vague sourire de remerciement. Il estima que c'était le moment.

– Et ça fait longtemps que vous vous connaissez ?

Elle marqua le coup. Elle eut la tentation de lui demander de quoi il se mêlait, mais à quoi bon ? Au point où ils en étaient, tôt ou tard, la vérité se saurait.

– Depuis l'accident de la mine, dit-elle simplement.

Il y eut dans son dos quelques exclamations effarées. Léonce, s'il fut surpris, ne le montra pas.

– Comment ça ? demanda-t-il.

Elle fit l'effort de se tourner vers lui et soutint son regard.

– Pourquoi tu demandes puisque tu as tout compris ?

– Dis toujours.

– Eh ben, oui, quoi, puisqu'il le faut. Le chauffeur du camion qui est tombé dedans, c'était lui…

30

La journée de Mister Bill ayant été lourde et sa soirée chargée de plus d'imprévus qu'il n'en pouvait supporter, il trouva légitime de s'abandonner, le lendemain, aux charmes de la grasse matinée. Clara ne l'entendait évidemment pas de cette oreille. Elle était venue ouvrir en grand rideaux et croisées, clamant haut et fort qu'elle ne tiendrait pas le café et le lait du petit déjeuner au chaud toute la matinée. Sachant d'expérience qu'il n'en serait rien, il avait laissé faire, feignant de dormir. Allongé sur le dos, les mains sous la nuque, entretenant à plaisir sa demi-somnolence, il jouissait depuis de la douceur de l'air et de la limpidité de la lumière d'une journée qui s'annonçait resplendissante.

Il y avait bien l'affaire de ce chauffeur de camion accidenté qui ne devait s'ébruiter à aucun prix. Une fois de plus, force lui était de reconnaître que, par sa présence d'esprit et sa détermination, Clara l'avait préservé d'un beau scandale. Que se serait-il passé si l'homme avait été secouru par les gens du hameau ? Ils l'auraient sans aucun doute expédié vers le premier hôpital venu où on n'aurait pas manqué de s'inquiéter des raisons qui avaient bien pu pousser un ressortissant d'un lointain pays de l'Est à venir naufrager son camion au fond d'une mine à l'abandon…

Mais l'homme était bien à l'abri dans le relais de chasse. Il n'y avait plus de raison de se faire du souci. Il préviendrait tout à l'heure ses employeurs. Ceux-ci mettraient sans aucun doute le plus grand empressement à venir le récupérer discrètement. Sa cheville cassée, bien soignée par Clara, ne l'empêcherait nullement d'être transporté vers des lieux où son hospitalisation n'aurait aucune raison de soulever des questions gênantes.

Mister Bill adorait se raconter ainsi des histoires qui tournaient bien. Depuis ses oreillers, il savourait la pureté de l'azur, le doux frémissement du feuillage des châtaigniers du parc caressés d'une brise infime qui leur promettait de les préserver de la chaleur étouffante des jours sans air. Cela aurait été vraiment trop dommage de devoir gâcher un tel moment par des pensées inquiètes.

Il y avait bien la présence de cette femme étrange, cette Margot, qui l'ennuyait un peu. Et si elle allait bavarder ? Le comte était de ces hommes qui estiment qu'un secret confié à une femme n'en est déjà plus un… Celle-là, pourtant, d'après ce qu'il en savait, ne risquait pas de céder aux tentations des confidences sur l'oreiller. Et puis, selon ce que lui en avait dit Clara, ses rapports avec les gens du hameau étaient si exécrables que le risque de la voir les prendre à témoin de ce qu'elle avait vu et fait était vraiment minime. Sa conscience n'ayant rien à se reprocher en l'affaire, bien au contraire, on ne risquait même pas qu'elle aille s'en confesser au curé.

Les meilleures choses ayant une fin, il se résolut à se lever. Mieux valait ne pas trop tarder à appeler les employeurs de l'accidenté. Il apparut au salon bien après que l'horloge eut sonné dix coups. Son petit déjeuner l'attendait, comme de coutume, sur un guéridon dressé devant la fenêtre offrant la plus belle vue sur le parc.

– Hello, appela-t-il comme à son habitude. Ma douce Clara, je suis là ! Tardivement là, certes, mais là tout de même !

Lorsqu'elle franchit la porte de la cuisine, le pot à café dans une main, celui de lait dans l'autre, Clara avait sa mine des mauvais jours. Mister Bill préféra ne pas voir.

– Alors, demanda-t-il, quelles sont les nouvelles ? Notre grand blessé a-t-il passé une bonne nuit ?

Clara posa ses pots sur les petits dessous-de-plat en étain qui les attendaient sur le guéridon.

– Je pense, dit-elle, comme on annonce une catastrophe.

Allons bon ! Tout cela commençait mal. Mister Bill leva sur elle un regard étonné.

– Comment ça, tu penses ? Tu ne t'es donc pas souciée de lui depuis ce matin ?

– Oh, que si ! Je n'ai fait que ça… pendant que vous dormiez.

Il fit celui qui n'avait pas entendu.

– Et tu ne sais toujours pas s'il va mieux ?

Elle se recula de deux pas, se croisa les mains sur le ventre et considéra son patron d'un œil grave.

– Je voudrais bien le savoir, dit-elle.

Les belles dispositions de Mister Bill commençaient à s'effriter. À son tour, il se rembrunit.

– Mais enfin, me diras-tu ? Qu'est-ce qui t'empêche de le savoir ?

Clara poussa un profond soupir. Le moment était venu de révéler la vérité, quelles que pussent en être les conséquences.

– Même avec beaucoup de bonne volonté, je ne parviens pas encore à me faire une idée de l'état des gens en leur absence, dit-elle.

– En leur absence ? Ne me dis pas…

Elle confirma gravement du menton.

– Eh si, monsieur le comte. Il a disparu…

– Disparu… Mais enfin ce n'est pas possible… Dans l'état où il était…

– C'est pourtant ce que j'ai constaté ce matin. Le relais de chasse est vide.

– Quelqu'un est venu le chercher. Qui ?

– Monsieur le comte me pardonnera, mais je n'ai pas passé la nuit à le veiller. Ce n'était pas dans nos conventions…

Cette fois, Fulbert William Bézu donnait tous les signes du plus grand affolement.

– Mais enfin ce n'est pas croyable ! Qui a pu faire le coup ? Qui pouvait y avoir intérêt ?

– J'espérais que monsieur le comte pourrait m'expliquer.

Il eut de la main un geste d'exaspération.

– Tu m'énerves à la fin, à me parler de cette façon. Arrête avec tes « monsieur le comte », tu veux bien ? Appelle-moi Mister Bill, comme d'habitude.

– Bien, Mister Bill… même si ce n'est pas ce qui nous donnera la clef de ce mystère.

Il préféra ne plus relever. D'un geste sans aménité, il la congédia. Elle repartit vers sa cuisine.

Malgré ce qu'il en avait décidé, le petit déjeuner de monsieur le comte ne fut pas à l'unisson du temps radieux qui, par la fenêtre grande ouverte, emplissait la pièce de ses lourds effluves estivaux. Il mangea de bon appétit, mais sans que son front se départît de la ride soucieuse qui le barrait. Dès qu'il eut reposé sa dernière tasse de café, il jeta sa serviette sur le guéridon sans même prendre le soin de la plier et partit s'enfermer dans son bureau.

– Ça suffit, maintenant. Cette affaire n'a que trop duré. À eux d'assumer leurs responsabilités, grommela-t-il en composant nerveusement un numéro sur le cadran de son téléphone.

Peut-être, à la réflexion, s'était-il jeté dans cette aventure de façon un peu légère. Pouvait-il prévoir, dans le confort de son bureau, alors que s'achevait une négociation fort courtoise, qu'un tel grain de sable viendrait enrayer les rouages d'une machine apparemment si simple ? On en était au moment des signatures. Fulbert William Bézu avait appuyé sur le timbre posé à sa droite. Clara était apparue presque aussitôt.

– Clara, soyez gentille, avait-il dit. Apportez-nous quelques liqueurs. Cela le vaut bien, n'est-ce pas ? avait-il ajouté à l'adresse des deux hommes qui se tenaient en face de lui.

Son verre à la main, il parcourait une dernière fois le contrat avant de le signer. Pure formalité. Depuis le temps que son pragmatisme très américain s'exaspérait de voir cette mine, à côté de son château, totalement inutilisée ! C'était là, selon lui, un gâchis tel que l'insouciance des Français en provoquait beaucoup. Il n'était pourtant pas assez introduit dans le monde local des affaires pour entreprendre utilement les démarches nécessaires. Et puis, après tout, il avait autre chose à faire !

On aurait pu en rester là si, un beau matin, il n'avait pas trouvé dans son courrier une lettre qui l'avait intrigué. C'était un de ces documents totalement impersonnels, comme on en reçoit beaucoup, émanant d'une société dont le nom lui était totalement inconnu. Il s'adressait à tous les propriétaires de carrières, gravières et mines désaffectées. Comment les services de cette entreprise s'en étaient-ils procuré les listes ? Mister Bill s'en posa un instant la question, juste le temps d'admirer leur sagacité, avant que le texte de la proposition captât toute son attention.

C'était tout bonnement une réponse précise à la question qu'il se posait depuis longtemps quant à l'usage qu'il pourrait bien faire de cette friche. Bien sûr, beaucoup de choses restaient à préciser. Par quel moyen ces gens parvenaient-ils à tirer de ces terrains à l'abandon un revenu suffisant pour promettre une « intéressante » rémunération ? À quoi s'engageait-on ? Quels étaient les risques ? Où était le piège ? La lettre de prospection ne répondait évidemment pas à toutes ces questions.

Le comte hésita quelque temps. Puis il se fit la réflexion que, quoi qu'il en fût, il ne risquait rien à tenter le coup. Il n'eut pas à attendre longtemps pour que lui vînt une réponse. Elle émanait d'un bureau d'affaires parisien et laissait encore beaucoup d'aspects de la proposition dans l'ombre. Plutôt déçu et un peu exaspéré par ce manque de clarté, il oublia la lettre sur le coin de son bureau.

Elle lui fut rappelée quelques jours plus tard par un coup de téléphone. Cette fois, c'était son signataire lui-même, se présentant comme le directeur du bureau d'affaires, qui venait de s'apercevoir que, le hasard faisant bien les choses, un de ses nombreux déplacements en province le faisait passer à proximité de L'Huis-Chénières. Tiens donc !

– Vous serait-il possible de me recevoir mardi prochain vers 15 heures ? Je ne vous retiendrai pas longtemps ?

Pourquoi pas ? Le comte accepta sans enthousiasme. L'homme fut ponctuel et ne cacha pas la forte impression que lui firent le parc et le château. Il présentait plutôt bien. Le comte le fit entrer au bureau, posa ostensiblement sa lettre devant lui et attendit. L'autre dut comprendre qu'il n'était plus temps d'atermoyer. Il était d'ailleurs là parce qu'il est des choses dont il vaut mieux qu'elles ne laissent pas de traces écrites.

– Voilà, dit-il. Je suis mandaté par une société allemande spécialisée dans le traitement des déchets industriels. Elle recherche des terrains où enfouir ceux de ces résidus qui ne peuvent pas être détruits autrement. Elle les loue à des conditions très avantageuses.

– Ils ne peuvent pas faire ça chez eux ?

La question devait être prévue. Ce fut à peine si le mandataire eut un temps d'hésitation.

– Vous n'êtes pas sans savoir que l'Allemagne ne dispose pas d'autant d'espaces libres que nous. Chez eux, les possibilités d'enfouissement commencent à se faire rares. Et puis, il faut bien le dire, il y a aussi toutes les difficultés que leur font les Verts, très puissants, comme vous le savez…

– Donc, on leur sert de poubelle.

– Les conditions sont très intéressantes.

Par-dessus le bureau, il glissa sur le buvard du comte un barème imprimé en assez gros caractères pour que les chiffres lui sautent tout de suite aux yeux. Bigre ! Avait-elle jamais rapporté autant, cette mine, sans même qu'il soit besoin de se donner la peine de creuser ?

Les scrupules de Mister Bill se firent discrets. La négociation ne traîna pas. La configuration de la mine intéressa beaucoup ses interlocuteurs. Bien sûr, il fallait remettre le chemin en état pour que les camions puissent y accéder. En contrepartie, le travers-banc permettant d'atteindre directement un puits d'une telle taille et d'une telle profondeur faisait leur affaire. Que la mine se trouvât, par-dessus le marché, totalement isolée en pleine campagne, loin de tout et surtout loin de tout regard indiscret était un autre élément retenant particulièrement leur attention.

Il y avait bien les gens du hameau. Deux des négociateurs allèrent discrètement y traîner leurs guêtres. Lorsqu'ils revinrent rendre compte de leur mission, le contre-argument fut balayé d'un revers de manche. Les événements leur auraient donné raison à tout jamais si un quai n'avait pas malencontreusement cédé sous le poids d'un camion…

Pour la forme plus qu'autre chose, et pour ne pas donner l'impression qu'il perdait totalement la main, le comte exigea quelques aménagements au contrat. Il obtint ainsi que lui fût remis un double des clefs permettant d'ouvrir les grilles qui devaient protéger la mine des regards indiscrets. Puis il signa. Sans se montrer, il assista de loin aux travaux de remise en état du chemin. Quand l'imposante barrière de sécurité cernant le travers-banc fut achevée, il alla, toujours aussi discrètement, s'assurer que les clefs qu'on lui avait remises étaient bien les bonnes.

Lorsque la noria des camions débuta, il fut surpris de leur voir des plaques d'immatriculation manifestement pas allemandes et si peu courantes qu'il ne parvint pas à les identifier. Il s'en inquiéta auprès du directeur du bureau d'affaires parisien et fut surpris de l'entendre éclater de rire.

– C'est vrai, avoua-t-il. On a oublié de vous prévenir. Mais cela n'a aucune importance. C'est tout simplement que la société avec laquelle vous avez signé a pour habitude de travailler avec des transporteurs de l'Est, dont vous n'êtes pas sans savoir que les prix ne sont pas les nôtres… C'est tout. Vous voyez, ça n'influe en rien sur notre contrat.

Pas le moins du monde, et, les promesses concernant la rétribution de cet étonnant service étant tenues, Mister Bill en vint vite à se désintéresser totalement de tout ce qui ne concernait pas la ligne de crédit apparaissant chaque mois sur son relevé de compte en banque.

Il aurait pu en être ainsi longtemps si l'économie n'avait pas été faite d'un contrôle de l'état du quai du travers-banc…

La communication fut difficile à obtenir. M. le directeur du bureau d'affaires était absent. Dommage… Le comte dut insister. Il ne parvint à le joindre qu'en fin d'après-midi. Sans s'étonner du mutisme de son interlocuteur, il le mit rapidement au courant de ce qui s'était passé, de la disparition du chauffeur, et lui fit part de ses craintes que l'affaire éclate au grand jour.

– Si jamais un journaliste tombe là-dessus…

L'autre, au bout du fil, ne réagissait toujours pas.

– Allô ? Vous êtes là ? s'inquiéta-t-il.

– Oui, oui, je suis là.

– Ah bon ! J'ai cru que nous étions coupés.

– Non, non. Je vous entends très bien.

– Alors ? Que comptez-vous faire ?

– Moi ? Mais rien, bien entendu.

– Non, pas vous. Les Allemands… Il faut vite le récupérer, cet homme-là.

Il y eut un nouveau silence. Mister Bill comprit qu'il lui fallait attendre. L'homme d'affaires préparait sa réponse.

– Justement, reprit-il enfin, je devais vous joindre. Il y a un problème.

– Un problème ? Comment ça, un problème ?

– La société avec qui vous avez signé a été dissoute. Ses actifs ont été repris par une autre société, mais elle a bien sûr dénoncé tous les contrats en cours…

Fulbert William Bézu, comte de la Castine, eut l'incorrection de raccrocher sans dire au revoir. Il s'était fait rouler et était seul désormais face à ce qu'il pouvait advenir de toute cette affaire…

31

Margot était la preuve vivante qu'il n'est pas de cible impossible aux flèches de Cupidon ! Clara avait bien remarqué, pendant tout le temps où elles s'occupaient du blessé, dans le salon du château, puis dans le pavillon de chasse, que Margot et lui ne s'étaient pas quittés des yeux. Elle n'y avait pas attaché d'importance, mais, lorsqu'elles le laissèrent seul, Margot n'y tint plus.

– Pas question qu'il reste là, décréta-t-elle.

Clara n'avait plus d'autre ambition que d'aller se coucher.

– Que me racontes-tu là ? avait-elle bougonné. Il n'y est pas bien ? D'ailleurs, ce n'est que pour quelques jours. Ils vont venir le rechercher et on n'en parlera plus.

– Qui, « ils » ? s'était affolée Margot. On ne sait même pas qui ils sont, ce qu'ils vont faire de lui. Non, je ne veux pas. Il faut qu'il vienne chez moi.

En toute autre circonstance, Clara aurait bien ri. Là, elle n'apprécia pas du tout.

– Écoute, on va aller se coucher. La nuit te portera conseil. Et puis, il sera bien temps d'aviser demain.

Margot eut la tentation de s'obstiner, mais Clara ne lui en laissa pas le loisir :

– Bonsoir, dit-elle d'un ton assez ferme pour que la contestation ne fût plus de mise.

Margot parut se résigner. Elles s'embrassèrent rapidement et se quittèrent. Margot fit mine de reprendre le chemin du hameau, mais, une fois la grille du château passée, elle s'arrêta. Elle hésitait. Retourner jusqu'au pavillon de chasse ? Elle en brûlait d'envie, mais savait bien que cela ne lui apporterait rien de plus que l'étonnant plaisir qui la dévorait d'être auprès de lui. D'ailleurs, il devait dormir et ne poserait pas sur elle le velours de ce regard noir qui l'avait bouleversée.

Il fallait qu'elle trouve avant l'aube le moyen de l'amener chez elle. Adossée au pilier de la grille, elle imagina mille moyens. Aucun ne parvint à la satisfaire totalement jusqu'à ce qu'enfin lui revînt en mémoire qu'elle détenait peut-être l'instrument nécessaire à sa détermination. D'un coup de reins, elle se redressa et fila vers le hameau.

De son père ou de sa mère, lequel avait dû avoir recours, dans ses vieux jours, aux services d'une chaise roulante ? Elle n'en avait pas gardé le souvenir. Elle avait simplement retrouvé l'engin rangé dans un coin de leur chambre et l'avait sur-le-champ exilé au grenier où elle l'avait oublié.

Comme si la fatigue de cette folle soirée n'avait pas de prise sur elle, elle l'en descendit, la débarrassa de la copieuse couche de poussière qui la couvrait et, armée par-dessus le marché d'une béquille trouvée dans les mêmes combles, elle reprit le chemin du château. S'il parut surpris de la voir réapparaître, il suffit qu'elle lui montrât triomphalement la béquille pour qu'il accepte instantanément de la suivre.

Mais lorsque, après avoir traversé le parc appuyé sur son épaule, il découvrit la chaise roulante qu'elle avait dissimulée derrière quelques arbustes, il eut un mouvement de recul. L'effet des émanations montant de la mine s'était totalement estompé et ce n'était pas l'état de sa cheville qui le handicapait beaucoup. Se laisser conduire par une femme sur cet engin dut lui apparaître parfaitement humiliant. Elle insista. Il s'obstina jusqu'à ce que leurs regards se croisent. Elle le désarma par toute la tendresse inquiète qu'il lut dans ses yeux. Il eut un large sourire, accepta de s'installer dans la chaise et, ayant recouvré l'usage de ses mains, il lui caressa le visage. Émue aux larmes, Margot s'empressa de prendre son poste dans son dos pour qu'il ne vît pas son trouble.

Les premières lueurs de l'aube blanchissaient le ciel lorsque leur étrange équipage traversa le village. Margot se pressait. Insensible à la fatigue, elle courait presque tout en surveillant les fenêtres dont elle savait qu'elles risquaient de s'éclairer d'un moment à l'autre. Elle était terrorisée à l'idée qu'on pût les surprendre. Lui riait en silence, conscient probablement de la clandestinité de leur acte, mais ne semblant pas s'inquiéter outre mesure de l'étonnante situation dans laquelle il se trouvait.

Ils atteignirent la maison de Margot sans encombre. Dès le lendemain matin, elle eut la confirmation qu'aucun rideau ne s'était écarté à leur passage. Rien n'avait changé dans le comportement des uns et des autres à son égard. Elle en fut tellement soulagée qu'elle en étonna plusieurs en se montrant presque aimable !

Margot aimait ! Et cet amour tardif était d'une rare violence. Elle en était d'ailleurs payée de retour et les jours qui suivirent furent habités, dans la pénombre fraîche de la maison, d'une telle passion qu'il lui devint très difficile de devoir éteindre l'expression de son bonheur lorsqu'elle en franchissait le seuil.

Elle dut pourtant y parvenir assez bien puisque personne ne se douta de quoi que ce fût. Seule Clara était au courant. Elle avait compris en trouvant le pavillon de chasse vide. Après en avoir informé Mister Bill à sa façon, elle était descendue au hameau comme elle le faisait presque tous les jours, sous prétexte de quelques achats et de son petit rhum chez Juliette. Son premier soin avait été d'aller pousser la porte de Margot, mais elle s'était abstenue de paraître souriante et heureuse de la voir.

– Il est où ? s'était-elle contentée de demander sèchement.

Margot, très à l'aise et épanouie, lui avait indiqué l'étage d'un geste.

– Dans ton lit ! s'était exaspérée Clara.

Margot avait rosi et minaudé en confirmant.

– Tu es folle, ma pauvre Margot.

C'était déjà une forme de pardon. Il fallait pourtant s'organiser. Cet homme, il était de quelque part. Il avait des employeurs, une famille. On allait s'inquiéter, le rechercher. Il fallait prévoir. Que dirait-on si on le trouvait chez Margot ? C'était là des considérations très pragmatiques, bien trop concrètes pour que celle-ci s'en souciât. Clara eut beau dire et beau faire, elle n'obtint pas que son amie descendît de son petit nuage.

En désespoir de cause, elle finit par adhérer à la seule concession que voulut bien faire Margot : l'installer dans la petite maison qui se dressait au fond du jardin qu'elle possédait, de l'autre côté de la rue. L'idée en valait bien une autre, à ceci près que le minuscule logement, installé par son père à bien des années de là pour un commis, n'avait plus été utilisé depuis. Il y avait beaucoup à faire pour le rendre simplement habitable.

Ce fut ce qui marqua le début des inévitables complications. L'homme parut apprécier son idée sans le moindre état d'âme. Il se mit tout de suite au travail et parvint en un temps record, malgré le handicap de sa cheville convalescente et l'obligation qui lui avait été faite de respecter le plus grand silence, à transformer le gourbi en charmant nid d'amour. Margot se prit au jeu. Elle qui ne s'était jamais souciée d'apporter la moindre modification à la maison de ses parents révéla des trésors d'imagination et de goût pour rendre l'endroit parfaitement agréable. Il s'y installa et elle vint chaque soir l'y rejoindre.

Il n'était pourtant pas du genre à se contenter de l'attendre. Vite, il tourna en rond. Il fallait qu'il s'occupe. Il trouva mille petits travaux à faire, s'énerva de ne pas pouvoir les entreprendre, faute de disposer des outils nécessaires. Il devint irascible. Margot paniqua à l'idée qu'il pût se détourner d'elle. Elle eut l'idée de lui indiquer la forge de Léonce. Bien qu'il ne parlât pas un seul mot de français, ils parvenaient parfaitement à se comprendre. Il lui suffit de voir le bâtiment, par-dessus le mur du jardin, pour se décider. Il aurait là tout ce dont il avait besoin pour s'occuper les mains.

Le plus dur fut de dérouiller la serrure de la petite porte donnant accès au chemin qui longeait la rivière. Quand elle eut enfin consenti à reprendre ses fonctions, il eut tôt fait d'organiser ses petites expéditions nocturnes dans l'atelier de Léonce où, scrupuleux, il rapatriait quotidiennement ses emprunts avant que vînt le jour. L'erreur fut peut-être de trop en faire. Les volets, le fil à linge et la roue de la brouette, ils auraient dû se douter que cela ne pouvait pas passer inaperçu. Ils n'en eurent même pas l'idée, mais quand Margot le trouva en train de tourner autour de l'antique voiture de son père, elle commença à s'inquiéter. Là, pour le coup, s'il venait à décider d'aller lui faire prendre l'air dans la rue du pays, ils s'assuraient un réel succès !

Il eut quelques difficultés à lui faire comprendre qu'il attendait bien plus qu'une simple promenade de la remise en marche du vénérable tacot. Elle s'obstina longtemps à faire celle qui ne voyait pas où il voulait en venir. Elle hésitait. Partir, c'était échapper à l'absurdité d'une situation dont elle savait pertinemment, même si elle ne voulait pas se l'avouer, qu'elle ne pourrait pas s'éterniser. C'était aussi un saut dans l'inconnu, un renoncement à la sûreté paisible de sa retraite.

Il insista. Il parvint à faire passer la chose comme une énorme blague, une partie de plaisir. Il semblait ne plus se soucier le moins du monde de son passé. Qu'on pût s'inquiéter de lui, le rechercher, le laissait parfaitement indifférent. Lorsqu'elle insistait, tentant de lui faire partager son angoisse de voir surgir sa famille, ses amis, ses employeurs, il haussait les épaules. Sans se départir de son grand sourire toujours enjoué, il avait de la main par-dessus son épaule un geste parfaitement explicite.

Ainsi donc, ils étaient libres. Rien ni personne ne pouvait les empêcher de vivre leur étrange bonheur comme ils l'entendaient. Margot, peu à peu, se laissa gagner par l'envie de renaître avec lui à une nouvelle existence. Oui, mais où aller planter ce bonheur tout neuf ? L'idée de Lourdes lui était venue d'abord comme la simple satisfaction d'un rêve de pèlerinage qu'elle caressait depuis longtemps. Elle y avait vite associé l'avantage d'une ville lointaine et fréquentée de foules assez anonymes pour qu'ils pussent s'y perdre sans avoir à se soucier du qu'endira-t-on et où elle ne risquait pas d'être rattrapée par son passé.

Mise dans le secret, Clara s'était d'abord récriée. Elle avait réitéré sans ménagement son opinion selon laquelle son amie était folle ! Mais elle n'avait pas insisté au-delà du raisonnable. Après tout, personne ne se manifestait. On semblait se désintéresser de ce qui avait pu advenir de cet homme. Le voir se fondre dans des lointains où s'estompait le risque que ressurgissent les dessous gênants de cette affaire n'était pas nécessairement une mauvaise idée.

Sous couvert d'une affectueuse désapprobation, elle fit celle qui se résolvait par pure amitié à cette issue qui la laissait orpheline de sa seule amie dans le pays. Margot en fut toute désolée, mais n'en revint pas pour autant sur ses projets.

La cheville de son amoureux ayant eu tout le temps de se consolider, il devenait évident qu'il ne supporterait plus longtemps la claustration. Raison de plus pour activer les préparatifs. Les derniers jours furent fébriles. S'il vit, une nuit, en revenant de la forge, qu'il échappait de peu à un guet-apens, il n'en dit rien à Margot, mais ce fut peut-être ce qui le poussa à décréter, un beau matin, que le départ était fixé à la nuit suivante.

N'eussent été ces maudits pneus dont il avait présumé de la résistance, longtemps encore le café de Juliette aurait résonné des conjectures dans lesquelles se seraient perdus ses habitués quant aux raisons de cette soudaine disparition de Margot...

Au plafond de la salle, l'aube faisait pâlir les ampoules. Ils étaient encore tous là, ensommeillés et songeurs, après que Margot leur eut livré tout le récit de sa pitoyable aventure.

Pour l'heure, sanglotante et vaincue, elle s'était effondrée sur le bar d'où personne ne se souciait de la relever. Seuls veillaient sur elle les regards convergents de Juliette et de cet homme énigmatique qui les impressionnait.

À quoi se résoudre ? Devaient-ils se rendre aux injonctions de leurs corps reclus de fatigue et de leurs paupières tombantes de sommeil ? Maintenant, ils savaient. L'un après l'autre, les mystères, dont l'addition avait empoisonné leur vie durant tout un été, s'étaient révélés. On avait voulu se jouer d'eux, mais le hasard avait fini par se ranger à leur cause. Il ne serait pas dit qu'ils n'étaient que de simples pions. Dans leur fatigue, un bienheureux sentiment de solide cohésion les soudait.

Se séparer, rompre le bloc qu'ils formaient autour de Margot, de cet homme et de leur voiture échouée au milieu de la rue ? Ils n'en voyaient même pas la possibilité, mais n'étaient pas plus capables d'imaginer le moindre geste qu'ils pourraient faire pour que l'instant ne s'éternise pas sur cette sensation de victoire dont ils ne savaient que faire.

– Juliette, dit Léonce. Sois gentille, ma poule. Va donc nous faire un café bien fort. Ce ne sera pas du superflu.

32

Fulbert William Bézu avait, une fois de plus, passé une très mauvaise nuit. Depuis un certain temps, le sommeil le fuyait. Il enrageait. Il tentait en vain d'évacuer les pensées lancinantes qui hachaient ses nuits. Le matin venu, elles le laissaient dans un état vaguement comateux. Il ne parvenait à émerger qu'après avoir sacrifié au rite de la sieste.

Cela lui faisait de bien tristes journées dont Clara, pas dupe, faisait mine de ne pas s'étonner, bien qu'elle le tînt sous sa haute surveillance. Elle avait bien tenté à quelques reprises d'engager le débat, mais il s'était défilé. C'était là une situation qu'ils n'avaient jamais rencontrée dans leur longue cohabitation. La brave femme en était grandement contrariée. S'ajoutant à cela, l'annonce du départ de son amie Margot avait encore assombri son quotidien. Bien qu'elle veillât à n'en rien laisser paraître, elle vivait des jours sans joie.

Totalement occupé de ses propres inquiétudes, Mister Bill ne s'en souciait évidemment pas. Il avait, il est vrai, quelques sérieuses raisons de se faire du tracas. « Faut-il que je sois bête pour être allé me fourrer dans un tel guêpier, à mon âge… », maugréait-il. Sans être un fin connaisseur des pratiques industrielles et commerciales du Vieux Continent, il n'avait pas eu besoin qu'on lui fasse un dessin pour comprendre qu'on l'avait bel et bien laissé tomber. Dès le lendemain de l'accident, il avait su à quoi s'en tenir. Que plus un grondement de camion n'ait troublé le calme de la campagne environnante l'avait mieux averti que toute annonce officielle. Il savait qu'il ne devait pas en attendre plus. Qu'on se soit contenté d'une simple communication téléphonique, d'ailleurs à son initiative, pour lui apprendre que la société avec laquelle il avait négocié cette malencontreuse affaire n'existait plus – en admettant qu'elle eût jamais été autre chose qu'une boîte à lettres – n'avait été qu'une simple et douloureuse confirmation.

Restait tout de même le cas de ce chauffeur blessé et lui aussi évanoui dans la nature. Toute son inquiétude se focalisait sur cette angoissante question. Il regrettait maintenant de ne s'être jamais vraiment soucié de connaître la véritable provenance de ces camions verts à bâches marron. Probablement un de ces lointains pays de l'Est que leurs législations un peu élastiques et surtout leurs tarifs défiant toute concurrence rendaient très attirants pour tous ceux qui entendaient qu'on ne se mêle pas trop de ce qu'ils avaient à transporter...

Qu'adviendrait-il lorsque, inévitablement, cet homme réapparaîtrait au grand jour ? C'était là la cause profonde des insomnies de monsieur le comte. Plus le temps passait et plus il s'étonnait et s'inquiétait que personne ne semblât se préoccuper de ce qu'il était devenu. Pouvait-on concevoir qu'on se soit contenté de décréter qu'il avait disparu avec son engin dans les entrailles de la mine ? Quand bien même cela était, comment expliquer qu'on n'entreprenne rien, au moins pour tenter de confirmer le décès ? Ou alors, serait-on venu le récupérer en douce ? Mister Bill aurait bien voulu se raccrocher à cette suggestion, mais il n'y parvenait évidemment pas. Qui pouvait savoir qu'il se trouvait dans le pavillon de chasse ?

Pauvre Fulbert William Bézu ! Elle lui en faisait voir, cette maudite Castine ! Lui qui avait cru ingénument lui trouver enfin une nouvelle raison d'être et en récupérer au passage quelque revenu... Que s'était-il, sur ses vieux jours, mêlé d'affaires, lui qui, de toute sa vie, avait si bien réussi à échapper à leur tyrannie !

Sur le dos dans son lit, les mains derrière la nuque, les yeux rivés sur le plafond que les premières lueurs de l'aube, s'infiltrant par les interstices des rideaux, parcouraient de longs et pâles faisceaux de lumière grise, il en était là du carrousel sans fin de ses réflexions lorsqu'un bruit étrange attira son attention. Il montait de la vallée. Tandis qu'il emplissait peu à peu l'espace, se l'accaparant sans vergogne, Mister Bill cherchait. Il ne parvenait pas à l'identifier. Il n'avait jamais rien entendu de semblable. On aurait dit celui que faisait d'ordinaire un tracteur montant la côte, mais s'y ajoutait une sorte d'étrange cacophonie un peu grinçante qui parasitait le tout et le rendait parfaitement indéfinissable.

Tout à coup, la cacophonie grinçante se tut et, cette fois, il reconnut sans risque d'erreur le moteur d'un tracteur tournant au ralenti. Lorsque s'y superposa soudain le grincement de la grille du parc qu'on ouvrait, le sens de la propriété de Mister Bill le fit se jeter à bas du lit. Pieds nus sur le parquet, il atteignit le rideau en deux enjambées et l'écarta au moment précis où s'élevait à nouveau dans le matin naissant l'étonnant tintamarre.

De la fenêtre de sa chambre, il jouissait d'une vue imprenable sur la superbe enfilade de châtaigniers bordant l'allée depuis la grille jusqu'au château. Il fut ainsi à même d'apprécier le spectacle qui s'offrait à lui. À vrai dire, il lui fallut quelques instants pour en comprendre le curieux agencement que brouillait, par-dessus le marché, une fine brume matinale retenue au ras du sol par le couvert des arbres.

Lorsqu'il commença à ne plus pouvoir douter de la nature de l'équipage qui montait vers lui, ses yeux s'arrondirent de stupeur. En estafette très affairée à s'assurer que le chemin était libre, venait un chien. Il était suivi d'un tracteur, celui de Dédé, sans qu'il soit permis d'en douter. Bien qu'il ne pût discerner, derrière les vitres de la cabine, les traits du conducteur, il pensa fort logiquement qu'il s'agissait de Dédé lui-même. L'attelage se mouvait avec une sage lenteur. Parmi les quelques marcheurs qui l'accompagnaient sans avoir à se presser, on reconnaissait le quatuor que Valentin, Firmin et Achille formaient ordinairement autour de Léonce. Se trouvait là encore Maxime, dont le comte s'étonna qu'il se commît en pareille compagnie, une jeune personne dont l'allure fort aimable lui fit regretter de ne pas fréquenter plus souvent les rues du hameau, et, fort curieusement, Margot, l'amie de Clara, qu'un grand escogriffe semblait escorter.

Tout ce beau monde montait en délégation vers lui. Pourquoi de si bon matin ? Pour quelle raison ? Pourquoi s'étaient-ils fait accompagner par un tracteur ?

Il fallut que l'engin opérât un large virage à gauche, sur la cour gravillonnée s'étendant devant le perron pour qu'il commençât à découvrir dans sa globalité le stupéfiant attelage et les traces offensantes qu'il laissait derrière lui. C'était à n'en pas douter une automobile que remorquait le tracteur. Mais alors une automobile d'un modèle si ancien qu'à la voir le comte, s'il en avait eu l'humeur, se serait attendri sur ses jeunes années qu'il évoquait.

Cramponné des deux mains à la barre d'appui de la fenêtre, les yeux exorbités, il balançait entre effroi et colère. Quelle était cette mascarade ? Comment ces bouseux se permettaient-ils ? Qui réparerait l'outrage infligé à sa cour ? Il allait hurler, tempêter, insulter, lorsque le tracteur s'arrêta juste devant le perron. Un grand silence consterné s'abattit sur la scène. Léonce se détacha légèrement du groupe, se planta devant les marches, les poings sur les hanches, et hurla :

– Bézu !

Comment osait-il ? Outragé, Fulbert William Bézu recula prestement dans l'ombre de sa chambre. Ces gens étaient-ils fous ? Étaient-ils pris de boisson ? Ou alors... Ou alors était-ce cela la Révolution à la française ? Il en frémit d'angoisse.

– Bézu ! réitéra l'outrecuidant. Montre-toi, Bézu. On t'apporte quelque chose qui va t'intéresser, sûr...

Debout sur le tapis, au milieu de la pièce, le comte ne savait plus à quel saint se vouer. Obtempérer dans cette tenue ? Lui laisseraient-ils seulement le temps de se vêtir ? Il fallait certainement se montrer à la fenêtre, leur demander de patienter, mais comment réagiraient-ils ?

La porte, en s'ouvrant brutalement, le fit sursauter. Non, ce n'étaient pas encore eux. Ce n'était que Clara, mais elle avait cet air de noir courroux qui ne présageait rien de bon.

– Vite, dit-elle, habillez-vous. Je vais les faire patienter.

Elle esquissait déjà le geste de refermer la porte derrière elle, lorsqu'elle s'immobilisa et lui décocha un de ces sourires assassins dont elle avait le secret et qui anéantissaient bien plus qu'ils ne réconfortaient.

– Alors, vous êtes content ? Le voilà retrouvé, votre chauffeur de camion. Plaignez-vous. Il vient tout seul à vous.

Et elle disparut.

Léonce avait grimpé deux marches du perron. Tous les autres, derrière lui, s'étaient rangés côte à côte le long de l'attelage. Ils semblaient lui faire un rempart de leur corps. Et tous auscultaient avidement la façade du château à la recherche d'un signe de vie. Ils s'impatientaient, piétinaient, maugréaient.

– Peut-être que tu devrais aller sonner, tenta timidement Firmin.

Léonce se contenta de hausser les épaules. Sonner ? Et puis quoi encore ? Non, ils étaient en colère et ils devaient le montrer. Ils avaient été entendus, bien sûr. On allait se montrer, et si jamais ça tardait de trop, c'est pour le coup qu'on reprendrait le chambard !

Ils n'étaient pas loin de s'y résoudre lorsque le gravillon crissa sur leur gauche. Tous les regards se portèrent sur le coin du château derrière lequel on marchait. Et ce fut Clara qui apparut, souriante, avenante, aimable comme elle seule pouvait l'être.

– Non mais, en voilà une mascarade ! voulut-elle plaisanter en allant droit à son amie Margot qu'elle embrassa comme du bon pain. Vous allez où, avec cette guimbarde ?

– Margot, tu ne réponds pas ! prévint Léonce. On vous aime bien, Clara, on n'a rien contre vous, c'est le comte qu'on veut voir. Personne d'autre.

Clara, sans même qu'une ombre passât sur son éclatant sourire, se contenta d'une moue admirative. Elle se rangea près de Margot et, comme les autres, attendit, décontenançant quelque peu Léonce.

– Il va venir, oui ou non ?

Elle eut l'air sidérée.

– Ce que j'en sais ! Vous me demandez ça à moi… Je ne vois pas à travers les murs du château.

– Alors allez-y et dites-lui qu'on ne bougera pas d'ici tant qu'il ne nous aura pas reçus.

Sans rechigner, toujours aussi souriante, elle s'exécuta.

33

Le comte se tenait au pied de l'escalier, une main encore sur la rampe, les yeux rivés sur le vestibule.

– Allez-y, lui dit-elle. Ils crient bien trop fort pour être vraiment en colère. Je ne sais pas très bien ce qu'ils veulent, mais, à mon avis, c'est une occasion de régler cette affaire une fois pour toutes.

– Qu'est-ce que tu m'as dit, tout à l'heure, à propos du chauffeur de camion ?

– Eh bien, vous n'avez pas vu ? Il est là, avec Margot. Entre eux, c'est le grand amour ! Vous ne l'avez pas reconnu ?

Non. Mister Bill n'avait pas reconnu l'homme dont elles avaient un soir encombré son salon. Il s'était alors moins soucié de lui que du moyen de s'en débarrasser. Il eut l'air complètement éberlué.

– Qu'est-ce que tu me racontes là ?

Elle s'impatienta.

– Ne vous occupez pas. Allez-y. Plus vite ce sera fait, mieux ce sera.

– Viens avec moi.

Elle lui décocha un sourire presque attendri.

– Allons, dit-elle.

Elle alla à la porte, s'assura d'un regard qu'il la suivait bien, et l'ouvrit. Un tonnerre bon enfant de hourras et d'applaudissements l'accueillit.

– Vous voyez, dit-elle.

Vaguement rasséréné, il consentit à se montrer. Léonce, vite suivi de tous les autres, escalada les marches du perron jusqu'à lui.

– Mes amis, mes amis, bredouilla le comte. Que se passe-t-il ? Quel est cet équipage ?

– Eh bien, c'est simple, dit Léonce. En voilà deux, ils veulent partir roucouler à Lourdes. Une idée comme une autre, pas vrai ? On en a vu de plus drôles. Seulement, voilà ! Leur vieille bagnole ne s'en est pas senti le courage. À son âge et depuis qu'elle n'avait pas tourné, il faut comprendre. Alors, comme vous avez bien un petit rôle à jouer dans cette affaire-là, on s'est dit comme ça qu'elle vous regardait plus que nous. On vous les amène avec armes et bagages, voilà tout. Maintenant, à vous de voir.

– Euh..., fit Mister Bill, sidéré.

Que Léonce eût retrouvé le vouvoiement convenant mieux à l'état de leurs rapports, tout en le rassurant quelque peu, ne lui avait tout de même pas rendu l'aplomb avec lequel il avait si bien su leur répondre à quelques semaines de là. Toutes ses angoisses accumulées depuis, auxquelles s'ajoutait cette intrusion brutale, le mettaient dans un état proche de la panique. Complètement obnubilé par la peur de voir toute l'affaire révélée, il devenait incapable de discerner l'issue qui s'offrait à lui.

– Et... euh..., bredouilla-t-il, sentant bien qu'il lui fallait répondre. Que voulez-vous que j'en fasse ?

Des oh ! des ah ! des murmures et des grondements s'élevèrent du groupe qui se tenait derrière Léonce. Celui-ci éclata de rire.

– C'est votre affaire, ça, monsieur le comte. Ce n'est pas la nôtre. C'est vous-même qui nous l'avez dit, l'autre fois, quand on est venus vous trouver, qu'il ne fallait pas qu'on s'en mêle, que ça ne nous regardait pas, que ça pourrait même nous attirer des ennuis. Je m'en souviens bien. Pas vrai, vous autres, que c'est ce qu'il nous a dit, monsieur le comte, quand on est venus le voir ?

Tous, même Maxime et Juliette qui n'y étaient pas, confirmèrent bruyamment. Seuls Margot et son ci-devant chauffeur de camion gardaient un silence inquiet. Clara, légèrement en retrait, commençait à comprendre où ils voulaient en venir. Elle bouillait d'intervenir, mais sentait que ce n'en était pas encore le moment. Ils étaient venus faire boire la lie de sa honte à Mister Bill jusqu'à la dernière goutte. Après tout, il l'avait cherché. Elle se garda bien de sortir de son silence.

– Mais, mes pauvres amis, s'enferra-t-il, que voulez-vous que j'y fasse ? J'ai tout tenté pour que cet homme soit rapatrié chez lui. Personne ne s'en soucie. Je ne savais même plus où il était. Je ne peux rien de plus.

Juste un peu plus grondante, la même bourrasque de protestations s'éleva dans le dos de Léonce.

– Bon, c'est simple, alors, reprit froidement Léonce. Nous non plus, on n'y peut rien. Comme on ne peut tout de même pas le garder, cet homme-là qui veut s'en aller à Lourdes avec Margot, on va aller voir du côté de la gendarmerie. Peut-être, eux, ils sauront…

Un mot, un seul, venait de réussir ce que tout ce remue-ménage n'était pas parvenu jusque-là à faire entendre au comte.

– Non ! Non, non. N'allez pas mettre les gendarmes dans cette affaire. Elle est déjà assez embrouillée comme ça, récita-t-il aussi vite qu'il le put.

Ce ne semblait pas être l'avis de Léonce.

– C'est pourtant bien simple, répéta-t-il une fois encore. La mine, c'est bien vous qui avez fait balancer dedans toutes ces cargaisons de saloperies ? Une affaire pas trop propre, vu l'ardeur qu'ils ont mise à disparaître, tous ces camions-là, après l'accident. Pour qu'ils abandonnent ce pauvre homme comme ils l'ont fait, il fallait qu'ils n'aient pas la conscience trop tranquille. Vous ne croyez pas ? Maintenant, ce qui reste, c'est que c'est vous qui les avez amenés là. Pas vrai ? Et que vous mourez de trouille à l'idée que ça puisse se savoir. Non ? Alors ?

Résumé succinct mais très précis de tous les embarras du comte. Celui-ci ne voyait pourtant toujours pas comment ce débarquement hétéroclite et brouillon au milieu de la cour du château pouvait le sortir du mauvais pas dans lequel il pataugeait depuis tant de temps.

– Alors..., fit-il. Alors, vous proposez quoi ?

Léonce éclata de rire une nouvelle fois. Il prit tous les autres à témoin :

– Vous avez entendu, vous autres ? Monsieur le comte nous demande ce qu'on propose, comme si c'était nous qui décidions ! Dites, monsieur le comte, vous nous avez demandé ce qu'on proposait quand vous avez décidé de gagner encore plus de sous en salopant le pays avec toute cette merde qu'ils ont balancée là-haut ? Combien ça vous a rapporté, cette petite affaire-là ? On aimerait bien le savoir, nous, combien ça vous a rapporté de nous faire risquer la mort avec toutes ces cochonneries. Hein, Maxime, tu le sais, toi, que ça peut donner la mort, ces ordures-là ? Dis-le donc à monsieur le comte, que tu le sais.

Maxime approuvait du chef énergiquement sans oser pour autant prendre la parole. Léonce comprit que ce n'était pas la peine d'insister. Il passa.

– Vous ne nous le direz évidemment pas, ce que vous avez gagné à ce petit jeu-là. Et puis d'ailleurs, je m'en fous. Vous nous diriez un chiffre, on ne vous croirait pas. Nous, des sommes comme ça, on n'est pas habitués. Tout ce qu'on voit, c'est que dans tout cet argent, il pourrait s'en trouver un petit peu, juste ce qu'il faut pour dépanner ces gens-là. Vous leur devez bien ça, non ? Ils veulent aller à Lourdes. Et pourquoi pas ? Ils font bien ce qu'ils veulent. Margot, elle est assez grande. Et lui, son amoureux, puisqu'on ne se soucie même pas de ce qu'il est devenu, puisque, apparemment, il n'a aucune envie de retourner d'où il vient, s'il veut rester avec Margot, vous y trouvez à redire, vous ?

Mister Bill comprenait enfin. Les paroles de Léonce avaient été assez explicites. Il était pourtant évident qu'il persistait à ne pas trop adhérer au plan qu'ils avaient élaboré dans le café de Juliette. Clara estima que le moment était venu pour elle d'intervenir :

– Non, Léonce, il n'y a rien à redire. Vous avez raison, énonça-t-elle très posément pendant que Mister Bill se tournait vivement vers elle en roulant des yeux effarés.

Elle lui décocha un sourire radieux.

– Et puis, ajouta-t-elle, ici, cette histoire-là, elle leur collera toujours aux basques. Elle leur rendra la vie impossible… Et pas seulement à eux d'ailleurs. Alors que s'ils partent, ils seront tranquilles là où ils iront… Et vous aussi, Mister Bill !

Il dut se rendre, mais il le fit sans grâce. Il avait en horreur tout ce qui pouvait porter ombrage à sa tranquillité. Clara le savait, mais s'en souciait peu. D'avoir eu le dernier mot lui donnait l'avantage. Elle avait pris l'affaire en main au bon moment. Il ne lui déplaisait pas de rendre ainsi service à son amie Margot, même si la perspective de la voir s'éloigner définitivement lui était douloureuse.

Sans plus se préoccuper de Mister Bill qui restait planté sur le perron, l'air hautain et passablement renfrogné, elle échangea avec Léonce un sourire de complicité qui pouvait passer pour une heureuse conclusion au débat.

– Eh ben, ce n'est pas tout ça, reprit l'ancien forgeron. C'est qu'on a encore à faire, nous. Bon, eh bien… On vous les laisse. La bonne journée, monsieur le comte. Dédé, dételle donc ton tracteur.

Ce fut fait sur l'instant. Curieux tableau que celui de Fulbert William Bézu debout, très raide, en haut du perron, Clara à ses côtés, les mains croisées sur le ventre, le sourire jovial, Margot et son amoureux immobiles eux aussi près de l'épave de leur voiture, et toute l'équipe du hameau se regroupant à nouveau dans un joyeux désordre autour du tracteur qui s'éloignait aussi lentement qu'il était arrivé, précédé de Dalton, dans l'allée des châtaigniers.

Ils atteignirent la grille, prirent soin de la refermer derrière eux, et laissèrent alors éclater leur joie de s'en être si bien tirés.

– Léonce, tu as été super !

Firmin avait été catégorique. Ils renchérirent tous sur le compliment dans un joyeux tintamarre. Ils tombaient de fatigue et ne tenaient qu'en en rajoutant à leur excitation. Juliette se sentait les paupières si lourdes qu'elle craignait qu'elles viennent à tomber d'elles-mêmes, sans la prévenir, d'un instant à l'autre. Elle entonna *La Madelon*. Ils reprirent en chœur, effarouchant quelques merles qui vaquaient à leurs occupations dans les haies bordant le chemin et qui s'envolèrent en protestant. Pour ne pas être en reste avec la gaieté ambiante, Dalton fit mine de les prendre en chasse.

Léonce allait devant, très droit, très fier, pas mécontent de la façon dont il avait mené l'affaire. Enfin, ils pourraient dormir en paix et reprendre leurs débats là où ils avaient été contraints de les abandonner.

Le matin était magnifique. Ils cheminaient vers le hameau dont une infime brume levée par la nuit adoucissait encore les contours. Plus loin en face d'eux, de l'autre côté de la rivière, au-delà de quelques prés où l'on distinguait les taches blanches des bêtes pâturant, la forêt, au flanc raide de la colline, émergeait à peine de l'ombre. Le soleil levant plaquait de grands traits de pinceau lumineux sur le velours sombre des futaies tout juste sorties de la nuit.

Léonce leva haut les bras et les écarta devant lui, mains grandes ouvertes, comme si, d'un geste, il voulait étreindre toute cette beauté.

– Quand je vous le disais ! clama-t-il aussi fort qu'il le put.

Ils s'arrêtèrent tous de chanter et échangèrent des regards dubitatifs.

– Et quoi que tu nous disais ? s'étonna Achille.

L'ancien forgeron partit d'un rire formidable. Ils pressèrent le pas pour le rejoindre et l'entourer.

– Oh, Léonce ! Ça va toujours, Léonce ?

Il les toisa de toute sa superbe.

– Si ça va ? Tu me demandes si ça va ! Mais regardez donc, ouvrez les yeux ! Quand je vous le disais…

Ils continuaient de s'interroger du regard pour le cas où l'un d'eux y aurait vu un peu plus clair que les autres. Ce n'était pas le cas et ils balançaient, inquiets de savoir s'ils devaient se réjouir ou s'affoler des propos de Léonce.

– Oui, bien sûr, vous nous le disiez, fit mine de comprendre Juliette en s'approchant de lui. Mais... Mais je crois bien que vous devriez répéter !

Il se détourna de sa contemplation, posa sur elle un regard plus attendri que jamais, et lui caressa la joue.

– Ma poule ! dit-il. Combien de fois il faudra le répéter pour que ce soit admis, une fois pour toutes ?

– Quoi ? glissa-t-elle en levant sur lui un regard plein de malice.

– Tu me demandes quoi ? Mais enfin mon lapin, tu y es plantée des deux pieds, tu y marches, tu y vis, tu y baignes, dans le jardin d'Éden !

La clameur qui s'éleva de leur groupe dut s'entendre jusqu'au bourg. Pour un peu, ils l'auraient oublié, ils l'auraient perdu, leur jardin d'Éden. Léonce veillait, heureusement. D'un large geste de la main, quand ils se furent apaisés, il balaya le paysage qui étalait sa splendeur devant eux.

– Si ce n'est pas ça, le jardin d'Éden, c'est quoi, alors ?

Ils durent admettre. Tous, sauf Valentin, bien sûr, qui n'entendait pas se laisser à nouveau entraîner sur une pente que ne prévoyait pas la dialectique selon ses maîtres du syndicat.

– Tiens, à propos, dit-il alors qu'ils approchaient des premières maisons du hameau. Ça fait longtemps que je voulais vous demander, mais, avec toute cette affaire, je n'ai jamais pu.

Ils s'étaient tous tournés vers lui et le considéraient d'un œil méfiant.

– Vas-y. Dis toujours, lui concéda Léonce.

– Staline ! proclama-t-il en levant un doigt didactique vers le ciel. Est-ce que vous vous souvenez de la mort de Staline ?

Un tonnerre de protestations couvrit le bruit du tracteur qui accompagnait toujours leur marche.

– On s'en fout, de ton Staline !

– Qu'est-ce que tu viens nous casser les oreilles avec Staline ?

– Laisse donc Staline où il est !

D'un geste, Léonce les fit taire. Il adressa le plus beau sourire qu'il put trouver à Juliette et attaqua :

– Tu es bien trop jeune, naturellement. Mais moi, vois-tu, je m'en souviens, de la mort de Staline. Je revois comme si j'y étais la TSF sur l'étagère. La TSF ! C'était quelque chose, la TSF. Ce n'était pas comme vos transistors qu'on pose n'importe où sans trop s'en soucier. C'était un meuble, un monument, que la TSF, qu'on écoutait religieusement. Il y avait Geneviève Tabouis. Vous souvenez-vous, vous autres de Geneviève Tabouis ? « Attendez-vous à savoir que... » Il y avait *La Famille Duraton*, et puis *Sur le banc* avec Jeanne Sourza et Raymond Souplex...

Ils dépassaient les premières maisons du hameau. Dédé leur fit un signe de la main et bifurqua vers la cour de sa ferme.

– Et Staline..., osa Valentin.

– Laisse, dit Léonce. Les horreurs, on en a eu notre compte.

DU MÊME AUTEUR

Aux Éditions Albin Michel

LES VOISINS DE L'HORIZON, roman, 2001.

HISTOIRES RACONTÉES DE BOURGOGNE ET DU MORVAN, récits, 2001.

JE REVIENDRAI VERS VOUS, roman, 2002.

LA MUSE DANS LE GRENIER, roman, 2003.

LE PÉRIPLE DU CHIEN, roman, 2004.

LES GENS DU PAYS, roman, 2005 ; prix Henri-Perruchot 2006 ; prix Marcel-E.-Grancher 2007.

Aux Éditions de l'Armançon

LE VOL DE LA BUSE, roman, 1991 ; prix Sully Olivier-de-Serre 1992.

LA CROIX DU CARAGE, roman, 1994.

AUTUN, TOUTE UNE HISTOIRE, document, 2004.

NOUVELLES INUIT, carnet de voyage, 2004.

LE RÉVEIL DES VILLAGES, essai, 2006.

SUR LA ROUTE DE DJENNÉ, carnet de voyage, 2008.

Aux Presses de la Cité

LES LABOURS D'HIVER, roman, 1995 ; prix Émile-Guillaumin 1995.

LES TERRES ABANDONNÉES, roman, 1996.

LA CROIX DE FOURCHE, roman, 1997.

ÉTRANGERS À LA TERRE, roman, 1998.

L'HÉRITAGE DE LUDOVIC GROLLIER, roman, 1999.

L'ALAMBIC, roman, 2000.

Aux Éditions Anne Carrière

INUKSUK, roman, 2006.

LE VENT DES LIBERTÉS SOULEVAIT LA TERRE, roman, prix du roman populaire 2008.

Aux Éditions Pygmalion

LA PHOTO DE CLASSE, roman, 2007.

Aux Éditions Ouest-France

LE HARAS DE POMPADOUR, TOUTE UNE HISTOIRE, document, 2007.

Composition : Nord Compo
Impression : Imprimerie Floch, août 2009
Éditions Albin Michel
22, rue Huyghens, 75014 Paris
www.albin-michel.fr

ISBN : 978-2-226-19248-6
N° d'édition : 25921 – N° d'impression : 74348.
Dépôt légal : septembre 2009.
Imprimé en France.